四季芬芳

周景雨 著

国际文化出版公司

·北京·

图书在版编目（CIP）数据

四季芬芳 / 周景雨著 . — 北京 ：国际文化出版公司，2020.9
ISBN 978-7-5125-1235-1

Ⅰ . ①四… Ⅱ . ①周… Ⅲ . ①散文集－中国－当代
Ⅳ . ① I267

中国版本图书馆 CIP 数据核字（2020）第 153889 号

四季芬芳

作　　者	周景雨	
责任编辑	崔雪娇	
封面设计	鸿儒文轩	
出版发行	国际文化出版公司	
经　　销	全国新华书店	
印　　刷	三河市华东印刷有限公司	
开　　本	650 毫米 ×940 毫米	16 开
	19.25 印张	265 千字
版　　次	2020 年 9 月第 1 版	
	2020 年 9 月第 1 次印刷	
书　　号	ISBN 978-7-5125-1235-1	
定　　价	58.00 元	

国际文化出版公司
北京朝阳区东土城路乙 9 号　　　　邮编：100013
总编室：(010) 64271551　　　　　传真：(010) 64271578
销售热线：(010) 64271187
传真：(010) 64271187-800
E-mail: icpc@95777.sina.net

目 录
CONTENTS

第二辑　大道如青天

第一辑　四季芬芳

那是一个特殊的时代。物质生活并不富有，文化生活相对贫困，但人们的精神世界朴素、简单、快乐。那个时代正在远去，必将渐渐消逝于历史的尘烟中。从那个时代走过来的人们怎么也摆脱不了、清洗不尽那个时代留下的印记。

春天来了

在我的记忆里，小时候的冬天似乎特别冷。现在回想起那股冷劲，六月天都会不由自主打寒战。那份刻骨铭心的寒冷已经永远储存在我的记忆里。

那时，生活条件有限，我们小孩子很少有内衣穿，有袜子穿，御寒的衣服就是棉袄棉裤棉鞋，空洞洞的，皮肤和衣服之间总是留有缝隙，为无孔不入的寒风创造了入侵条件。

一到隆冬季节，特别是滴水成冰的日子，对于像我们这样的孩子来讲，早晨起床就成了一件很困难、很焦虑的事情，总是父母不停地喊，不停地催促，我们不停地答应，但就是赖在被窝里不起来。父母没有办法，就在我们起床之前，把棉袄棉裤拿到厨房里烤烤然后递给我们，我们趁着那点热乎气，迅速穿上衣服。

哥哥姐姐对付我们的办法就简单多了——揭被窝。"起不起来……一、二、三……"不容我们犹豫，棉被猛地被揭开，一股寒气瞬间包围全身，冻得我们牙齿打战，浑身起鸡皮疙瘩，关键是全身大曝光，尊严受到影响。我们只好乖乖地穿衣起床。

天气那个冷啊，我清楚记得，一场大雪之后，起床后走出门，用手摸门把手，手就粘在门把手上，用手握铁锹柄，手就粘到铁锹柄上，刚穿上的鞋子，那鞋底竟然能瞬间被粘到地上。

寒冷让我们盼望春天，那种感情强烈而执着。

当空洞洞的棉袄跟皮肤接触时不再显得那么坚硬而冰冷，我们穿衣服时不再需要小心翼翼，当顺着脖颈或裤脚偷偷钻进来的风不再让身体发生阵阵寒战，我知道，春天终于到来了。

那是 20 世纪 70 年代的春天。

"东风好作阳和使，逢草逢花报发生。"最早报告春天到来讯息的是风，是东风。站在高高的河堤上或是堤堰上，一阵阵东风吹过来，陡然感觉到了阳光的温暖，陡然觉得还残留着冰碴的河面不再那么寒意逼人，陡然听到流水底下的鱼儿、虾儿已经开始唱起欢乐的歌。我知道，一个生机勃勃的美好季节正在向我们走来。

回到家里，父亲正在收拾冬天放在桌子底下的白菜根。我们那里冬天切菜时，看到那些粗壮的白菜就挑选出来，不完全切掉菜帮子，留下一小截，待到春天做菜种子用。白菜根上原先长出来的黄黄的长长的嫩芽已经泛出新绿。父亲打算把他们栽到菜园里去。我看了看遮挡在北面窗户上的稻草苫子说，这草苫子该拿掉了。父亲"唔"了一声，说拿掉了屋里就亮堂了。

阳光下，坐在院子里纳鞋底的奶奶，把针尖在头发上蹭了蹭，拖长音调说早了点，咱家的燕巢还空着呢，再等等吧！

可东风已经把春天的讯息种进了我的心田，没事的时候我就跑到河堤上去寻找春风，跑到田野里去寻找春天。没几天工夫，河岸上那些冬天里被小伙伴们点火烧掉了的野草，开始一片接着一片，冒出绿茸茸的新芽，水边的垂柳率先绽放出一串串的鹅黄。它们就像河流的毛发，整个冬天都被捂在黑色围巾里保暖，现在终于可以在春风中一展活力与秀颜。

抬头望天，天空晴朗而温暖，匆匆北去的鸟儿用嘹亮的歌喉给你打招呼；低头看地，地面上已是黑绿相间，裹挟着植物腐殖气息的泥土扑面而来。

几场毛毛雨飘过，阳光的热度提升了许多。湿润润的大地上开始氤氲着水汽，为各种生命的复苏酝酿美好的环境。

我不顾母亲"春天要捂捂"的苦口婆心的劝阻，偷偷脱掉老棉袄，一身轻松地敞开胸怀尽情地拥抱、享用那美好的春天。

柳·柳笛

"侵陵雪色还萱草，漏泄春光有柳条。"如果说最先感知水暖的是鸭子，那么最先感知地暖的就是柳树了。

残雪还没化尽，剪剪斜风便拂起如丝细柳。特别是那临水的柳啊，虽然东风刚起，乍暖还寒，她们就急不可耐地对着水镜子贴起花黄来。她们把水面当作舞池，翩跹起舞，惹得那冰冷了一冬的河水泛起阵阵涟漪，春心荡漾。那涟漪荡开去，荡开去，有时鱼儿也来凑热闹，陡然跃出圆心，那是怎样的一幅动人的画面呀。

一声声清脆的鸟鸣在原野上空盘旋，呢喃的春燕毫无顾忌地出没于人家的屋檐下。一个有声有色新鲜活泼的春天就这样来到了。

每当这个时候，耳畔总会响起一阵阵熟悉的柳笛声，那质朴得不加任何修饰的声音，明媚了四月的杏花春雨，更明媚了少年的心。

柳笛，我们叫它柳哨儿。每当柳哨响起，无须别人告知，便知道清明来临，一年中春暖花开的日子到了。

做柳笛，宜在清明前后。早了，柳枝水脉不足，骨皮粘连得紧，拧不动它，容易破皮；晚了，柳芽长出来了，也不容易做得完整，柳芽处容易破洞。

柳树种类很多，分垂柳、旱柳、杞柳等。垂柳形态最美，而就做柳笛来说，旱柳最好。

小时候做柳笛，村子里柳树少，孩子多，一棵柳树给折秃了是常有的事，看了让人心疼。

管不了那么多了，既然大自然赐予了我们春天，那就做一根柳笛吧。折一根临水的枝条，选取一截粗细均匀的柳枝，将柳芯拧转到可以轻轻抽出。轻拧柳枝，你能清晰地感觉到柳皮与柳骨脱离的"啪啪"声。也许有些夸张了，虽然听不到清脆的声音，但手上那种柳皮与柳骨分离的感觉很明显、很清晰。

然后把柳皮切成一节一节的，最好以柳芽为分界线来切割。然后选一段或几段你满意的柳皮，找出细的一端，用刀片轻轻削去或用指甲刮去外层绿色的表皮，捏扁，一根柳笛就做成了。抽出来的柳骨通体乳白色，象牙般莹洁美丽。柳之美，美到骨头。把柳笛含在嘴里，吐气如兰，随着一丝青涩的味道流转舌尖，悠扬的哨音轻轻响起。

我试着用杨树枝条做"柳笛"，也成功了。不过杨树枝做出的"柳笛"似乎缺少韧性，容易断裂。那种紫皮杨树枝做"柳笛"效果要好一些。杨树枝做成的"柳笛"，声音粗犷浑厚，柳树枝制成的柳笛声音清脆悦耳。

柳笛声声脆。嘹亮的柳笛在村庄里，在河岸旁，在田野上此起彼伏响起来。我的邻居大兵，他的柳笛吹得特别好，像《大海航行靠舵手》《学习雷锋好榜样》这些曲子，吹得婉转流畅，悦耳动听。我们迷恋他的柳笛声，干什么事都喜欢拉上他。

在柳笛的声声呼唤下，清明节就到了。我们那里有个习俗，每到清明，家家户户会在门楣上插上柳枝。这时的你，行走在村庄里，微风拂动柳条，整个村庄的春意陡然变得浓烈无比。如果遇到飘雨的清明节，看着雨滴顺着柳枝梢头慢慢滴落，温暖的心底会涌出一丝丝莫名感伤。不过，那种感伤是因为自己的年轻，因为后面的仲春，后面的盛夏，会快速隐退，快乐依然是我们生活的主旋律。

乡间的晨光柳笛，斜阳燕归，充满诗情画意，让我们留恋而又忧伤。柳笛，承载了我们童年的无数欢乐。

几十年过去了，那柳笛的余音仍铭刻在记忆深处，哪怕光阴如风，吹去了我们的年岁，吹皱了我们的心田。

现在，每到清明节，河边路旁，飘拂的柳枝随处可见。我居住的小城里，沿河的路上绿柳成荫，公园里、广场边更是杨柳依依。然而，如今的清明节，高楼下面难觅遍插柳枝的习俗，柳笛更成为长久的绝响。

最近，听到一首叫《柳笛》的歌，歌词写得极好，读起来感慨万端。

> 柳枝长啊柳枝密，
> 春风晾得柳树绿，
> 不知你忘记没忘记，
> 你曾为我做柳笛。
> 树上的鸟儿随我唱，
> 田里的牛儿听入了迷，
> 你记得我，我也记得你，
> 柳笛声声传友谊，传友谊。

七个柳笛七个音，

音调高低总相宜。

不知你忘记没忘记，

你教我吹家乡的曲。

柳树青青春又来，

勾起了我的思乡意。

你记得我，我也记得你，

少年的时光难忘记，难忘记。

蝈蝈和蛐蛐

　　心细的小伙伴会把洁白的柳骨保留下来，等聚集到一定数量，用井水浸泡，待柳骨变软后编成各式各样的小笼子，有鸟笼，有蝈蝈笼，有蛐蛐笼……我们已经在为夏天和秋天准备玩具。

　　我尤其喜欢蝈蝈（我们那里俗语称"叫乖子"）。一到夏初，人们忙着割麦子，蝈蝈们忙着呼朋引伴。父母会利用歇工的机会，挑选个大体肥的，捉上一两只，放到我们准备好的笼子里。没有蝈蝈笼子，这难不住我们的父母，他们会快速挑选出一把麦秸，去梢去皮，剩下一把金条似的麦秸秆，然后沾上水，一会儿就可以编成一个麦秸笼子。我们把蝈蝈放进笼子里。满野是麦子的清香，人们一边割麦子，一边听蝈蝈歌唱，别有一番风趣。

　　在当时，能得到一只大蝈蝈，装到柳骨或麦秸编织的笼子里，拎着它们满地跑，你会顿时觉得整个世界都灿烂起来。若能斜倚着麦垛，时不时地吃上一两根老冰棒，那份惬意，真是看天天蓝，看云云白，看太阳就是一位慈祥的老爷爷，那种快乐和幸福，绝不是坐在空调房间喝绿茶、酸梅汤，吃蛋卷、冰激凌所能感受到的。

我之所以喜欢蝈蝈，主要是它那一身青翠的颜色，在黄黄的麦浪中尤其显眼，并跟周围翠绿的夏色互相映衬，生机盎然，特别是它的叫声清脆洪亮，充满了对夏天的热情和渴望。

麦收以后，蝈蝈会一路歌唱过去，直到秋天。

惬意的暑假已经过去大半。

阳光炽烈，初秋的豆地已经黄色斑驳，原野的轻风，带着那份爽凉，四处游走，见着来人，亲切地缠绕一番，带走你一身的燥热，扬长而去。

记得第一次捉蝈蝈，刺激而又尴尬。

午后，我们照例去割猪草。刚刚走近大田里，"蝈蝈……蝈蝈"的叫声四面喧哗，此起彼伏，涌入耳畔。同伴们只是忙着打猪草，而我却冲进了豆地。小伙伴大兵他们只是淡淡地看我一眼，又去忙手头活了。任务没完成，贪玩可不成。我独自向蝈蝈的叫声奔去。跑到近前，那叫声陡然消失了。我站在原处，眼前一片寂静，只有茫茫豆叶，蝈蝈却无处寻觅。远处又传来热闹的叫声，我再次飞奔过去，又是一片空寂。接连不断地奔跑，接连不断地放空，累得我气喘吁吁、汗流满面。抬头再看看大兵他们，还在远处忙碌。似乎有意在耍弄我的憨、我的笨，远处鸣声四起，又是蝈蝈！

抬头看见大兵站在远处豆地里，我向他跑去，他举手示意我停下。他站在烈日下一动不动，死死盯着一个地方。可能是站累了，也可能为了躲藏，大兵蹲下等待。最终还是蝈蝈们耐不住了，叫声波浪似的涌起。大兵手疾眼快，两只手同时快速抓下去，连豆叶带蝈蝈，捂在双手的空隙里。待安静下来，他慢慢清理出叶子，掐住蝈蝈脖子，高高举给我看。我跑了过去。大兵从脖子后面抽出一根高粱秆，秆上有两面切去的缝隙，又将早备好的篾子，插进高粱秆缝隙，形成松松的圆套，再套住蝈蝈的脖子，拉紧篾子。蝈蝈六条腿悬空，有劲使不上，只好乖乖待在秆子上。他把高粱秆递给我说："再去捉一只。"说着又向蝈蝈的叫声奔去。

不一会，他又捉了一只回来。

大兵把蝈蝈拴好，在地头削下一棵高粱秆，来到河边，慢慢地破出篾子。他把篾子铺在平整的地面上，挑一压一，再挑一压一，如此反复，直到符合笼子的规格为止。他编好一片格子小窗，放在一边，重复再次编好一片，然后接过我手里的高粱秆，插在地下说："来，帮我一下！"他拿过两片格窗合并在一块，错开篾子，用细绳系上一面两角，递过来，让我用力使两片格窗弓鼓起腰，这就是蝈蝈的居所了。他把另几个角扎起来，然后，把一个格空撑大一点，拿了一只蝈蝈，放了进去，然后把格空恢复正常。一个蝈蝈笼子编好了。

夕阳下，一个金色的八角蝈蝈笼，在初秋的微风中轻轻摇动，弥漫着淡淡的香气。

学会了编制蝈蝈笼，我稀奇而快乐。从那以后，我经常独自一人，赶往茫茫汪洋般的豆地。削了根高粱秆，学着大兵的样子，捕捉蝈蝈。寻着蝈蝈的叫声，我慢慢走去，听到响动，蝈蝈停止叫声，借助保护色隐藏在黄绿色豆叶中。我伫立不动，任凭烈日刺烤我的身体，任凭轻风挠痒我的面颊。我聚精会神，从每一棵豆子开始，一片叶子一片叶子搜索。忽然眼前一亮，一只铁皮蝈蝈，身带枯绿两种保护色，就停在我身边的豆叶上。我双手握去，蝈蝈就在手中了。

掌握了捉蝈蝈、编笼子的技艺，不但给我的童年增加了一份极大的快乐，也让我明白一个生活道理，那就是做事情忌浮躁，要细心。

蛐蛐（我们那里俗语称"土巴狗"）则是秋天的宠儿。儿时的蛐蛐，数量远远多于蝈蝈。蛐蛐喜光。当时家家户户点的基本是煤油灯，就是安装了电灯，也是那种发着红光的白炽灯，亮度有限，对蛐蛐引力不大。我们那里有个砖瓦厂，高高的电线杆上装着大瓦数的路灯，很亮，照得很远，一到秋天，周围的蛐蛐似乎都赶了过来，进行一场一年一度的大聚会。那地上密密麻麻一片，我们捉都捉不过来。我们就拣那些体型壮硕的抓，用大玻璃瓶去盛放。

我总觉得蛐蛐的叫声有些凄凉。它那黑色的躯体似乎也迎合了由秋到冬的变化，预示着整个自然界正由喧闹走向萧然。

我们这里的蛐蛐大多是方头蛐蛐，鸣声嘹亮，但不善斗。至于善斗的圆头蛐蛐，要少见些。那时候，斗蛐蛐这种娱乐方式只是在书本里看过，是一种被定义为充满剥削阶级和资产阶级情调的活动，我们自然不敢参与这种活动，不愿意沾染这种情调。但偷偷静坐一隅，观看灯光下两只蛐蛐翻腾撕咬，亢奋激越，倒也别有一番味道。

女儿小的时候，我们住的是平房，院门外两边有空地，被我开垦成豆腐块般的平整小菜园。种点辣椒，栽点大葱，播点小菜，虽然浇的是需要花钱的自来水，但隔三岔五采摘一番，倒也其乐无穷。

一年深秋，我们正在吃晚饭，一只肥硕的蛐蛐不知从哪里跳了进来，它那黝黑的丑陋形状，竟然吓坏了女儿。女儿大声尖叫"丑陋的虫子"。我赶紧解释，这是蛐蛐。女儿问蛐蛐是什么。我说蛐蛐是会唱歌的虫子。女儿说，会唱歌的虫子怎么那么丑。我无言以对。

我找来一只玻璃瓶，捉起那只蛐蛐，然后放到门外，说，夜里没人的时候，它就唱歌了。

果然没让我失望，夜深人静的时候，蛐蛐开始唱歌，虽然它的歌声可能是由于寒冷而显得虚弱，但依然清脆嘹亮。我赶紧摇醒女儿，女儿静静地听了一会儿，没说什么，翻过身去继续睡觉。

家乡有一种草，叫巴根草，生命力极为旺盛，蔓延速度极快，庄稼人见了就发愁。它的根紧紧抓在地上，清除起来很费劲。只要地里还有它的根，它的须，它就会生长、蔓延。我想，我们现在的欲望，就像那巴根草，借助钢筋水泥，无休无止地向我们的原野蔓延，蔓延，即使我们知道自然的美好，可实实在在的高楼大厦还是胜过对贫困的恐惧，胜过缥缈的绿色希望。

也许有一天，建筑如林，我们富足。但我们只能从纪录片和录音带中寻求那天籁之音，只能用乐器来模拟各种虫鸣。但我疑惑的是，有哪种乐器能模拟得了成千上万、变化万千的自然虫鸣呢？

我的柳笛，我的蝈蝈，我的蛐蛐，我的麦秸笼子。

屋檐下的那窝春燕

小时候，几乎家家住的是草房。

诗人左河水写得好："离洋舍岛伴春归，织柳衔泥剪雨飞。不傍豪门亲百姓，呢喃蜜语俩依偎。"春天到了，许多人家的屋檐下都会有一窝燕子。看燕子在细雨中呢喃，在柳树间穿梭，在春风中剪剪飞翔，实在是一件赏心悦目的事情。

自家屋檐下能有一窝燕巢，那是我们春天里最开心的事。为了招引燕子，留住燕子，我们就主动在堂屋的横梁上钉上一块木板。春天来了，如果哪家有一对燕子夫妇来落户了，我们总会奔走相告，然后蹑手蹑脚地聚作一堆，躲在一角偷偷地欣赏；如果哪家的那块木板没招来燕子，那家的孩子总会闷闷不乐很长一段时间。

"燕燕于飞，差池其羽。"燕子智慧而勤劳，它们夫唱妇随，比翼齐飞，绝对是人间难见的融洽快乐的模范夫妻。燕子夫妻一起衔来杂草，叼来树枝，用津泽唾液和上泥巴，然后在木板上或屋檐下一层一层垒起它们的窝。它们的劳作是快乐的，没有任何负担和烦恼，连续不断、轻松愉快的阵阵呢喃声说明了这一点。

不几天，一个新家诞生，燕子夫妻会用它们的亲昵和呢喃庆祝它们新家的落成。"燕尔新婚，如兄如弟。"它们夫妻平等，一起理家，一起育子。一旦小燕子破壳而出，燕子夫妻最忙碌的日子就到了。它们一起捉虫，衔水，看护雏燕，耐心而安详。

待到绿色满野，天晴气暖，一只只雏燕振翅欲飞。它们在窝里玩耍嬉戏，你推我搡，一不小心就会从窝里掉出来。经常会发生这样的情景，一只雏燕掉到地上，发出清脆的尖叫，急切呼救，引得窝里的其他兄弟姐妹们应和着一起叫，那焦急而杂乱的叫声惹人心急。虽然那只雏燕不停地努力地扇动着稚嫩的翅膀，反反复复尝试飞翔，但还是回不到窝里去。它的父母也急得团团转，发出尖利的叫声，但无计可施。我们发现后，就找来一只高凳子，或者搭人梯，用双手捧着雏燕，把它送入窝中。

燕子是爱干净的鸟儿。窝里有了粪便，燕子妈妈在喂完食后，就用嘴衔着，飞到远处抛掉，不让它污染环境。我想它是懂得感恩人类的，它们不愿意污染自己的家，不愿意污染人类的家。它们懂得邻里相处最重要的法则是相互帮助、相互尊重。

雏燕们很聪明，稍明事理就不愿意麻烦燕妈妈。它们高翘着屁股朝外屙。这可不好，那燕子粪便掉到地上，黑白相间，软绵绵脏兮兮的，让人生厌。而这时，辛苦的自然是母亲，她从容自如地用扫帚扫掉燕子粪便。每隔一段时间，母亲总要重复这样的劳作。和母亲相比，我们只懂得欣赏美，却不懂得成全美，保护美。

春末夏初，特别是久雨之后，天终于放晴了，田野中的电线杆上就会不约而同地停歇着许多燕子，一字摆开，它们可能是一家，父母兄弟姐妹一起郊游来了。它们抖着带雨的翎毛，欢快的呢喃声响彻天地之间。几只雏燕不时地短距离飞起落下，它们在为长途跋涉练就奋飞的翅膀。燕子夫妻则在一旁眯着眼，享受阳光，享受天伦之乐。那是初夏的原野上难得的一景。

我想，在跟我们最亲近的鸟类中，鹦鹉虽机灵，但动辄跟人学舌，乖巧得过分，有时让人生厌；鸽子虽擅长远距离飞行，且方位感极强，但近距离的技艺不如燕子洒脱自如；还有家雀，动不动就聚集在屋檐下，叽叽喳喳活动，吵得人心烦。至于那些高傲的大雁、老鹰们，像是脱尽烟火味道，不以人类为伍，高高在上，与我们似乎真的分属于两个世界。唯独燕子，与人类和谐相处，庄重而不亲昵，优雅而不做作，捕蚊捉虫，大做有益之事，让我们避免叮咬，让我们舒适安生。

"燕子归来寻旧巢"，燕巢一旦修好，他们就不会离开，第二年还会再来，只要燕巢在，它们就一直回来。于是记忆中，春回大地燕子归是最为灵动而温暖的一幕。

我喜欢春天，喜欢春天的燕子。是燕子捎来春天的信息和喜悦。燕子一到，农家庭院开始热闹起来。燕子们忙着补巢、下蛋、孵化、喂养……不亦乐乎；父母们开始收拾整理农具，犁耙、锄镰……繁忙地穿梭于田间地头；我们也背着书包出入于屋檐，往返于学校，为改变命运而奋斗。

我们时常目睹这样的悲剧：一只燕子在春花烂漫的时节给窝里的儿女们捕捉虫子，不小心被疾驰而过的车辆撞死……雨打湿它那轻飘飘的身子，风吹起它那凌乱的羽毛。

每次看到如此情景，我就想，又有一家的燕巢要永远空在那里了，又有一家孩子在春天来临的时候对着空空的燕巢望眼欲穿。

"小燕子，穿花衣，年年春天来这里。我问燕子为啥来？燕子说，这里的春天最美丽……"这是一首赞美春天的好歌，百听不厌。每次听到这首歌，总有一种东风扑面、春意盎然的感觉，久违了的泥土芬芳扑面而来。这首歌只有站在春天的原野上唱才有味道，或阳光，或细雨，桃红柳绿，姹紫嫣红，东风吹起牧笛，百鸟深情伴唱，偶有一声老牛的长哞，那味道才足呢。

一年春天回老家，竟然惊奇地发现，钢筋水泥建构的屋檐下，还有一窝燕子。我为燕子的与时俱进而感动。它们没有因环境的变化而抛弃人类，尽管我们人类一直在无情地抛弃它们。

有关春天的记忆，缺乏燕子的穿梭与呢喃怎么可以呢，那还是春天吗？谢谢燕子，它让我们的回忆有了根，留存了春天原野的色彩和美好。

据统计，燕子在短短的几个月之间要吃掉25万只害虫。它帮了我们多大的忙啊，我们能回报给它们的就是一角屋檐。

春天来了，那是自然和我们人类共同的春天。在我们欣赏美好、享用美好的时候，别忘我们屋檐下那窝燕子……

河蚌·蚬子·螺螺

  阳光明媚的日子里，我们身体温暖了，饥饿一冬天的胃开始兴奋起来。

  我们三五成群结伴而行，提上竹篮或挎上扒箕子（一种用叫作蜡条的灌木枝条编成，有提梁，可以挎在胳膊弯上，作用类似篮子的用具），吹着柳笛，耍着小铲子或短柄镰刀向野外进军，欢声笑语伴着鸟儿的欢呼，在天空中盘旋回荡。

  那满眼的绿啊，在春阳下泛着油光。一朵朵五颜六色的野花儿开得正盛，春天特有的泥土芬芳扑面而来。大自然可怜我们这些被饥饿围困了一冬天的孩子们，河水里，田野上，树丛中，堤岸旁，处处都是她充满母性的丰厚的馈赠。

  站在河滩上往水里看，水底的河蚌（我们这里俗名叫"歪歪"，也许是根据形状命名的吧）正在得意地画圈圈。它一会儿敞开灰黑色的蚌壳，伸出乳白色的舌头打出一朵朵水花，一会儿合上蚌壳，拿舌头（实际上是它的足，学名"斧足"）当脚，慢慢往别处挪去。

河蚌是很聪明的动物，只要有一点动静，它就快速合上蚌壳，慢悠悠地钻到泥土里。

河蚌走过的地方会留下一道深沟，两旁则是泥垄，像犁铧翻过的地面。在平整的河底，河蚌真像一只大犁头。河蚌个头越大，留下的沟越宽越深。河蚌大多在夜间行走，河水的流动往往会消除掉它留下的痕迹，所以早晨抓河蚌最好。

卷起裤脚，捋起衣袖，下河去。沿着河蚌留下的弯弯曲曲的沟往前找，河蚌就躲藏在沟的尽头隆起的土堆里。沟越深越宽，土堆下面的河蚌越肥大。伸手抓去，小的如手掌，大的如碗口如盘子，更大的就像小锅盖了。

那时的河蚌很多，半天工夫就能抓上满满一篮子。拎回家，放到大木盆里，盛满清水，让河蚌吐泥。到了夜里，会听到"啪啪"的水声，那是河蚌背着人在玩耍呢。在玩耍的过程中，它把身体里的淤泥也带了出来，溶解在水里。早晨，捞出河蚌，把木盆里浑浊的水换掉，再装满清水。如此两三次，河蚌体内的淤泥基本清除干净。

闲来无事，我悄悄地蹲在木盆旁边，特别是宁静的夜晚，静静地看，满木盆都是河蚌乳白色的触角，都是它的舌头，交错纵横，翻转蠕动，溅起无数朵水花，颇为壮观，趣味十足。有时那水花会打到我的脸上、手上，凉爽爽的，我会觉得那是河蚌在逗我玩呢！

一不小心碰到了脚边的凳子，发出响动。一听到声响，河蚌们反应快速，动作麻利地收回自己的"舌头"，缩回壳去。木盆里顿时一片寂静。河蚌是敏感而小心翼翼的动物。

河蚌吐完泥后，我们再用清水反复搓洗干净，然后放到锅里去煮。水烧开了就可以了，不要煮的时间太长，不然容易把河蚌肉煮老了。

河蚌的壳全部打开，满锅里像落满了白玉兰的花瓣似的。

把河蚌捞出锅，一个个挑出河蚌肉。这时，园子里的韭菜已经冒出嫩芽，剪一些回来。先用红辣椒爆炒河蚌肉，烧熟后再加进些韭菜，香喷喷的一道菜就可以上桌了。

河蚌的肉很香，很有筋道，只是肉质有些老，嚼着费劲。不过比起冬天里天天吃的地瓜干，那真是无比的美味了。

"南风起，落蚬子，生于雾，成于水，北风瘦，南风肥，厚至丈，取不稀。"想吃嫩的、鲜的，就去河里摸小蚬子吧。

小蚬子喜欢生活在流动的水底，有碎石子或沙子的河底最多，大拇指盖那么大，满身细细的螺纹，颜色以浅白色和黑褐色为主。在甲壳类水族里，我以为小蚬子的壳最为精致。细密的螺纹条条有致，记载着年轮变换；壳面颜色淡雅，摸上去柔润滑腻。真是水中的林黛玉。

摸出一篮小蚬子，拎回家，像河蚌那样在清水里吐泥。等到泥吐尽了，水清了，就放到锅里煮。然后挑出蚬子肉，换上一锅干净水，把蚬子肉放进去继续煮。这时要用文火煮，煮到整锅汤浓浓的，像一锅牛奶为止。然后放进挂面，放进盐，撒上几根韭菜或芫荽，若有鸡蛋，再打上点蛋花，那就太美了。

我们那里，女人生产，若在春天，就用蚬子汤来催奶，效果很好。

现在，一种新的吃法在我们这里很流行，"蚬肉豆腐汤"。把鲜嫩的豆腐切成细细的小方块，烧煮到汤色渐浓。然后放入新鲜的蚬肉，加入适量的小粉，再烧煮至沸。出锅后，撒上细碎芫荽。"蚬肉豆腐汤"，豆腐滑嫩，蚬肉鲜美，吃起来香嫩爽滑，别有味道。

最泼辣的是螺螺（田螺），稻田里、沟渠里，到处都是，尤其是长满青苔的石板上或石头上最多，螺螺用吸盘把自己牢牢固定在它们上面，所以摸螺螺要一个一个掰或往下拽。不过，摸螺螺不是很费力气，只要你想吃，一会儿就能摸回一篮子。然后让它吐泥。螺螺的壳有的沾着青苔之类的东西，比较脏，那就要动用刷子一个个刷干净。螺螺煮熟后，要用针把它们的肉从壳里一个个挑出来。螺螺肉紧，筋道更足。那时的吃法比较简单，用韭菜清炒，喜欢吃辣的就加进红辣椒爆炒，味道很别致。

20世纪80年代以后，满大街都是卖螺螺的，吃者甚多，就像现在吃烧烤一样风行。其实做法很简单，摸回螺螺后，用钳子或锤子钳去或敲碎螺螺尖细的一端，洗干净后，用红辣椒和其他作料爆炒，然后用大骨头汤炖煮。烧好后，用嘴吮吸，螺螺肉自然滑出，感觉特别，味道很好。

"断瓶取酒饮如水，盘中白笋兼青螺。"若能再来一瓶啤酒，那真是夏天夜晚消夏的美妙享受。

小时候，家乡螺螺极多，由于缺油（吃螺螺要用大油，不然生涩无味）少盐，人们一般不吃它，倒是闲来无事时，顺手摸来些喂鸭子。鸭子吃了螺螺多产蛋。贫穷年代，连鸭子都缺乏营养。

那时我们村里的小伙子们讲得最多的、最羡慕的故事，就是一位田螺姑娘怎样帮助一位贫穷小伙子并与他相爱的。故事大意是：

一位年轻英俊、勤劳善良的小伙子，父母早亡，孤苦无依。三十多岁了，还没娶上媳妇。他勤恳能干，每天都像牛郎那般在田间辛勤劳作。

　　有一天早晨，刚下过一场春雨，整个大地一片润湿朦胧。小伙子想早点下田播种，他路过河边时，拾到一只大田螺，那田螺很美，精美纹饰像仙女穿的五彩裙衣。他高兴地把田螺抱回家，养在自家的大水缸里。

　　有一天，小伙子从田地里干完活回家，发现桌子上摆满了热气腾腾的饭菜。小伙子左看右瞧不见有人。他肚子饿极了，不管三七二十一，狼吞虎咽起来。他边吃边想，会有谁给他煮这么好吃的一桌饭菜呢？

　　连续几天，小伙子干活回来，家里都同样摆上了满桌的饭菜。小伙子感到奇怪，他决定弄个明白。

　　有一天，他像往常一样扛上劳动工具，装模作样出工去了。过一会儿，他又偷偷折回家来，躲进家门外偷看个究竟。

　　快到中午了，水缸的盖子被慢慢掀开了，从里面走出一位像仙女般的姑娘，她熟练地做起饭，炒起菜来。很快，一桌饭菜就摆上了。饭菜做好之后，她又躲进水缸里去了。小伙子心想，今天是不是看走了眼？于是，他连续几天都偷偷躲在屋外观察，不是做梦，千真万确，的确有一位美丽的姑娘每天在帮他做饭炒菜。

　　小伙子就想，这么一位漂亮贤惠的姑娘天天来帮忙煮饭，究竟为了什么？我一定要问个清楚。又是一天中午，姑娘正在专心做饭，小伙子推开门，突然闯了进去，一把将姑娘抱住，并将她锁进房间。然后，他急忙打开水缸盖子，一看傻了眼，水缸里只有一只空空的田螺壳。小伙子就把空螺壳藏到后花园里去，再到房间把姑娘给放出来。谁知那姑娘从房间一出来就直往水缸里跑，当她看见螺壳没了时，伤心地大哭了起来。她边哭边给小伙子说出了自己的实情，她说，她是个田螺精，因前世小伙子救过她的命，今生来投身报恩。

小伙子就与这位姑娘结了婚，婚后她们还生下一对儿女。据说他们夫妻一直很恩爱，日子越过越好。

我清楚地记得，我们村子里有两位小伙子，一个说田螺姑娘留着长发，一个说，不对，是扎着齐腰长的油黑的大辫子。两个人争得面红耳赤，差点动了手脚。

现在才知道，我们那里的螺跟南方的田螺还是有差别的，这个故事应该是从南方传播过来的。

我们那里有一条神秘的河汊，河汊里有一处淹子，常年水流丰沛，就连 1958 年到 1960 年，连续三年大旱都没干涸过。"淹子"是我们那里的口语，就是河底有一洞，不知深浅，天旱不涸，水涝不漫。那里淤泥肥厚，芦苇丛生，是野鸭、水蛇们的天堂。

有一年秋天，生产队大搞绿肥积累。野草割尽了，河畔、田埂都像刚刮过胡须的脸一般干净；树叶拣完了，树木、灌木干朗枝疏，早早就进入了冬天的意境。有人提议，到河汊去挖淤泥，那一定是上等肥料，效果肯定赛过化肥。有人犯难，认为那是神秘莫测之地，怕招徕意想不到的灾害。最后，参加过抗战的老支书发了话，人定胜天，咱近千号人，还怕一条小河汊？

他们采用分段挖掘，段段挖清的施工方法。他们先把河汊里有淹子的那一段切分出去，再把其他地方分成几段，然后筑堤，排水，挖掘。那次挖掘，让整个生产队的老老少少们大开了眼界，整整兴奋了一个冬天。

那挖出的淤泥真是一筐一筐都流油，一锹一锹见真金。那是真正的上等肥料。更让社员们惊奇的是，从那里挖出了大量的生活宝贝。他们一锹一锹挖下去，越挖越新奇，越挖越兴奋。开始只有少许泥鳅，且都是小泥鳅，越往下挖，特别是快挖到硬泥底子的时候，一铁锨挖下去，有半铁锨泥鳅。更让人们惊讶的是，那泥鳅粗壮的有小孩的胳膊那么粗、铁锨柄那么粗，被挖上来以后，瞪着一双木呆呆的贼眼，关键是那张嘴，嘴边的胡须如藤条般粗壮，一张开嘴，就像是埋藏在地底下的魔鬼到地面上来打哈欠，看了就让人心悸。人们就说，怪不得我们这里一到了夏天就遍地泥鳅，原来泥鳅的老祖宗都藏在这里呢！

刚开始，人们不知道怎么处置这些泥鳅，大多扔掉了。后来，老队长提议，他要求大家就近挖个水池，在池底铺上塑料薄膜，放上清水，把挖出来的泥鳅集中到水池里，大的杀掉，破膛去肚，收拾干净，直接食用，小的放到水池里让它们自己吐掉肚里的淤泥，然后再食用。看着那堆成小山似的肥硕的泥鳅，社员们开始想着法子吃它们。也别说，真的就吃出了几道泥鳅名菜。比如红椒烧炒泥鳅段，先把大个的泥鳅收拾干净，切成一块块的肉段，然后用葱姜特别是大量的干红椒爆炒，然后用文火慢炖，直到把汁水彻底炖干，再干炒到微焦，这样炒出来的泥鳅，香味扑鼻，绝不亚于红烧鳗鱼。再比如泥鳅炖豆腐，先把小泥鳅收拾干净，然后在锅里放上大块豆腐，把泥鳅也一起放进去，加入适量的水，用火烧，水变热，泥鳅就往豆腐里钻，等到泥鳅全部钻进豆腐，煮死掉了，再加入作料，慢火文炖，这样做出来的泥鳅豆腐，鲜嫩无比。也就是从那时起，我们那里开始吃泥鳅，一直到21世纪初。最近几年，吃泥鳅的风俗开始衰微。

当时，社员们还捉到大鱼，最重的一条青鱼有三十多斤。有人就提议，把大鱼送到县城去卖，大家一致赞同。老队长就说，卖鱼的钱直接买成鞋子、铁锨，发给大家做福利。

　　我清楚记得，当时还挖出了大量的河蚌。那河蚌大得惊人，有中等锅盖那么大，我们抱起来都有点吃力。我们挑出最大的，好奇地数它们壳上的波纹，父母们给我们讲，那是河蚌的岁数。大河蚌的肉很皮实，吃起来费劲，我们基本上扔掉了。我们就找来火，把它煮熟了，取蚌壳当玩具。

　　现在想来，那些大泥鳅、大鱼、大河蚌，已经很难找到了，那得经历过多少自然变换，经历过多少生死考验，才存活了那么多年啊。我们为了那点肥料，真的是暴殄天物了。

蓟蓟芽·榆钱·荼荚

河蚌、蚬子、螺螺，烹炒需要大油，不然吃多了会伤胃，想经常吃它们哪能吃得起呀。

当父母们开始在春天的田野上播种的时候，我们就结伴去挖野菜。

野菜种类极多，大一点的孩子就指给小一点的孩子看，这是荠菜，那是蓟蓟芽，这是面条菜，那是苦苦菜，哪些是人吃的，哪些是猪吃的，哪些是兔子吃的，介绍得清清楚楚。

挖的最多的是荠菜，可以炒着吃，可以烧成汤，也可以凉拌。最好的做法是荠菜炒鸡蛋，绿的翠绿，黄的金黄，白的乳白，清心爽目，香气浓郁，吃起来齿间生香。

我总是分不清荠菜和另一种野菜的关系，而那种野菜不能吃并且生命力极强，随处可见。我的邻居三丫就指给我看，说荠菜的叶子有锯齿，我就说那种野菜叶子也有锯齿；三丫就说，荠菜的颜色有点暗红，我就说荠菜也有绿色的。三丫把眼一翻，到旁边剜荠菜去了。三丫剜荠菜速度很快，一会就剜了一篮子。她拽过我的扒箕子，装满，然后再去剜。装荠菜时，那眼神分明在说，真笨，有教你的时间还不如我自己剜。有一次挖荠菜回来，她陡然冲我冒一句："四体不勤，五谷不分，富贵人呢。"说得我愣怔了半天。三丫家是地主，中华人民共和国成立前，她的祖父是我们那儿的小学校长，在那个时代，属于被专制对象，所以她一家人做什么事都很低调。

我喜欢挖蓟蓟芽。它是我们那里很普通的一种野菜，叶子呈羽齿状，有绒绒的刺，老了之后，花呈小菊花状，白色或粉红色的，刺变得坚硬起来，无法再食用。

春风吹过，几场春蒙雨飘过，蓟蓟芽就一片一片地冒出嫩绿的小脑袋。蓟蓟芽生性随和，田间沟旁，土地、沙地、石头地，肥沃也罢，贫瘠也罢，处处都能看到它们的身影。快快地挖吧，十天半月，蓟蓟芽就老了。

挖来蓟蓟芽，母亲就用开水烫。烫过之后，蓟蓟芽的刺就变得像叶子一样柔软了。蓟蓟芽最常见的吃法是做菜渣子。有捣碎的花生米当然最好，没有花生米就磨点黄豆放进去，连黄豆也没有，就放点豆饼吧。略微放点油，最好是猪油。盐是不能少的。

蓟蓟芽做的渣子很香，可以当饭吃。北宋医学家苏颂说："小蓟，俗名青刺蓟，今处处有之。当二月苗初生二三寸时，并根作茹，食之甚美。"看来，人们吃蓟蓟芽的历史很久远了。

我们那里有一种土方子，清明节那天，挖来蓟蓟芽，洗净，晾干，然后泡水当茶喝，可以治疗高血压。民间偏方很有意思，往往透着一股神秘。比如，必须是清明节当天的蓟蓟芽，这种时间上的严格规定，说有道理也有道理，说没道理又没道理。但我们无法否认一点，小偏方往往可以治大病，小偏方往往气死名医生。

一场春雨一场暖。几场春雨之后，野菜该老的老了。

"春尽榆钱堆狭路"，四月底，家前屋后的榆树唱起主角。

看那榆树，千枝万条一片新绿，一簇簇的，浅黄嫩绿，密密匝匝，压弯了枝条，微风拂过，颤颤悠悠。

"榆钱"谐音"余钱"，一方面是它的形状的确像铜钱，特别是阳光照过，碎金满树，很别致。另一方面也寄寓了人们富贵发达、年年有余的美好祝福。

"榆荚新开巧似钱"，看那满树的榆钱，真像千万条绳索穿满铜钱悬挂在树上；"一树榆钱半月粮"，再看那满树的榆钱，又像千万头谷穗倒挂在枝头。

把帆布包往脖子上一挂，爬上树去。一把一把将，边往口袋里装边往嘴里塞，嫩嫩的，甜甜的，带着淡淡的清香。

胆小的，就在竹竿顶端捆绑上一根粗铁丝，最好是细钢筋，把头折成钩，也可以绑上一把镰刀，站在树底下，一根根往下拽树枝。不过父母们不让小孩子那么做，怕出危险。那榆钱紧紧地簇拥在枝条上，拿在手里，颤颤巍巍，晃人眼睛。

榆钱的吃法很多，可以炒着吃，跟玉米粉和到一起蒸窝窝头吃。我喜欢用榆钱烧玉米糊糊吃。水烧开了，先下玉米面粉，烧沸了，放入榆钱，加入适量的盐。榆钱糊糊吃起来绵甜爽口，清香扑鼻。

《救荒本草》中说："榆钱树，采肥嫩榆叶煤熟，水浸淘净，油盐调食。其榆钱煮糜羹食，佳。"看来，不只我们喜欢喝榆钱糊糊，古人同样喜欢。

那时水果很少，并且生产期短，特别是春天，基本见不到水果。

我的家乡有一种红茅草，春天发出的芽子，白嫩嫩的，泛着粉红，我们叫它"茶英"。红茅草生命力极强，特别是沟渠边上最多。

刚发芽的时候，一片一片的，像缩微的竹笋。我和小伙伴们挎起扒箕子，去野外割牛草，遇到茶英就停下来采摘，装到口袋里。茶英剥去外面的薄皮，露出白嫩嫩的芯子，吃起来汁水旺盛，滑滑的，甜甜的，还透着股清香。那是我们春天里最好的"糖果"了。

茶英要及时提（dī，口语，"采"的意思），提晚了，一旦茶英冒出了白尖子，就老了，干渣渣的毫无味道。

老了的茶英就是茅草的缨子，白色的，形状像芦苇花，在风中飘拂，很漂亮。

茅草看起来不起眼，却是好东西。以前盖土坯墙屋子，基本上用它苫屋顶，耐湿耐腐，结实耐用，冬暖夏凉。

到了秋天，刨出来的茅草根，又是一道美味。刨出的茅草根水洗之后，白白嫩嫩，长得肥壮粗大的，就像一节节的细藕，咬上一口，爽口得很，甘甜中带着一股清冽，有股浓浓的秋的味道。

香椿树

春天里的香椿树既招人眼又勾人肚里的馋虫。

香椿是春天美食的传信使者。几阵春风吹过，熟睡了一个冬季的香椿芽被吹醒了。香椿叶厚芽嫩，绿叶红边，犹如玛瑙、翡翠，香味浓郁，营养丰富，是春天蔬菜中的一宝。

香椿的种类很多，根据香椿初出的芽苞和子叶的颜色不同，基本上可分为紫香椿和绿香椿两大类。

在老家，几乎家家户户的房前屋后都会种上几棵香椿树。一到春天，人们便爬上树，摘下鲜嫩的香椿芽，或炒，或蒸，或煎，或凉拌，无不香嫩可口，美味十足。那时吃香椿芽，时令性很强，前前后后也就十来天。一旦过了时间，香椿芽会变得又老又涩，完全失去了那份鲜美，不像现在，一年四季都有的吃。

香椿芽炒鸡蛋，香椿芽拌豆腐，是我们老家两道家常菜，也是名菜。香椿芽炒鸡蛋，绿的翠绿，黄的鹅黄，白的乳白，从颜色上看，赏心悦目，关键是那个香，那种自然的不加雕琢的香，是任何佐料都取代不了的。我觉得"齿颊留香"这个词用在香椿炒鸡蛋上最为恰切。小葱拌豆腐——一清二白，香椿拌豆腐，除了一清二白外还有那份清甜和淡淡的幽香。我觉得做人，除了要"小葱拌豆腐——一清二白"，还要"香椿拌豆腐"，让品德之香流传世间。

在我们那里，采摘香椿芽很有讲究。香椿树材质特殊，木质又软又脆，极易断折。所以，对于小的香椿树，我们摘的都是侧芽。香椿树梢最嫩，但不许摘，摘了香椿树没法生长；香椿芽太嫩不能摘，摘了是暴殄天物；老了不能摘，又苦又涩不好食用。最好的香椿芽是叶子刚展开，紫色中透着嫩绿。一旦叶子彻底展开，变成绿色，那就老了。

一到采摘季节，第一茬采摘之后，我们每天都会围着树转一圈，观察椿芽的生长情况，认为够一盘菜了，就集中采摘下来食用。

现在，每每看到街头菜摊上，色泽酡红的香椿芽儿被小贩们扎成小捆儿码着，尽管用湿布盖着，时间略长仍免不了一副蔫倦倦的样子。这时，我总会想起故乡房前屋后的香椿树，想起儿时采摘香椿芽的美好情景，心中不由感叹，只有亲手采摘的香椿芽儿那才叫一个鲜嫩，那才叫手有余香！可惜，住在城里，这些都成了别后的遗憾，那沁人肺腑的香椿味儿随风淡了，留下的只有一声声喟叹。

尽管岁月弥久，但记忆中的故乡的香椿树一直在生命的深处执着地生长着、深情地摇曳着，哪怕是一缕春风也容易把它唤醒。

资料显示，香椿树的根、皮、叶均可入药，香椿芽更是名贵的木本蔬菜，多汁，香气浓郁，营养丰富，蛋白质和磷含量颇高。如果对它的营养成分进行综合评价，香椿居西红柿、黄瓜、大白菜、菠菜之首，是蔬菜中的上品。

中国人食用香椿久已成习，汉代就遍布大江南北。据记载，汉朝时候，食用的香椿曾与荔枝一起作为南北两大贡品进贡，深受皇上及宫廷贵人的喜爱。宋代苏轼盛赞："椿木实而叶香可啖。"

据《食疗本草》载："椿芽多食动风，熏十经脉五脏六腑，令人神昏，血气微。若和猪肉、热面频食中满，盖壅经络也。"香椿虽好，食之不可过量。

有人研究指出，香椿含有硝酸盐和亚硝酸盐，含量远高于一般蔬菜；而香椿中蛋白质含量高于普通蔬菜，还有生成致癌物亚硝胺的可能。看来，食用香椿潜藏着某些安全隐患。不过，这种隐患解决起来很简单：把刚摘下来的香椿芽在沸水中焯烫一分钟左右，可以除去三分之二以上的亚硝酸盐和硝酸盐，同时还可以更好地保存香椿的绿色。无论是凉拌还是炒菜，都不妨先焯一下，可极大地提高食用香椿的安全性。由于香椿的香气成分主要来自于香精油，它是不溶于水的成分，所以焯烫并不会明显影响香椿芽的独有风味。

在我的故乡，乡亲们在房前屋后栽种椿树的习惯由来已久，一棵或几十棵香椿树往往就是一个庭院或一个村庄的特有标志。远远望去，村口或院子里高大的香椿树便是游子心中摇曳着的故乡意象了。瞧那一簇簇努力向上的枝条，多像挥动的手臂啊，招呼着每个过路的行人；又像绿绿的茸茸的鸡毛掸子，正试图轻轻掸净白云飘浮的故乡的蓝天……

在家乡，椿树分香椿、臭椿两种。香椿可以使用，臭椿只能做木材用。古书记载，香椿为"椿"，臭椿为"樗"。

香椿作为一种特殊的树种，它们有自己的生存智慧。它的木质偏脆、易断，树芯呈褐色，有"桃花心木"之说。它的枝条呈空心状，一般枝条难以承载较大的重量，使采摘者望而却步，香椿树借此很好地保护了自己。

香椿树除了奉献给我们一捧捧美味的椿芽，还在启迪我们的生存智慧。

现在的故乡，家家盖起了小楼，有的人家为了占地方甚至把周围的土地全部水泥化。屋前屋后屋角随手栽上一两棵香椿树或者一两棵果树的情景很难见到了。过去来到村口，一眼望去，树荫浓郁，偶见房屋露出一角，让人怦然心动。整个村庄那种浓浓的绿呀，让你神清气爽。现在到了村口，满眼是灰蒙蒙的水泥墙，有一种局促压抑的感觉。

前几年，父母为减轻我们兄弟姊妹几个居住城里的寂寞，把老屋旁边的一块废池塘填平，专门买来几车田土，覆盖上去，开辟成一块菜园，周围栽上香椿树，栽上果树，园子里种上时鲜菜蔬。现在，那些树已经有碗口粗细，春天可以采椿芽，夏天可以摘桃子，秋天可以摘柿子。

每到周末，兄弟姊妹几个不约而同奔赴老家，我想，我们为的不是那把菜蔬、果子，而是那份温馨的记忆，那份执着的家园之爱。

蒲公英

　　"小小伞兵，扬扬纷纷，山坡原野，到处安身。"一阵风儿吹过，天空中飘满了绒绒的降落伞，看，那就是我们童年的蒲公英。

　　蒲公英是我们童年放飞梦想的最好载体。当蒲公英油绿的叶子在春风里招摇的时候，我们往往会手下留情，舍不得挖起它们。

　　在我们那里，蒲公英是一味特殊的野菜，它那肥嫩的叶子是上好的蔬菜。把挖来的蒲公英择好，洗净，先用开水焯一下，再用冷水过滤，然后浇上用醋混拌辣椒末、蒜泥等的佐料，当凉菜食用；也可以洗干净一把蒲公英的嫩叶，用少许油炸锅，丢上几瓣大蒜，撒几丝葱姜，烧成汤吃；还可以清炒着吃。烧汤和干炒时，打上鸡蛋，绿是绿，白是白，黄是黄，颜色悦目，令人食欲大开。

　　我国食用蒲公英历史久远。《唐本草》载："蒲公草，叶似苦苣，花黄，断有白汁，人皆啖之。"《本草纲目》直接把蒲公英记载于"菜部"，说："地丁（蒲公英），江之南北颇多，他处亦有之，岭南绝无。小科布地，四散而生。茎、叶、花、絮并似苦苣，但小耳，嫩苗可食。"

蒲公英既是蔬菜，更是上好的药材。

清代王士雄撰写的《随息居饮食谱》对蒲公英的药用价值记载得比较全面：清肺，利嗽化痰，散结消痈，养阴凉血，舒筋固齿，通乳益精。近年更有人声称蒲公英可以治疗癌症。

在我的家乡，到了春天，人们会把剜来的蒲公英收拾干净，洗干净，然后晾晒，晒干后泡茶喝。有人更喜欢挖出蒲公英经年的老根，洗干净后切成片，晾晒干了后泡茶喝。如果谁家的孩子手脚或屁股上生疮了，父母们就会采下蒲公英的鲜叶子，然后捣碎了敷到疮口上，几次敷下来，疮口就结疤了。

春末夏初，一场雨之后，似乎一夜之间，蒲公英就抽出一枝枝长长的嫩嫩的梃子，上面顶着一个古钟形花蕾。阳光照耀，花蕾绽开，那金黄色的花瓣像葵花似的开放，微风吹过，探头探脑的，在丛丛绿色之中分外耀眼。

也许过于留恋春天，没过多久，一簇簇的蒲公英就擎起一朵朵的小花伞。我们快乐的时刻到来了。我们摘取一朵朵小花伞，不用相约，一起奔跑在河畔田埂，轻轻一吹，那一朵朵小花伞便飘满天空，飘满原野。

每棵蒲公英都怀着一个春天的梦想，它用自己的种子去实现自己的梦想。风儿一吹，它的种子就乘风而去，不管山高水长，不管历经多少磨难，只要遇到有土壤的地方，肥沃也罢，贫瘠也罢，它都会努力地发芽、开花、结果，去完成自己的生命梦想。

蒲公英的这种精神深深地扎根在我们心田。我们愿意帮助蒲公英实现它们的梦想，也希望蒲公英带去我们的梦想。

阳光灿烂的日子，我们会躺在暖暖的草地上，望着蓝天上的白云凝思，望着蒲公英那毛茸茸的小伞遐想。我们会闭上眼睛，许下自己的梦想，让蒲公英带着它们飞翔，把梦想的种子播撒到远方。

有关草药的记忆

几年前，单位组织体检，医生告诉我，我有胆囊积液。

有一次聚会喝酒，和朋友谈起此事。一位朋友说，好办，你用栝楼子和蒲公英一起泡水喝，连续喝半个月，包好。我不太相信。他为了佐证自己观点的正确，告诉我他的爷爷是位乡村教师，而且精通中医。这个方子是他爷爷给他的。一位懂得医术的老乡村教师给的方子，我没有再怀疑的理由。

栝楼子，我老家就有。到了夏天，许多人家的门楼子上都会爬满瓜蒌子的藤茎，一来遮阳，二来美化环境。到了秋天，门楼子上挂满金色的栝楼，远看，像挂满金色的圆球，煞是美观。至于蒲公英，我们老家的田埂河边，更是随处可见。既然不费事也不用花钱，那就试着喝点吧。我回一趟老家，拿来一些栝楼和蒲公英。由于味道太苦，我只咬着牙喝了一个多星期。

第二年体检，医生告诉我，我的胆囊什么问题都没有。

我不知道是不是朋友的那副偏方起了作用，但我相信中药是宝贝，充满了神奇。

想起小时候，在我的老家，人们对中药充满了热情。

每到夏初，生产队都挖来草药，比如车前草，然后煮水给大家喝，既治病又防病。

小时候，我得了疟疾。我们那里治疗疟疾，不是一发病就治疗，要让它烧上几天，说那样才可以治疗得彻底。我得疟疾的时候是六月，天气正热。疟疾的发作时间极有规律。我疟疾发作时恰是中午前后，天气本来就热，可我却冷得要盖上厚厚的棉被。那种滋味终生难忘。

有一天早晨，我父亲把我带到我家的辣椒地边，在地上画了个十字架。他让我站在十字架上，面对初升的太阳。然后他摘了十几个辣椒花苞（没开的辣椒花），让我吃掉。他说，这能治疟疾。我的疟疾好了，到底是我那天吃的辣椒花苞起了作用，还是我打针吃药起的作用，我不得而知。

我们那里有一种血鳝，细细的身材，黑褐色的皮肤，极像水蛇。我们捉住它，就剁去头，把它的血涂到纸上，然后晾干。如果受了刀伤，或身上生了什么疮，就用那纸贴住，很快就痊愈了，效果很好。

在我的家乡，如果有人中风歪了嘴巴，不用去医院，取下癞蛤蟆的皮粘贴，不几日就好了。那时，歪嘴巴病好像很流行，所以看起来很瘆人的癞蛤蟆比起青蛙来要少得多。

到了秋天，老人们如果遇到一窝没长毛的小老鼠会无比珍惜，他们取来小老鼠，装进瓷罐，泡上香油，一段时日后，若有冻伤、烫伤，拿来涂抹上，效果很好。

我们那里，有一种八仙草，很神奇。它的花是黄色的，叶子八片，伞状分布，藤上长满刺，外形极像"拉拉秧"，特别是它的根，是红色的。到了秋天，刨出它的根泡酒，可以治疗许多无名肿毒。

草药很神奇也很矛盾，该怎样认识草药呢？

比如，用草药治病，同一味草药，有的人效果明显，有的人没有效果；同一种病，有人用这种草药管用，有人用那种草药管用。草药与西药的使用方法明显不同。

对于这种现象，我是这样认为的：人是大自然中的一员，是大自然中的一分子。无论你得了什么病，大自然中会有一样东西能克制住它。我们之所以面对某些疾病束手无策，只是我们没有找到那味中药罢了。或者，我们认为某种草药可以治好我们的病，却没能治好，那只是因为，我们没能对症下药，或者说我们没有找对药。一旦对症下药，草药的效果会比西药好。屠呦呦发现青蒿素就是最明显的例证。

我相信草药，因为我始终认为，人永远是自然的一员，永远离不开自然。

我们不要孤立于自然，更不要辜负了自然。

篱笆·蜻蜓·牵牛花

　　清明前，各家的园子要结上篱笆。结篱笆是为了阻止鸡鸭鹅偷食或糟蹋园子里的蔬果。现在想来，在当时的农村，篱笆是一道最具乡村气息的风景线。

　　清明时节的篱笆墙里，最让我们着迷的是嫩韭芽。一畦畦的韭芽，冒出一排排整齐的嫩黄的脑袋，一天天长大，沐浴着春阳、春风，渐渐变成紫色。韭芽呈紫色时，就可以动刀割了。当然，也可以等到韭芽变成油绿绿的韭菜再割。割下的韭芽只有小拇指那么长。我们那里过清明，最理想的饮食，就是吃嫩韭芽、鸡蛋化做馅子包的白面饺子。

　　清明那天早晨，母亲包好韭芽饺子，先盛出一碗，留作上坟扫墓祭奠时用。然后，我们就可以放开肚皮饱餐一顿。齿颊留香，用在清明时节吃韭芽饺子上，是再恰当不过的好词。

　　几场暖风吹过，几场暖雨飘过，园子里生机无限，篱笆上风景无限。

篱笆旁边都留有窄窄的水沟，作园子灌溉之用。每到傍晚，家家户户忙着浇园子，你呼我应，喧嚣而热闹。由于多数人家的园子离渠边或沟边较远，所以浇园子往往需要几家合作。父母们合作，用水斗不停地从沟渠里往岸边的小水沟里舀水。水斗用高粱莛子或细的蜡条编成，形状类似笆斗，有头盔那么大，两端拴上绳子。两个人站在沟渠同一边的两旁，同时均匀地用力拉绳子，把水斗提到岸上，往上舀水。用水斗舀水，两个人必须配合默契。

我们的任务是在园子里开水口，一畦灌满了，堵上水口，再开另一畦。水涌来时，那情景最动人，我们看着那水头游动着，蜿蜒而来，似乎包含着巨大的生命力。我们高兴了，会卷起裤腿，赤着脚跟着水头跑。灌过水的园子，飘荡着淡淡的泥土气味，充满绿色生机，让你感受到生命力的无限旺盛。

篱笆边的水沟里有许多小动物，最可爱的是小蝌蚪，我们逮住，放到水盆里或者玻璃瓶子里养起来，观察它的变化。那时的语文课本里有一篇课文叫《小蝌蚪找妈妈》，我们读后，对小蝌蚪产生了一种别样的感情，有怜爱，也有好奇。现在想来，我们对青蛙抱有好感，跟那时的宣传教育有很大关系。

到了夏天，篱笆上会落满蜻蜓。我们最喜欢那种大蜻蜓，叫它"直升机"。它个头是一般蜻蜓的两倍。它身体的前部方方正正，后部细长，模样真像直升机。它总是挑选粗壮的枝条、肥大的叶子降落，看上去粗犷豪放。

最精致而招人怜爱的是那种小蜻蜓，身材纤细，只有一般蜻蜓三分之一那么大，一副弱不禁风的模样。它们五颜六色或者说五彩缤纷，又性喜近水，让夏季的渠塘充满了灵动。我最喜欢那种纯红色的，其次是蓝色的，它们落在青枝绿叶上，或者在水面翩跹起舞，颜色与四周的环境搭配得极为自然，是一幅天然的水粉画。它们的学名叫"豆娘"，是蜻蜓的近亲。

一般蜻蜓是黄色的，我们除了用手去捏，还会用扫帚去捂。中午，灼热的阳光下，蜻蜓也会休息。我们蹑手蹑脚往前靠，伸出手，待指头靠近它的翅膀时，猛地捏住。有的蜻蜓很凶，会张嘴咬你的手指头，感觉痒痒的。捉到蜻蜓后，最好的玩法就是掐掉翅膀，看它在地上飞。有时我们捉来蚂蚁，坐在一边看它吃蚂蚁。那时蜻蜓很多，特别是雷雨来临之前，蜻蜓全部出动，遮天蔽日。我们一扫帚捂下去，能捂到好多只。

有一段时间，我对夜间的蜻蜓在哪里过夜很着迷，蜻蜓有家吗？我在夜里偷偷起床，拿着手电筒去找蜻蜓。很奇怪，白天蜻蜓降落的地方基本看不到它们的身影。那铺天盖地的蜻蜓到底住到哪里去了？

一个夏天的早晨，天刚蒙蒙亮，我到稻田边割兔草，我被稻田里那壮观的景象惊呆了。原来蜻蜓的家在这里：稻秆上落满了蜻蜓。透过稻叶子，蜻蜓们那黄黄的颜色很耀眼，与翠绿的稻叶子相映衬，那气势，动人心魄。

已经很多年没有见到蜻蜓漫天飞舞的情景了。儿时的蜻蜓，你的子孙后代现在栖息何处？

篱笆上总是爬满各种藤蔓植物，那是我们的最爱。到了秋天，篱笆上的牵牛花竞相开放，沾满露珠，粉红色的，天蓝色的，大红色的，杂色的，五彩缤纷，美丽异常。早晨，我们会摘下牵牛花的蕾，摘掉尾巴，用嘴一吹，"啪"的一声响，它就开放了。三丫会摘下牵牛花，挤出颜料涂抹额头或两腮。

牵牛花是秋的宠儿。在百花凋零、酷霜逼近之时，露珠最为晶莹。早晨的牵牛花，挂满了露珠。露珠滋润后的牵牛花透着一种冷艳之美。

我们那里还有一种花，是牵牛花的近亲，叫"打碗花"。打碗花春天开花，一路开去，直开到深秋，在秋霜中与牵牛花一起陨落。细看打碗花，虽然外形与牵牛花相似，但差别之处还是很明显。首先是颜色，牵牛花颜色鲜艳，且每一种花的花色单一，打碗花的颜色由浅红和白色组成，条状相间。其次是花型，牵牛花的尾部细长，打碗花的尾部阔圆，如果说牵牛花像唢呐，那打碗花则是村头的大喇叭。

园子里会结满西红柿，结满黄瓜，长满肥大的萝卜，我们嘴馋的时候，会钻进去摘几个过过瘾，一般来说，父母们不会计较。我们走过园子边时，如果遇到父母们正在摘果实，他们有时会扔过来一两个，喊"接着"，让我们品尝。

那时，邻里之间的关系和谐而又朴实，有一股浓浓的泥土气息。

那时，村子周围，人家的旁边会种上一种灌木，我们叫它"楸楸树"，交织成一道自然屏障。楸楸树是一种高秆灌木，叶子蜡质，类似冬青叶子，枝干上长满又长又尖的刺，长的刺有小拇指头那么长。果实类似橘子，我们叫它"楸楸蛋"，多籽，酸涩，不好食用。那时我们没见过橘子，父母就告诉我们，橘子跟楸楸蛋一样。真是奇怪，楸楸蛋不好食用，它的产量却很高，满树都是，把枝头坠弯。成熟后尤为壮观，金黄一片，清香四溢，落到地上，又密又厚的一层。

听老人讲，中华人民共和国成立前，我们村子就是用楸楸树来防挡强盗的。

　　前段时间，我吃到了柠檬，它的外形很像楸楸蛋，吃一口，酸掉牙了，那味道极似楸楸蛋。我细看一下，只是楸楸蛋的籽是椭圆形的，而柠檬的籽是圆形的，肉质构造基本相同。我没看过柠檬树，查阅一下资料，大意是：柠檬不经修剪的植株可高达三至六米，幼叶带明显的红色，以后渐变绿，有些品种的幼枝具有棱，有的品种叶腋间有尖刺。这样看来，楸楸树跟柠檬树之间真有相似之处呢！

　　一个偶然的机会，我终于查到了故乡楸楸树的真名，它就是"枳树"，就是《晏子春秋》里所说的"橘生淮南则为橘，橘生淮北则为枳"的枳树啊。

　　现在的家乡，再也看不到楸楸树的踪影了。

槐花飘香

"春风一夜庭前至，槐花十里不胜香。"

到了五一前后，洋槐花就泼泼辣辣地开了。村子里、田野上，到处飘荡着洋槐花的香味，甜甜的，香香的，清新淡雅，沁人心脾。那一树树洋槐花，洁白如玉，与鲜绿的洋槐叶相互映衬，煞是好看。洋槐花的花骨朵像小元宝，一朵一朵重叠在一起，一串串压满了整个枝头，素朴而美丽。绽放的洋槐花像小灯笼，樱花般美丽，只是花瓣小一些罢了。

抓紧采摘吧，花期一过，就落英满地了。

洋槐花可以生吃。生吃的洋槐花要是那种没开放的花骨朵儿，一串串的，可以一粒粒摘着吃，可以一串串捋着吃，甜甜的，绵绵的，透着一股清香。完全开放的洋槐花，吃起来缺少汁水，味道不够鲜美。

洋槐树一般很高，树型很少有挺直的。树枝上有刺，长长的，尖尖的，很坚硬，所以很多地方叫它"刺槐"。采洋槐花最好用竹竿，在竹竿的顶端绑上一把镰刀，或用粗铁丝（最好是钢筋）做成的弯钩，挑拣那一枝枝花团锦簇的，用力拉断，然后再采摘。

洋槐花比较常见的吃法是做渣子。先把采摘来的洋槐花用开水烫一下，缩小它的体积，然后用力揉干水分，去掉涩味，然后做成窝窝头状。再放进锅里，加进磨碎的黄豆，最好是花生米，加进适量的盐，加点油，最好是猪油，用文火煮烂了，香喷喷的洋槐花渣子就做出来了。洋槐花做出的渣子有一种丝丝的甜味，像洋槐蜜那样的甜味，很特别。

也有把所有的作料调好后，跟面揉到一起，捏成窝窝头，放到锅里蒸着吃的。

最好的吃法是，洋槐花去涩后，把蜂蜜、白糖跟面粉混合到一起，然后掺到洋槐花里，混合均匀，捏成条状，蒸着吃，或用油轻轻炸一下，到呈脆黄色为止。油炸着吃是洋槐花吃法中的上品，老百姓家很少做得起。前几年去河南开会，在太行山脚下的一家宾馆里吃过，味道极其鲜美。

目前，从我的手头材料来看，古人很少留下吟诵洋槐花的诗词，倒是有一位李明科先生写了一首《山槐》诗，读来别有情趣："一树花开任剪裁，农家少女挎篮来。炊烟起处清香满，情系山村不必猜。"这首诗清新活泼，真是把洋槐花盛开时的热闹情景写绝了。

现在，那陪伴我们走过艰辛岁月的洋槐正在从喧嚣中淡退，洋槐花的清香只有从瓶装的蜂蜜中才得以品尝。

近年来，在公园里，在马路边上，经常看到红色的刺槐花。我想，那应该是洋槐花的变种。红色的洋槐花能不能食用，不得而知。我也不想尝试，因为在我的记忆里，白色的洋槐花才是正宗。

洋槐（刺槐），跟一般的槐树不同。一般人所说的槐树，又叫"国槐"，树干挺直，无刺，树叶散发出一种药香，很少招虫子。在庭院里栽上一棵，夏天浓荫蔽日，是乘凉休闲的好去处。国槐也开花，花蕾是绿色的，米粒般大小，而洋槐蕾是乳白色的，爆米花般大小。"槐花新雨后，柳影欲秋天。"国槐花一般在八九月开放。小时候，国槐花采摘下来晒干了，可以卖钱，两元钱一斤。我和小伙伴们经常采了卖，买零食吃。古人对国槐树评价很高，可以和松竹比美，所以流传下来的咏国槐诗词也很多，其中唐代诗人白居易尤其喜爱国槐花，留下大量佳句，我觉得下面三首读来味足：

暮　立

黄昏独立佛堂前，满地槐花满树蝉。
大抵四时心总苦，就中肠断是秋天。

夏夜宿直

人少庭宇旷，夜凉风露清。
槐花满院气，松子落阶声。
寂寞挑灯坐，沉吟蹋月行。
年衰自无趣，不是厌承明。

秘省后厅

槐花雨润新秋地，桐叶风翻欲夜天。
尽日后厅无一事，白头老监枕书眠。

洋槐朴素，国槐高雅，都是一宝。可惜的是，大街小巷，我们随处可见国槐的丰姿，却很难见到洋槐的踪迹。即便在乡野，我们现在也很少看到成片的洋槐了。那洋槐花的汪洋我们还能再见吗？

那陪伴我们走过艰辛的洋槐，正在从喧嚣中淡退，正在离我们远去。

在洋洋洒洒的中华民族文化河流中，之所以没有留下洋槐的诗词歌赋，那是因为洋槐是外来物种。

它最早生长在北美洲，后传至欧洲，直到1877年左右，才被某些好事的传教士或一些不安分的候鸟以侵略的方式带到了中国。

关于外来物种，它们除了通过风、水流、气流等自然原因侵入外，更加主要的途径是人为活动，如贸易、旅游等出入境活动的带入。像目前沦为"全民公敌"的牛蛙、福寿螺、非洲大蜗牛等，最开始是为了满足国人的口腹之欲被引进的；巴西龟最初是作为宠物被引进饲养的；而紫茉莉、洋槐、含羞草、圆叶牵牛、曼陀罗等是作为观赏性植物被引入的。

2002年，国家环保总局和中国科学院就公布了第一批外来入侵物种，包括紫茎泽兰等52种。2010年，国家环保总局和中国科学院发布了第二批19种新增外来入侵物种名单。2014年，国家环保总局与中国科学院公布了第三批《中国外来入侵物种名单》，新增加了刺苍耳、圆叶牵牛和巴西龟、尼罗罗非鱼等18种物种。

20世纪80年代以前，经过8—10年的时间才会发现一种入侵生物，这几年，采取控制手段后，每年仍旧会出现一两个新面孔。最让人震惊的是，国际自然保护联盟公布的全球100种最具威胁的外来入侵物种中，中国已经发现了51种。我国已成为外来物种入侵最严重的国家之一。

其实，很多东西因为美好因为可爱才被我们不正常地引进，当它们泛滥成灾时，我们才意识到危险性。不过，洋槐似乎没有泛滥到不可控地步。我生活的周边地区，现在已经很难见到洋槐。也许是被人为根除，也许是因为它木材的作用不大，人们不再种植它了。

一提到洋槐是侵略物种，我的心里总会有一种淡淡的惋惜，甚至哀伤。

吃忆苦思甜饭·过端午

　　暮春时节，青黄不接，人们的生活有些困难，可夏收即将到来，劳动量在一天天增加。"三秋不抵一夏忙"，正是需要积蓄力量，坚持下去的时候。既然缺少物质营养，那就来一场精神滋润吧，人毕竟不是只靠吃馒头活着的。

　　县里发出指示，要求各大队、生产队搞一次忆苦思甜活动。

　　"忆苦思甜"在当时是家常便饭。全国上下，大江南北，长城内外，"忆苦思甜"的形式林林总总，五花八门。

　　"太阳当空照，阳光暖人心，生产队里开大会，忆苦为思甜……"生产队里的"能嘴"先自编词曲，唱上一两段。

　　生产队长主持会议，他设身处地、语重心长的讲话具有一定的鼓动性："社员同志们，大家起立。我们要坚决地'三忠于'（即忠于毛主席、忠于毛泽东思想、忠于毛主席的无产阶级革命路线）！"然后，他带领人们举起红宝书宣誓。

　　宣完誓之后，走程序。

基本程序还是老一套，先是一两位贫苦农民讲一讲自己在旧社会的生活经历，无非是"干的是牛马活，吃的是猪狗饭"那些老话旧事。以前吃饭之前会批地主、富农，喊革命口号。后来基本没有那样做，可能是我们那里真正的老地主已经全部死掉了，小地主也改造教育得差不多，反正是这道程序没有了。然后就是吃忆苦思甜饭。饭早就做好了，装在大箩筐里。大家就拿着碗筷，排好队去打。

打好饭，不许端走，就坐在那里吃。大家都吃完了，才能离开。生产队长、指导员站在旁边监督。

父母有限量，不吃完不行；小孩随意，想吃就吃，不想吃就算了。

我打了小半碗，记得那饭是黑乎乎的，尝一口，里面以麦麸皮为主，加点野菜，好像还有一种草，听说那种草能治病，没放一点油，有盐味。

我试着吃一口，怎么也咽不下去。我闭上眼睛，拼命咽下去了，就觉得整个嗓子麻沙沙的，很难受。

不知什么时候，我的碗里被加满了。不知是谁把他的饭偷偷加到我的碗里。我实在吃不下去，就把饭倒了回去。

我发现，能吃完忆苦思甜饭的，大多是老人，伸脖子瞪眼的大多是年轻人。老人们吃得很安详，年轻人则有各种小花样，有的偷偷带点咸菜，有的带点花生米，有的趁别人不注意干脆把饭泼掉了。每次吃完忆苦思甜饭，如果到伙房后面去看看，那里都是泼掉的忆苦思甜饭。

不管当时的生活怎么艰苦，跟旧社会相比，跟老人们相比，我们真的是"生在红旗下，长在甜水里"，只是我们没有感觉到罢了。

　　麦子甩黄，端午节就到了。

　　"重五山村好，榴花忽已繁。粽包分两髻，艾束著危冠。"我们相约去打粽叶（芦苇叶子）。到了河边，芦苇叶正绿。芦苇丛中，柴呱呱正一声接一声鸣叫。

　　柴呱呱的窝挂在芦苇秆上，很容易被我们发现。不过，柴呱呱尖嘴长腿，羽毛灰灰的，叫声也不好听，我们一般不喜欢喂养。不喜欢喂养是一码事，喜欢捕捉柴呱呱又是一码事。我们常常用马尾巴的长毛来捕捉它。马尾毛长而细，且富有弹性。我们打上活扣，拴在芦苇秆上，然后在圈套下面放上一点蚯蚓之类的活物作诱饵。柴呱呱嘴巴长，脖子长，伸出去啄食，很容易被拴住。柴呱呱很呆，也很群体。一只柴呱呱被捉，会不停地鸣叫，其他柴呱呱接到求救信号会赶过来营救。采用相同的方法，我们往往一次就能捉到许多只。

　　后来我才知道，柴呱呱就是"芦苇莺"，一种憨厚、勤劳的鸟儿，布谷鸟的蛋就下在它的窝里，柴呱呱负责孵化、喂养它们的幼雏。柴呱呱，让人敬佩的鸟类，不谙世事的我们曾多少次欺负过你们哪。

　　母亲包好粽子后，就和鸡蛋、鹅蛋放到一起煮。粽子的清香弥漫整个院子，吊人胃口。鹅蛋很大，很诱人，我们往往舍不得吃，悄悄地藏起来，留着慢慢吃。留着留着，留酸了的留臭了的也有。我们最喜欢玩的游戏是斗鸡蛋。几个小伙伴凑到一起，掏出自己的鸡蛋，拿鸡蛋的尖头去跟别人的撞，谁的鸡蛋最后撞破，谁的鸡蛋就是鸡蛋王。

　　那时生活条件不富有，但自己家可以养鸡，所以端午吃鸡蛋还是有保障的。

  端午前，会有货郎挑子进村。货郎挑子上总是挂着五彩丝线，母亲总会买上几尺，拴在我们的手腕上或脖子上，用来辟邪。特别是女孩子，那更是她们的最爱。"衫裁艾虎，更钗袅朱符，臂缠红缕"，说的就是她们吧。

  "归来落日斜檐下，笑指榕枝艾叶鲜。"至于端午节家家门庭上插新鲜的艾叶，辟邪祛毒，那更是乡村一景。

艾 草

　　春节立竹，清明插柳，端午挂艾，重九赏菊……花草能够走进世间节日且被赋予特定意义，那是花草的幸事。具有特定含义且又有价值实用，为百姓增福祉，那是花草中的珍宝。艾草就是这样一种珍宝。

　　艾草生长在时光深处，它荡漾着《诗经》里的祥和——"呦呦鹿鸣，食野之苹"，这里的"苹"就是指的艾草。

　　我国古代把"杏"称为医家之花，把"艾"称为医家之草。

　　艾草是一种多年生草本植物，半灌木状，其植株有浓烈的香气。艾草的叶子细小，厚如纸质，上面覆盖着一层灰白色的绒毛，采摘回来阴干，粗者可用于温针或制作艾条，细者可用于制作艾炷，其质地以陈年者为佳，能灸百病。灸是拿艾草点燃后熏烫人体的穴位。艾草全草均可入药，温经安胎、祛湿散寒、止血消炎、平喘止咳……《尔雅·释草》里赋予了艾草一个水火兼容的名字——冰台。"削冰令圆，举而向日，以艾承其影则得火。"其意是指将冰块做成凸镜可于日光下聚光取火，艾承其下，灸疾有奇效，具有通经活络、祛除阴寒、消肿散结、回阳救逆等功效。明明是暖性的草药，却偏偏连着"冰"，让人遐想联翩。

记得儿时的乡下到处是艾草，尤以河边、坡地为盛，微风一吹，起起伏伏，低处荡漾，高处摇曳，那些相偎的野花刚刚开了一点点，它们躲在艾草丛里，影影绰绰如梦幻一样。似乎听见了脚步，知道我们的到来，野地里的艾草竞相挺直了腰身，一副往前探呀探的样子，露出叶子背面的如霜绒毛。我们停住脚步俯身在一片艾草上，贴上耳朵想偷听艾草们的悄悄话，可这时候艾草们都不说话了，只是把一脉一脉的细微清香送过来，沁入我们的肺腑。

中医学告诉我们，艾叶苦辛、生温、熟热，具有纯阳之性，能回阳，通经络，走三阴，理气血，逐寒湿，暖子宫……如果把艾叶晒干捣碎如绒制成艾炷燃灸经穴，可温通气血；或染麻油引火灸疮，疗伤不痛。

采摘艾草很有讲究，需要趁着露水采摘。端午节前后几天，乘着露水采回的药效最佳。艾叶阴干后熬汁泡脚，可治疗伤寒感冒，有火降火，有寒驱寒。乡下人大多洞悉艾草的功效，每个家庭里做母亲的都会在合适时节采回一些艾草，晒干后收藏起来。

乡下的孩子出生后，爷爷奶奶都会亲自到野外采回大量的艾草，晾干揉碎，为孩子缝制一个馨香的艾叶枕头，艾叶枕头可以驱赶蚊虫、安眠助睡，使小孩子夜夜安睡不哭闹。

端午采百草，煮水洗澡，是我们那里的固有习俗。在这百草之中，艾草当然唱主角。端午那天，尤其是阳光灿烂的中午，一个个小孩子在装满百草水的木盆里扑腾，水花四溅，淡淡的清香弥漫开来，孩子们的笑脸如花骨朵一般灿烂。据说洗过百草澡的孩子，夏天不会生痱子。

清明插柳，端午插艾。我国的端午节是代代相传的卫生节日，无论北方还是南方，人们都会在这一天用雄黄水洒扫庭院，将艾条插于门楣或悬于堂中，用来驱瘴避邪。"手执艾旗招百福"，摇曳的艾草仿佛已经成了民间吉祥的"灵符"，在春天的千家万户门口蓬勃着。

到了夏天，采艾草铺在席子下面，可以驱虫驱蚊。更有艾草的清香驱赶夏日的浊气，缕缕清香伴你入眠，那种境界是空调房间无法比拟的。

艾，与"爱"的读音相同，也让人们总觉得艾草像轻盈可人的女子。有些女人，最好一辈子不要遇见，而"艾"一样的女人，一辈子一定要遇上一回，而且最好还是在故乡的大地上乍然相见，那样的感觉才很美好。

夏天来了

夏天是我们的狂欢季。

端午刚过，地里的麦子还未全黄，"布谷布谷"的叫声就传遍了大地原野。布谷鸟开始一声紧一声地催促人们在田野上忙碌。

关于布谷鸟有个传说。很久以前，有个书生精于农活，夏忙季节何时收割何时播种，村里人都愿听他的。一年他上京赶考，计划麦黄时赶回，但路遇大雨，延误了行程。同村人苦等不见，最后麦子都在地里坏掉了。等他赶回来时，同村人都已饿死。他悲痛过度，死后便化作一只鸟，在麦黄时嘶哑地叫着，提醒农人，麦子慢慢黄了就要慢慢收割，别等麦子熟过了头掉了穗头。

布谷鸟其实就是小杜鹃，又叫四声杜鹃，叫声特点是四声一转折，听起来好像是"布谷布谷"，又好像是"算黄算收"（麦子要"边黄边割"），其实，那都是农人们根据自己的理解加以模拟诠释罢了。布谷鸟和喜鹊一样，是农人心目中的福音鸟。

我们的夏天来得更早。刚过"五一劳动节"，我们就来到河边，脱光衣服，一溜排开去。我们决定下河洗澡。脱光了衣服才感觉到，风吹到身上有些冷。怎么办？穿起衣服认怂吧？不可能。有认怂的小男人吗？谁先下水去？那就比赛吧，我们常用的比赛方式是站在河边尿尿，看谁尿得高，尿得远，尿得低的尿得近的先下去。我们憋足劲比赛尿尿。尿得低的尿得近的就往后缩。我们不让，拥上去，抬起他来，一起喊"一、二——三，下去吧你！""嘭"的一声，扔进河里去了。

那个伙伴浮出脑袋，明明冻得浑身直打哆嗦，还咬着牙坚持，嚷"不冷，一点都不冷！"我们不管真假，下河去，先用水拍拍脑门，拍拍肚皮，然后扎进水里。

也有耍赖的，被扔下河后，在水底下憋气，就是不上来，我们慌了，一起跳下水去找。见我们上当，他蹿出水面，乐不可支。这时，笑语满河面。

几场火风吹过，油绿的麦子一片金黄。在我们那里，真正的夏天是从麦收开始的。

村头的电线杆子上朝向四方的大喇叭，家家户户的小广播，除了播送形势一片大好，还加播了天气预报。

这几天是好天气。天刚蒙蒙亮，生产队长催促社员们出工的哨子就从村头或村尾响起。人们提着头天晚上磨得锋利的镰刀，吵吵嚷嚷，三三两两地往麦田走去。到了田头，生产队长开始分配任务。利用这点间隙，人们顺手拣几头黄里透青的麦穗，放到掌心里反复揉搓，吹掉麦芒，只剩下麦粒。那麦粒颗颗晶莹如玉，浆汁饱满，放到嘴里咀嚼，甜丝丝的，满嘴麦香。

火红的大太阳升起来了。成群的麻雀似乎在欢度自己的节日，叽叽喳喳的叫声响彻原野，空气里弥漫着泥土味和麦香味。生产队搞后勤的挑着一桶桶的绿豆汤送到田头，孩子们叽叽喳喳尾随其后。

到了田头，许多父母把自己的收获交给自家的孩子。有的父母抓到了小野兔，有的抓到了一窝小麻雀，有的抓住了小野鸡……最让人羡慕的，有些手巧的父母用麦秸秆编成了金黄色的葫芦状的小笼子，里面装着叫蝈蝈。没有收获的父母也会搓上一把麦粒，放到孩子嘴里，或者拿起碗，把勺子捞到桶底，舀点稠稠的绿豆汤给孩子喝。

我们的愿望满足后，就三五成群地分散开去，寻找自己的快乐天地。

老冰棒

　　麦子甩黄的时候，从去年立秋以后就沉寂了的吆喝声又在村子里响起。"冰棒唻，好吃的冰棒唻，解渴的冰棒唻！"那一声声吆喝，勾得我们心花怒放。我们没有钱买冰棒，就是有点零钱也舍不得轻易拿出来买支冰棒吃。我们就跟着卖冰棒的自行车跑，围成圈跑。在我们眼里，那自行车后座上用棉被裹得严严实实的白色的长方形箱子里藏着无法抵御的诱惑。卖冰棒的人累了，会停下车子，用根木棍不停地敲打着箱子招揽生意，那声音清脆悦耳，振奋人心。一位小伙伴实在忍不住了，咬着牙递上贰分钱。卖冰棒的揭开棉被，打开箱子，再揭开棉被，一股甜丝丝的白色雾气顿时弥漫开来，一股清凉迎面扑来。

　　卖冰棒的是我们村里的一位理发匠，姓李。那时是大集体，他除了负责全大队的理发任务，麦收时还负责卖冰棒。理发也罢，卖冰棒也罢，收入归集体，他只是按日记工分。他的冰棒是计数的，卖完后要到会计那里去交账。看着我们满头是汗的馋猫样子，他忍不住打开箱子，拿出一支，让我们每人咬上一口。我们就狠狠地咬上一口，虽然冻得牙齿打战，我们还是狠狠咬上一口。一根冰棒吃完，不够。他又拿出一支。还不够，他有些犹豫了，可想了想，毅然再拿出一支。待到每人都吃上了一口，几支冰棒已经没了。他盖上箱盖，摇了摇头，叹口气说，今天算是白忙活了，你们这帮小兔崽子。说罢，骑上自行车，飞快地跑了。待我们回过神来，他已经拐了弯，不见了踪影。

有时候，生产队的人手太紧张，割麦子，运麦子，打麦子，晒麦子，耕地，插稻秧……个个忙得脚后跟打后脑勺。地里丢了许多熟透了的麦穗子，父母没工夫去拣。生产队长就说，小兔崽子们，排成一队，从这头捡到那头……奖励吧，一人一支老冰棒。我们欢呼雀跃，积极投入战斗。父母们不干了，嚷开了，队长啊，我们也热啊也渴啊。队长就说，那里有绿豆汤，由着你们灌呢。父母们又嚷，绿豆汤哪有冰棒凉快啊！这手一热，汗多，握镰刀没准头，穗头可要大掉了。队长一听，急了，说好吧，那就让老李送几箱冰棒来，一人吃一支。

冰棒送来了，一人一支。结果，父母们没吃，都送给了自己的孩子。

从那以后，每天一支冰棒成了定例。我们似乎每天也有了盼头和惊喜。

父母们不会让我们白白享用那支老冰棒。他们会说，去，把路上的麦穗头捡起来，送回家，过几天给你烙面饼吃；或者说，去，兔子没草了，割点兔草送回家；或者说，看看家里的鸡丢蛋没有，去找一找……

不管我们在干什么，只要冰棒送来了，父母总是大声呼唤我们。

我们只要一听到一片唤孩子声，就知道冰棒来了，连忙丢下手头的活，去享受那份美好。

到了暑假，卖冰棒的更加活跃。小时候，冬天特冷，夏天特热。没有空调，没有风扇，最好的祛暑办法是凉席，是蒲扇，是树荫。对于我们来说，天一热了，就泡在河里，一泡就是大半天。

最热三伏天，难熬三伏天。那地面热得像烙铁，望去，一缕缕蒸汽袅袅升起。树叶为了保护自己，翻卷过来，灰色那面朝上。鸡不鸣狗不叫，趴在那里只顾喘气。我们坐在那里，身上的汗小河似的流。

"冰棒唻，好吃的冰棒唻，解渴的冰棒唻！"听到叫声，一阵凉爽传遍全身，然后是焦渴。我们眼巴巴地望着父母。

父母叹口气，说拿上碗，一人一支。我们一听，欢天喜地去买冰棒，那份喜悦、那种享受比现在坐空调房间强烈多了。

有一次，我和弟弟一起去买冰棒，弟弟非要自己端着碗。他光顾往家跑，没注意路上，一不小心，一块砖头绊倒了他，一碗冰棒摔散了，眼见着化成水，化成烟，消失了。弟弟一下傻了眼，哭天号地，先是赖地上的砖头，拼命踢那砖头，然后赖我，赖我没端碗。不怪弟弟，那碗冰棒来之不易。那时，成年人一天的工分也就一毛多钱，也就只够买那碗冰棒的。

那时偶尔也能吃到西瓜，可我的记忆中，西瓜总有股青莠味，也不够甜。可能是我们那里的水土不太适合种西瓜吧。

麦秸草帽

对于农人而言，割麦子的时候，也就是草帽戴上头的时候。

麦收季节，遇到雨天，或是劳动时歇脚的工夫，人们就会去做顶草帽。在当时，最便宜的草帽是麦秸做的，最常见的草帽是席草做的，最精致的草帽是用细竹篾制成的。

晴天防晒，雨天遮雨。草帽，顾名思义，就是用草编制的帽子。夏季，庄稼人到田里干活，不论男女老少都会头戴一顶草帽遮阳，草帽陪伴着人们日出而作、日落而息。不管是田间地头，还是赶街下集的人们大多都会头戴草帽，用草帽遮挡着炎炎烈日避暑纳凉。

在农村一顶草帽能戴好几年，从初夏一直伴随农人走到深秋。草帽，虽然看上去土里土气，却是庄稼人最亲密的"伙伴"，有了它，庄稼人就会减少烈日暴晒，就可以遮风避雨。

打记事起，不管是在夏日清晨的浓雾里，抑或在夕阳的余晖中，父亲戴着一顶旧草帽在田地里干活的身影总在我的眼前浮现。

父亲每天出门下田之前，第一件事就是到门后墙上拿草帽，父亲总喜欢将帽檐压得很低，然后扛起铁锹或锄头之类的农具下地干活。

记忆深处的父亲的那顶草帽，已变成黑褐色，被母亲用蓝色旧布缝制了几次，帽檐的麦秸秆已经脱落了两三圈，只剩下中间的一部分，原本金黄的颜色已经发黑，甚至帽檐外面生了许多小霉点。父亲干完活回家后，草帽上都会有一股汗味流淌在空气里。帽顶部已经有了一个窟窿，里面的丝线被头发摩擦得已经露出了线头，有一部分已经开始脱落。这样破旧的草帽一般人是不会戴的，而父亲却就这么一直戴着它。

记得一年夏天，父母亲戴着草帽，脖子上还挂着一条毛巾，一手拿着镰刀，一手拎着水壶去地里割麦子，我一个人在家里，他们不放心，就把我带去在地头田埂上玩，我忘了戴草帽。临近中午，火辣辣的太阳当头曝晒，让人燥热难当。看着我汗流浃背小脸晒得通红，父亲把自己头上的草帽摘下来给我戴。那一刻，在我眼中，草帽仿佛成了世界上独一无二的"珍宝"。

干活累了，父亲就会躺在地头田埂上抽袋烟解解乏，用那顶大草帽扣在脸上遮阳休息片刻，而母亲则会拿起草帽扇风取凉。

记得在我读小学时，父亲在地里割麦子，中午吃饭时间，母亲把饭菜做好放在竹篮里，叫我给父亲送饭去，当我来到地里，怎么也看不到父亲，我就在地头田埂上喊。麦田中间传来叫我名字的声音，麦穗齐腰，地头地势又低，看不清人，只听见声音在麦田里清澈回荡，仿佛都染上了麦子一样的金色。

我顺着声音回了一声：我在地头呢！径直望去，只见烈日下麦穗摇曳着一片金黄，过了好大一会儿，才渐渐地看见麦穗上漂浮着一顶草帽，由于草帽也是金黄色的，和麦穗像是粘在了一起，风吹着它一路飘来，如同一个金色的童话。

烈日之下，这些优美而古朴的草帽和勤劳的庄稼人，一起融入大地母亲丰润的怀抱，当庄稼人的汗水打湿草帽滴进泥土，禾苗便嗖嗖地疯长起来。每当人们从庄稼地里抬起头来，在阳光下摘下草帽轻轻扇动时，草帽上就会跳跃金黄的色彩，迎风飘来粮食般的香味。

草帽，同样都冠上一个"草"字，但是，"草"与"草"有着显著的区别，一个是光着脚丫，半腿沾泥的庄稼人；一个是肤色洁净，穿着整齐的乡村干部，以及乡村医生、技术人员。庄稼人头上的草帽，真的就如一棵草，一棵沉醉在田野的草。而那些戴着"高档"草帽的领导、医生、农技员等，就远远超出草的范畴了，他们走到哪里，都有目光跟随，庄稼人都会投去羡慕和敬重。从他们脸上可以看到被目光跟随的自豪与惬意。他们头上的草帽，白而大，走起路来，一张一合的，连帽带子都很长，甚至还在帽顶上绕几圈，很引人注目。在以前的乡村，根据草帽就能分辨出他们的不同地位。

稻谷即将成熟的时候，父亲都会用稻草做一些稻草人，给稻草人穿上衣服，还会给稻草人头上戴着一顶破草帽，在稻草人手里扎着一根长长的细棍，在细棍梢再系上一根长布条，放在田间地头，远远望去，就像正在田间劳动的人，这样做是为了驱赶那些前来啄谷子的鸟雀。

深秋过后，草帽也就完成了自己的使命，不再频繁地出来亮相；这时候，庄稼人就会对草帽进行清洗晾干，用报纸或布把它裹起来挂在墙上，来年继续派上用场。草帽静静地挂在墙壁上，散发出一股股的汗味，将人们夏日的辛劳点滴收藏。

每当在城市的街头看到人们撑着的五颜六色的太阳伞，我就会想起曾经朴实无华、最贴心的草帽，也会唤起我浓浓的草帽情结。

如今的时尚草帽款式多样、色彩绚丽、韵味十足，可我还是喜欢那种用麦秸编织的老式草帽。

很想在夏日午后，躺在老家柔软的草地上，阳光洒落下来，脸上盖着一顶旧式草帽，吮吸着故乡淡淡的泥土味和幽幽的青草香。

辣椒炒鸡蛋

　　每到夏季，我的老家最让人流口水的菜是辣椒炒鸡蛋。当时，在我们那里流传这样一句顺口溜："鸡蛋炒辣椒，辣死也想叨；小麦煎饼卷辣椒炒鸡蛋，辣死也想往下咽。"

　　夏天中午，一家人围坐大树下，端上一盘辣椒炒鸡蛋，卷上纯小麦煎饼，再能喝上一碗香喷喷的大米汤，那感觉比现在吃大餐爽快多了。如果家里有收音机，再能听上刘兰芳说书，那真是无比幸福的时光了。

　　那时，没有空调，就连电风扇也很少见，天热得让人难以忍耐的时候，就躲在树荫下扇芭蕉扇。辣椒太辣了，一顿饭吃下来，一家人个个汗流满面。

　　盛夏时节，对于农村人来说，鲜辣椒随处可见，珍贵的是鸡蛋。在我童年的记忆里，只有来了路远的亲戚或尊贵的客人，母亲才会摘来青辣椒，从瓦缸里拿出几个鸡蛋，爆炒一盘辣椒炒鸡蛋，再配上一些时令蔬菜，赶巧了，再加上一小碟油炒花生米，斟上几杯高梁烧，那是招待客人的最高待遇了。

鸡蛋，在当时很珍贵，它是老百姓家唯一可以自主享用的美味。

家里的鸡蛋平时都是积攒着，存够一定数量就拿到集市上卖了，换油盐酱醋。那时，一个鸡蛋大约二分钱。二分钱是个什么概念呢？我们不妨比较一下：我每学期的学费是五毛钱，一支铅笔一分钱，一个本子二分钱。这样一比较，你就知道鸡蛋的价值了。

至于红烧肉和烧鸡之类，只能在电影里看到。像《闪闪红星》里的胡汉三或其他电影里的日本鬼子翻译官之类的汉奸们才有权利大口大口地吃。我们常常是一边看电影一边咽口水，实在坚持不住了，就想，对剥削阶级实行无产阶级专政，毛主席的教导太正确了，凭什么剥削阶级有肉吃，而我们只能喝稀饭？

那个年代，对于鸡们来讲，生存得不容易。有段时间，掀起一股风"割资本主义的尾巴"，鸡鸭鹅得藏着养，更多的时候，瘟病流行，春天买来雏鸡，到了冬天，养成大鸡了，一场瘟疫下来，鸡们所剩无几。瘟疫是个最没良心的家伙，基本都在秋末冬初爆发，似乎看不得人们过好日子，专等人们辛劳之后，就要享用劳动成果的时候，它出手了，而且毫不留情。

对于一个农民来讲，能攒下点鸡蛋真的不容易，所以人们戏称"鸡屁股银行"。

那时的文化生活很单调，听刘兰芳说书是难得的享受。一到中午，一家人围坐一起，听刘兰芳说《岳飞传》《杨家将》，那股劲头，那种痴迷，今天似乎没有哪种文化活动可比。家里没有收音机的，会端着碗过来听。我们为了听说书，会早早地把饭做好，把猪喂好，把该处理的碎事处理完毕。怎么说呢，在我们心目中，饭可以不吃，活可以不干，雷打不动听说书。

那时的辣椒炒鸡蛋，鸡蛋是土鸡蛋，辣椒是朝天尖椒最好，油是小黄豆压榨的油，锅是铁锅，火是木头燃烧的猛火。炒出来的菜，形似面饼，鸡蛋辣椒浑然一体，青是青，黄是黄，再加上葱白，赏心悦目，芳香四溢，闻着香，吃着带劲、过瘾，稍不留神，咬破腮、咬破舌头是常有的事。

而现在，鸡蛋是洋鸡蛋，辣椒是大棚里生长的菜椒，弄不好，食用的油再是地沟油，哪还能有那种地道的家乡老味道。我们的味蕾已经在化学制品和转基因食材的重重打击下，渐渐变得迟钝麻木。

美味来自天然，各种佐料调配出来的美味，干扰了人们的味蕾，那不是真的美味。

如今，辣椒炒鸡蛋，已是家常菜，普通菜。不过，我再也吃不出家乡的味道了。

一个地主的故事

　　我的邻居三丫的爷爷成了地主，她的父亲自然成了地主，三丫也成了地主崽子。

　　那个年代，地主身份，对于任何一个人来说，都是一种难以承受的重量，对于一个女孩子来说，那份重量愈发难以承受。

　　三丫性格活泼，但我们能感觉得到，她做任何事情都含着一份矜持，一份细心。她会生气，但绝对不会撒泼；她会高兴，但很少肆无忌惮地大笑。童年时的三丫，似乎还没有被世俗风气所染，但随着年龄的增长，她的性格更趋向于沉静甚至是沉默。

　　其实，三丫一天也没有享受到地主家那份优遇的生活，包括她的哥哥姐姐，因为他们都出生在中华人民共和国成立以后。但他们却不得不忍受身份给他们带来的苦难。

　　村里人都知道，三丫家的地主成分与其他地主不同，他家的地主成分是用血汗一滴一滴积累而成。

　　三丫的爷爷奶奶都是贫苦出生。三丫的奶奶天生一副巧手，会做一手好豆腐、好凉粉。

他们决定改变自己的命运。他们一家人一年四季卖豆腐，到了夏天附带着卖凉粉。

那时运输困难，每次进黄豆、绿豆原料，为了省点钱，三丫的爷爷就推着独轮车，到几十里外的集镇去进货。卖豆腐、卖凉粉，更要挑着担子走街串巷，按斤按两往外卖，那挣的是辛苦钱、血汗钱。

三丫的大爷叫周克武，在刚刚"肩可横担"的时候，他的母亲就拿起一把柳木扁担往他肩上一放，说老大得挑、老二要拽、老三要横、老四胡赖，命中注定的，认了吧！从那以后，她大爷就用他那稚嫩的双肩义无反顾地帮助父母挑起了全家的生活重担。那时候，老百姓的主要交通工具是两条腿，运输工具是双肩和脊背。特别是双肩，事事离不开它们。吃水要挑，打猪草要挑，送田肥要挑，收谷子要挑……生活中没有哪一样能离开挑子。

三丫大爷的双肩与扁担苦战，扁担折了可以换，肩膀却只有一副。三丫大爷的肩膀硬是让扁担给压塌了。

有一天，一支队伍从我们家乡路过，从三丫奶奶家旁边那条偏僻的羊肠小路走过，一位首长住进三丫奶奶家。周克武立马要求参军，那种渴望和焦急不亚于热锅上的蚂蚁。命运这玩意真的让人揣摩不透。三丫大爷参军的原因只有一个，就是被永远看不到尽头的挑担子路给吓的。三丫大爷命真好，他遇到的是重庆和谈破裂后北撤的新四军。

路过我们家乡的那位首长原先是江西深山里的一介樵夫，靠一把斧头闹起了革命。他望着三丫大爷朴实黝黑的脸，摸了摸三丫大爷那凹陷却坚硬的双肩，叹了口长气，说你给我当勤务兵吧。

入伍之后，穿在别人身上威武有型的军装，穿在周克武身上愣是没了棱角。

四年后，中华人民共和国成立。三丫大爷已是解放军某部队的连长。

做豆腐、做凉粉，最难的是磨豆子。每到晚上，他们一家人就推石磨磨黄豆，夏天还要磨绿豆，有时一磨就是一个通宵。他们累极了就会打瞌睡，于是推磨的人就在手指间夹一根火捻子，推一会儿磨就把火捻子往前续续。打瞌睡了火捻子就会烧手指头，一激灵，醒来后继续推磨。

三丫爷爷对土地无限着迷，他挣到钱就置地，然后种黄豆，种绿豆。

靠着那股干劲和韧劲，中华人民共和国成立前夕，三丫爷爷拥有了二百多亩地。他的土地不种别的，就种黄豆和绿豆。三丫爷爷终于前有作坊，后有土地，过上了当时农民们最希望过上的日子。

三丫爷爷一辈子没穿过长袍马褂，他雇过长工，也雇短工，他总是和他们一起劳动。到了儿子辈，才开始外出读书，才开始穿长袍马褂，穿西装，穿皮鞋，开始把城里的生活方式往村里带。

村里人得到过三丫爷爷帮助的人不少。三丫爷爷办了个养猪场，用豆渣做饲料。猪粪做肥田用的天然肥料。逢年过节，就把猪杀了，把肉分给村里人，一人一份，不偏不倚。村里人把那肉叫"爷年肉"。

再比如，村子里男孩结婚，女孩出嫁，三丫爷爷必送一份礼，两床棉被，一身新衣。村里人叫"爷喜礼"。

到现在，村里的老人还记得分"爷年肉"、送"爷喜礼"的情景。

三丫大爷后来升到了营长，但他的荣耀没能改变家族处境。

知恩图报是我们那里朴实的村民们最朴实的品质。所以，"文革"中批斗地主的时候，每次批斗三丫爷爷，很多社员只是做做样子，没有像斗其他地主那样下狠手。

掏麻雀窝

六月，正是鸟儿繁育的季节。树梢上随处可见各种形状的鸟巢。那用树枝和树叶搭成的，颜色黑黑的，是画眉的巢；细细的树枝和各种丝状物缠绕在一起的，漏斗状的，是黄鹂的巢；全用树枝搭建，形状如大大的坛子的，是喜鹊的巢……喜鹊是吉祥的鸟儿，我们从来不掏它的巢，虽然充满了向往。父母给我们讲，喜鹊窝里会有灵芝之类的宝贝，拿来煮水喝，可治百病。记得一场大风过后，一个废弃的喜鹊窝被吹落到地上，我们一起上前，一根根查找，都是普通树枝，怎么也找不到灵芝之类的异物。

同伴中有会爬树的，掏鸟窝就容易多了。

不会爬树，就搭人梯，胖的壮的站下层，高的瘦的站上层。有时站在下层的觉得受了委屈，就想方设法让上层的人滑下来或摔下来，当然，那距离是有限度的，闹着玩可以，不然摔伤了就伤脸面了。更多的时候，站在上层的伙伴掏到了好鸟或其他宝贝，下层的着急，一激动，身体晃动了，上层的人掉下来了。

我们掏鸟窝也有原则性，掏到画眉之类的鸟巢，若是没孵化的鸟蛋，我们就放进去，等孵化后再说；若是小鸟羽毛还没丰满，也放进去，等长大再说；掏到小鸟，若鸟的嘴角已经变黑，那就带回家，养起来。

如果说鸟类是大地上的标点，那麻雀便是最朴实的"逗号"，机灵，随意，无处不在。

小时候，家中有一株樱桃树，东风起，吹开了粉白的花，在阳光的温暖下，吐露出嫩嫩的果。于是，麻雀便"浩浩荡荡"来赴宴了，或整个啄走，或"啃"剩半粒。熟后的樱桃常见有凸凹之处，像摁了"手"印，那便是麻雀的落款了。

回想起来，童年的乐趣，总离不开那灰蓬蓬的小影子，光溜溜的脑袋，灰红的三角爪，吵嘴似的叽喳声……

到了初夏，我们最喜欢做的调皮事情之一，就是掏麻雀窝。麻雀的窝大多做在屋檐下。我们对麻雀巢一律采取破坏态度，因为在当时，麻雀是"四害"之一，它们数量过于庞大，在那还没有解决温饱的年代，和我们争夺粮食。麻雀的繁殖能力极强，一窝多的有七八只。我们掏的最多的是麻雀蛋，有时煮吃了，但大多摔掉了，因为父母说，麻雀蛋不能吃，小孩子吃了会长一脸的雀斑。尤其是女孩子，把脸上生长雀斑的罪责完全归咎于吃麻雀蛋，即使自己没吃，也会猜疑自己的父母或前辈吃过。

除了掏鸟巢，我们还会自制弹弓打鸟儿。弹弓的制作很简单，用三角形树杈做弹弓的架子，当然最好是用粗铁丝或细钢筋做架子，那样最结实耐用，用废弃的自行车内胎剪成宽度和长度一样的皮条，再用补鞋子用的牛皮做成弹子包皮，把三者拴到一起就可以了。

那时村子里到处都是树，枝干遒劲的老树，家家户户散落在树丛里。树多，鸟儿也多。没事的时候，小伙伴们就聚集在一起练习打弹弓，切磋技艺，场面热热闹闹，过节一般。

小伙伴们个个制作弹弓，除了打鸟儿玩耍，还有一层自我壮胆、自我防卫的意思。大白天，我们不敢一个人走在高粱地或玉米地里，生怕一不留神，从青纱帐里钻出个老地主。到了夜晚，到处黑灯瞎火的，走在村里的小路上，更是提心吊胆，似乎老地主就躲在某个角落或某棵老树后面。

我们那里把麻雀叫作"家雀"。

现在想来，我们对待麻雀过于残酷。我们曾经把麻雀列为大敌，曾经针对麻雀发动过全民战争，曾经发明各种技术对付麻雀。我们用毒药浸泡过的粮食药死它们，用网截杀它们，用气枪射杀它们……最仁慈的做法是在田野竖起一个个稻草人吓唬它们。

有一年冬天，飘过一场大雪，到处白茫茫一片，天寒地冻。

马上要过年了。一天晚上，我大哥借来一杆气枪，领着我去了我们家前面的一个大果园。为了防盗，果园的四周种满了各种树木，最多的是那种长满尖刺、密集丛生的楸楸树。到了果园里，我举着手电筒去照树丛里的麻雀，大哥射击。树丛中的麻雀被大雪驱赶，太多了，用密集形容都不为过。它们离我们那么近，触手可及。麻雀本来就被雪光刺迷了眼，再被手电筒强光一照，如呆子一般。那天晚上，基本一枪一只，弹无虚发。不到两个小时，我大哥的二百多颗气枪弹丸就用完了。我们背着半口袋麻雀回家。

到了家里，烧一锅开水，去毛蜕皮，把麻雀收拾干净，然后剁成肉泥，炸成坨子。在那饥荒年代，能吃上麻雀肉坨子，真是一种难得的"打牙祭"。

那时，麻雀真多，飞过来就是铺天盖地的一片，落下地，一片成熟的庄稼顿时遭了殃。当时，麻雀的危害不亚于蝗虫。每到庄稼成熟季节，驱赶麻雀、保护庄稼就成了社员们的头等大事。少先队、儿童队更是一马当先。为了鼓励我们积极投入到驱赶麻雀的战斗中去，生产队给我们记工分。我们挖空心思，充分发挥自己的积极主动性，能用的方法我们都用了。大声驱赶，敲锣打鼓，放鞭炮……我们最愿意做的是扎稻草人。稻草人好扎，但伪装的衣服难找。那时，人们穿的衣服，破了，旧了，哪舍得丢，小补丁摞大补丁还在穿，哪有衣服给稻草人穿。这难不倒我们，我们就从家里拿衣服，把能拿的衣服都拿来，早上给稻草人穿上，晚上收回。天热的时候，我们就把自己的衣服给稻草人穿上，让它们帮助我们值守，然后我们就躲到树荫下休息。

麻雀的数量急剧减少，甚至有一段时间很难看到成群的麻雀。

也许我们自觉到对麻雀过于残酷，前几年，有人提议把麻雀列入保护动物。

现在，若到乡间走一走，偶然又能看到成群的麻雀了，又能看到麻雀"侵晓窥檐语"的场景了。

面对麻雀，让人感慨不已。

麻雀虽然濒临绝境，但从来没有屈服过。

捉到麻雀后，我们把它关进笼子，烈性的麻雀会不停地撞击笼子，头破血流，羽毛横飞，最后奄奄而死。性格温和的麻雀会绝食，面对我们主动送去的粮食和水，要么表情冷漠，不屑一顾；要么闭上眼睛，置之不理。我曾经强行扒开麻雀的嘴巴喂食，喂一次它吐出一次。实在坚持不住了，它会把食物含在嘴里，待你离开再吐掉。捉到麻雀，往往是一夜过来，它要么奄奄一息，要么已经死亡。

麻雀，灰褐色羽毛，属于小型鸟类，可谓貌不惊人，鸣不出众，它直接把窝安到我们的屋檐下，应该是所有鸟类中最有理由对人类俯首帖耳的，它可以学习鹦鹉，可以学习八哥，可以学习黄鹂、画眉，但麻雀就是麻雀，这种素朴的生灵，一直在用生命捍卫着自由与个性。

抓知了猴

当方瓜（方言，一种长形的南瓜）开出喇叭状的黄花时，知了猴就开始成群结队地钻出地面，爬上树梢，褪去外壳，嘹亮地歌唱。

那时的知了猴真多。天黑以后，特别是一场大雨之后的夜晚，我们就提着灯笼，或打着手电筒，到村外的杨树林里去，那里的知了猴正你追我赶地往树梢上爬。也许出自本能，它们知道一旦钻出土层便危险重重，只有到了树梢，蜕去外壳，振翅高飞，才能掌握自己的命运。

一晚上下来，我们往往能捉到一口袋知了猴，每个人都能分到上百个。拿回家后，可以用火烤着吃，家庭条件好的，就用油炸着吃。

天刚蒙蒙亮的时候，是抓知了猴的最好时机。知了猴刚刚褪去外壳，翅膀打着褶皱，软软的，开始是嫩黄，慢慢变得嫩绿，然后渐渐变黑。完全变黑之后，就可以飞了。

知了猴蜕壳后，就成了知了（蝉）。

在知了的翅膀没变黑之前，它只能爬行，抓起来很容易。不过，跟知了猴相比，知了已经有了防卫能力，见有人抓它，它会快速往树顶爬去，或往树的背面躲藏。

抓了知了后，多数烧熟吃掉了。若抓的少，就用毛线拴住它的翅膀，然后系在家院里的树上或其他植物上，让它歌唱。不过，歌唱的是男知了，女知了是不会歌唱的。

到了白天，我们就提起水桶或端着水盆，拿起铁锨，到树林里去。用铁锨铲去一层薄土，会露出一个个知了猴居住的洞，大大小小，很是好看。大的是知了猴的，小的是知了的妹妹小蜻子的。然后，端来水，往洞里灌。把洞灌满了就站在旁边等，不一会儿，知了猴就自己爬出了洞口。守洞待猴，看着刚爬出来的知了猴举着大钳子那笨拙可笑的模样，其乐无穷。

我们那里的知了有三个品种，黑黑的，个头大的，发出"知了知了"叫声的，我们叫它知了。它们的数量特别庞大。我查了一下资料，它的学名应该叫"蚱蝉"。灰褐色的，个头比知了细小些的，发出"哇嘟哇嘟"叫声的，我们叫它"哇哇嘟"。这个品种应该是南侵或北侵而来的种类。近年来数量越发庞大，大有取代蚱蝉，一统天下之势。个头只有知了一半大小，翅膀上有点点斑纹，发出"唧唧"叫声的，是小蜻子。庄子的《逍遥游》中有一句"朝菌不知晦朔，蟪蛄不知春秋"，蟪蛄就是小蜻子。

不管是哪一种知了，都分公母。公的会叫，肚子上有鸣腔，鸣腔上面覆盖着两片椭圆的盖子，可以掀开；母的则没有。

不到半月工夫，该出来的知了猴基本都出来了。那时的树梢上，瓜藤下，篱笆旁，经常可以看到挂着的知了猴的壳，在微风中飘荡，让你既感到无限怅惘又对来年充满了希望。

接下来，我们就开始想方设法捉知了。

那时，生产队正在社场上晾晒麦子，我们就趁着中午闲暇到社场边玩耍，看社场的人躲在树荫下，枕着木锨，翘着脚打瞌睡。我们就偷偷地抓上一大把麦子，然后放到嘴里嚼，嚼一会儿，吐到手心，用水冲洗麦壳，然后再放到嘴里嚼，再冲洗，如此反复，直到剩下面筋为止。

自己制作的面筋很黏。把它裹到事先准备好的竹竿的顶端，或在竹竿的顶端绑上一根较粗的铁丝，把面筋裹到铁丝的顶端，就可以粘知了了。

找到树上的知了，看准位置，稍稍躲藏起来，轻轻地往上伸竹竿。等到面筋靠近知了的翅膀，猛地一按，就粘住了。知了在竹竿上拼命挣扎，鸣叫，可没有用。收回竹竿，拿下知了，掐断翅膀，然后放到塑料袋里。不需要半天工夫，就可以捉到几十只知了。

如果偷不到麦子，做不成面筋，就用细铁丝弯成碗口那样的铁圈，把塑料袋或网兜的开口一端裹在铁圈上，然后结结实实地捆绑到长竹竿的顶端，就可以捉知了了。看到知了，慢慢伸出竹竿，靠近知了背后时，猛地捂过去。知了起飞，恰好撞进袋子里。袋子里的知了很晕，乱飞乱撞，但从袋口处逃脱的很少。

知了的肉很少，壳又硬，远远没有知了猴那么嫩，那么有味道，我们不爱吃。捉到的知了，特别是公的，没有什么肉，大多用来玩耍，让它唱歌，死后就扔给鸡吃了。

摸　鱼

一场大雨过后，空气清新又潮湿，一弯彩虹横卧空中，爽心悦目。沟满了，河平了，流水四溢，蛙鸣一片，空气中弥散着一股淤泥味。一个湿漉漉的水世界。

我们结伴而行，挎上扒箕子或拎着竹篮，下湖（口语，指野外）去摸鱼。

大河有分汊，那儿水沟里的鱼儿最多，水流越急，鱼儿越多。逆流而上似乎是鱼的本性。水沟旁边草丛茂盛，越密越好。脱掉上衣，挽起裤脚，站到水沟边上，用手轻轻摁住草根部分，慢慢往前移动，一有感觉，紧紧摁住。夏天的鲫鱼最喜欢伏在草根部位，所以抓到的多是鲫鱼。

摸鱼，我的邻居大兵是行家，一摸一个准，基本没空过手。我很笨，摸到鱼了，也摁住了，往往是抓到手里又滑出去跑了。大兵告诉我，摁住鱼后，要摸到鱼头，用食指和拇指掐住鱼头，最好把手指掐进鱼鳃里，然后往外提。我老是担心我摸到的滑溜溜的东西不是鱼，而是水蛇什么的，所以下手就不够狠，常常十摸九空。看着我的表现，三丫就站在岸边笑。我生气，就把摸到的鱼往岸边沿上扔，三丫去拣，那鱼见离水不远，有生还希望，拼命挣扎。有一次，三丫和鱼搏斗，没注意脚下，结果滑到沟里，喝了好几口浑水，吓得脸色蜡黄，好几天都离我们远远的。

在水流窄的地方，我们就用扒箕子拦住，那收获就更大了，有时能拦到几斤重的大鱼。

我清楚记得，一场大雨之后，父亲发现中午没有下饭的菜了，就拉着我去了河汊。河汊的水流湍急，父亲是成年人，有力气，敢下水。他抱来几块石头，把水流缩小，然后在水口处放上扒箕子。没多会儿就拦到了两条大鲶鱼，每条都三四斤重。自家的园头就长着一棵花椒树，摘一把花椒叶子；邻居家的园子里种着小茴香，摘几片叶子；再采上一把有青有红的朝天椒子。然后就可以烧鱼了。烧出来的鱼色香味俱全，那鱼香味能飘荡半个村子，惹得狗欢猫叫的。

我们村子东面有一条南北走向的溪流，一年四季水流不断。水不深，浅的地方只没过我们的小腿肚。我们最喜欢到那里抓鱼。抓的最多的依然是鲫鱼，其次是草鱼，也有翘头鲢鱼，红鱼。我们最怕抓钢针鱼，钢针鱼的刺很尖锐，不会抓的，很容易被它扎着。有一种更让我们害怕的鱼，我们喊它"小木匠"。它尖尖的脑袋，长着一双贼眼，脊背上露出刀一样锋利的鳍，那鳍从头延伸到尾巴，连成一条线，坚硬无比。它游动速度很快，无论划到我们的手、胳膊，还是腿、脚，都是一条长长的血口，鲜血直流。正在捉鱼的我们，一听到喊"小木匠"来了，就赶紧停住手里的活，连滚带爬一窝蜂似的爬上溪岸。回过头再看，就见那"小木匠"耀武扬威地从我们眼皮底下游过，尾巴还不停地甩着水花。

那时的泥鳅特别多，基本没有人喜欢吃，嫌它土腥味太重。一场大雨过后，不知从哪里钻出来那么多泥鳅，遍地都是，特别是蜡条（一种灌木，条子可以用来编篮子、筐子等用具，很结实耐用）地里，密密麻麻到处都是。我们就一篮一篮地抓回家，剁碎了喂鸭子。也有捉回家后，放到盆里，倒进清水让它吐泥，等吐干净了，炒了吃的。吃法比较简单，基本上是红烧。后来才出现了西施豆腐的吃法（把洗干净的泥鳅放进锅里，同时放进大块豆腐。水烧热了，泥鳅自己钻进豆腐里）。

到了八月，鱼儿多，水里的蚂蟥（口语叫"蚂河叮"）也多。我最怕蚂蟥，它游动的时候，柔软的身躯像一片被水沤黑的柳树叶在水中飘荡。它叮上你的时候，你一点感觉都没有（我们现在知道，它会释放出蚂蟥素，有麻醉和溶解血液的作用）。如果叮到腿肚子上，你长时间没发现，它可能全身都钻到肉里去了，只露出个尾梢在外面，看到那情景，让你心惊肉跳。

蚂蟥钻进肉里，不能硬外拽。你往外拽，它就拼命往里钻，很容易拽断了。要用手慢慢拍周围的肌肉，不停地震动，它自己就退出来了。在肉里，我们给足它情面，出来了，我们恨得咬牙切齿，用脚碾，用镰刀剁，剁开了的蚂蟥，一肚子都是鲜红的血。

蚂蟥是无脊椎软体动物，其实胆子很小，被我们捉到岸上，只要有动静，它就往一起收缩，缩成球形。我们就用脚搓，越搓越圆，像小皮球似的，往地上掼，还有很强的弹性。

蚂蟥最怕盐。被它咬怕了的人，有时会带上一把大盐，放在岸边，下水后，捉到蚂蟥，就把它放到盐堆里。蚂蟥不停地抽搐，痛苦不堪，过一段时间，会溶化而死。

　　前段时间，看到 CCTV-7 报道，有人靠养殖蚂蟥发了大财。没想到小时候如此讨厌的东西原来竟然是一宝，不禁一声长叹：世间万物皆有沧海桑田时，何止人类？

捉龙虾

家人特爱吃龙虾。

到了夏天，妻子总是隔三岔五买上两三斤，不厌其烦地剪头、去尾、掏腮，然后抽去腥脏的脊经，再用刷子彻底清理龙虾身上的污垢。

龙虾以红烧为佳。一场忙活之后，红扑扑的一大盘龙虾就端上了桌。

近几年，龙虾吃得少了，主要是龙虾的价格一路飙升，让人望而生畏。

经常回忆起小时候抓龙虾的情景。

到了暑假，是我们最快乐和自由的日子。当时，捉龙虾不是我们最爱，因为我们那里不时兴吃龙虾。但捉龙虾充满了冒险和快乐。

我们村子的南面就是石安运河，东面是一片水稻田，那里沟渠纵横，芦苇丛生。这两个地方都是捉龙虾的好去处。

龙虾生性胆小，水面稍有动静，它就迅速躲进洞里或深水处。

因此，下水时一定要轻手轻脚。龙虾的洞一般与水面齐平。尤其是树木丛生、水草掩映的地方，龙虾最多。我们几个伙伴打着赤脚，沿坡寻找，轻轻掀起水草或树藤，就能抓到一两只鲜活龙虾。

捉龙虾需要眼明手快。仔细观察近水的沟坡上，一堆堆细腻稀软的碎泥土下，就隐藏着龙虾洞穴。扒开软泥，探手探进洞，就能掏出一两只暗红色的大龙虾。那家伙挥舞着两只大螯，张牙舞爪，似乎不甘心就此俯手就擒，拼命折腾。

我们第一次掏龙虾都吃过苦头。清楚记得我第一次掏龙虾的情景。找到一个龙虾洞后，我迫不及待地扒开洞口的稀泥，把手伸到洞里。只觉得指头一阵刺痛，忙抽出手，带出了一只张牙舞爪的大龙虾。龙虾钳人，很难自己松开。不一会儿，我的手指头开始流血。大兵见了，跑过来，二话不说，拽过我的手，一剪刀剪断了龙虾的大钳子。那大钳子依然紧紧咬住我的手指，后来才渐渐变得松弛。拿掉那大钳子，受伤的手指上的几个小洞还在往外渗血。

我们在战斗中成长，掏龙虾的经验不断丰富起来。遇到龙虾洞，探手进洞后，先摸索前行，迂回到龙虾的尾部，捏住虾背，然后拽出。最省事的办法，发现龙虾洞后，戴上皮手套，那真是想怎么抓就怎么抓了。那时皮手套很少见，我们就用废旧的拖拉机轮胎自己做。可废旧的拖拉机轮胎很少见，所以有一副皮手套会让我们视为珍宝，显摆不已。

那时的龙虾真多，半天时间就能抓半塑料桶。

有一次抓龙虾，桶里盛不下了，想丢又舍不得，无奈，我只好把身上的的确良裤子脱下来扎好袖口，当成盛龙虾的容器。我没想到的是，龙虾的大钳过于锋利，竟然把我的裤子穿通了几个洞。当我把龙虾带回家时，妈妈的脸气得铁青，一把扯过衣服，哗地一下把龙虾撒了出去。

那时物资匮乏，对于一个农村普通家庭来说，做件衣服很不容易。而龙虾除了抓来供玩耍，就是剁碎了喂鸭子。

那时的龙虾又肥又大，一只龙虾就有几两重是很常见的。

龙虾到底能不能吃，在我们家乡争论了很长时间。20世纪80年代末期90年代初期，县电视台专门做了个节目，证明龙虾不但无毒，而且营养丰富。那档节目反复播放了好多次。自此，龙虾开始走上人们的餐桌，吃龙虾之风逐渐盛行。

抓龙虾比较费事，钓龙虾则轻松有趣。

龙虾喜欢吃肉，平时待在自己挖掘的洞里，饿了就出来寻找食物。那白花花的肉对它来说是致命的诱惑。

我们抓来一只癞蛤蟆或一只青蛙，把它们的肉剁碎，然后拴在钓竿的线上。龙虾抓住肉就舍不得放，我们迅速甩起钓竿，那贪婪的龙虾就被带到了岸上。我们抓住它往桶里一扔，任凭它挥舞着大钳子也无济于事了。钓龙虾最开心的就是钓起那老龙虾了，每每看着伙伴钓起半斤重的老龙虾总是欢呼雀跃，然后暗暗憋着一股劲，自己要钓上来更大的。

暮色涌来，该收工了。大家你看看我桶里，我看看你桶里，比比数量比比老龙虾，那钓的多的自然是眉开眼笑，钓的少的嘻嘻哈哈怪自己运气不好，叹口气，明天再来。大家会心一笑，扛着钓竿哼着小调，提着桶儿欢蹦乱跳回家去了。

龙虾除了喜欢肉，还对香气浓郁的花儿感兴趣。有时我们没捉到青蛙，就在线头上捆上一束花，也能钓到龙虾。

现在，龙虾价格直逼珍贵海鲜。望着半斤多重的龙虾标价几百元，想想儿时斩下它们的大钳子，剁碎了喂鸭子的情景，不由发出一声慨叹。

桑树下找乐·"七七"乞巧节

到了七八月，雨水过后，桑树上或者是灌木丛中会像知了猴那样爬出一只只"天牛"。那是一种昆虫，长着六条腿，有一对长长的一节一节环绕起来像鞭子一样的触角，身体前端长有一对大钳子。浑身黑褐色，透着亮光。翅膀坚硬，分里外两层，外面坚硬，里面柔软，能飞行。颈部有很坚硬的红褐色的革质保护甲。天牛的寿命很短，也就几天时间。

资料记载：天牛一生经过三个时期，成虫产卵于土壤里蜕化成幼虫，幼虫在地下靠吃草根为生，历经三年蜕变为成虫。每年入伏以后，如果下雨，泡松软了土壤，它就出土寻偶交配，雌虫产卵后不久就死掉了。

我和小伙伴们捉到天牛后，会把它们的触须结到一起，看它们拔河。你看它们触角相对，一会儿顶一会儿拽，真像两头牛犄角相持，拼死一搏。

据说，天牛可以吃，尤其是未产卵的雌牛，很饱满，很好吃。

有同伴捉到天牛后用火烤着吃的，说很香很香。但我从没吃过，因为我看天牛的样子斑斑点点的像屎壳郎，不敢吃。

有时我们会捉到一种虫子，叫"磕头虫"。用手指轻轻地捏住它的身体，然后两指夹住它的胸部两边，一用力，它就"啪"的一声，把头用力向下一磕。它一下磕完了，会紧接着再来一下，再来一下，一连磕好几下。

磕头虫为什么会磕头，翻看资料才知道所以然。它的前腹部有一个楔形的突起，正好插入到中腹部的一个槽子里，这两个部位组合起来，就形成了一个灵活的机关。当它发达的腹部肌肉收缩时，前腹部准确而有力地向中腹部收缩，撞击到地面上，使它的身体向空中弹跃飞起，一个"后空翻"后，再落到地面。磕头虫在仰面朝天时，它会把头向后仰，前腹部和中腹部折成一个角度，然后猛地一缩，"啪"的一声打在地面上，它被弹了起来，在空中再来了个"后空翻"，再落在地面，然后脚朝下停在那里。

磕头虫通体皮质坚硬，摸上去滑溜溜的。它的爪子抓到人手上，麻麻的。

每到七八月，在灌木丛上，会爬满一种藤状植物，我们叫它"活了瓢"（口语音）。它开出的花一簇簇的，米粒般大小，乳白色或粉红色，散发出阵阵淡淡的清香。折断茎、叶，会有乳白色汁液流出，很浓很黏。它会结出一种果实，椭圆形，浅绿色表皮，布满白色的斑点。鲜嫩的时候摘下来，扒掉表皮，里面是泡沫状的内包皮，很硬，再扒去这一层，才到果肉。果肉呈鱼鳞状密布，很嫩，很滑，浆汁多，清香味很浓，略带甜味。

活了瓢的藤子上长满了秘密的细刺，碰到肌肤，麻辣辣的。折断它的藤子，会流出乳白色的浆汁，很稠也很黏。沾到手上，很难去掉。

当它的果实枯了以后，会自动张开瓣状的瓢瓢子，从里面飞出无数朵蒲公英花状的小伞，我认为那就是它的种子。

我们把干枯的还没有开裂的活了瓢摘下来，装到包里，没事的时候拿出来，揭掉一个枯瓣，它就像一只小船，里面装满了小降落伞。我们就轻轻地吹，那白色的降落伞就不停地往外飞，飘在空中，很壮观，很美丽。一只干枯的活了瓢里到底装了多少降落伞，我们没数过，也没法数。反正我们不停地吹，能吹上好长时间。

"活了瓢"的学名叫"萝藦"，又名"奶浆藤""飞来鹤"等，是一种很好的中药。

那时，夏天蚊子特多，"聚蚊成雷"是常见现象。当时还没有像雷达、飞毛腿等军事色彩很浓的很残酷的专门的杀蚊子工具，对付蚊子最好办法就是挂蚊帐子。晚上睡觉前，用芭蕉扇把蚊帐里的蚊子驱赶干净，然后拢好。我们夜里睡觉不老实，会蹬开蚊帐，蚊子们往往唱着欢歌蜂拥而入大快朵颐。第二天早上，我们身上被叮咬的，常常是大包摞着小包。早晨起床，我们决定报复蚊子，把蚊帐关严密，把留在蚊帐里的蚊子一个一个拍死，常常满手是血，当然是我们的血。我们那里有一种植物叫紫桑槐条，是一种灌木，跟蜡条子差不多，枝条呈紫色，羽状叶片，小叶卵形，左右对称。蜡条子很招毛辣子，每到初秋，叶子基本被吃完了。紫桑槐条跟蜡条子生长在一起，但从不招虫子，散发出一种浓浓的略带腥臭的味道。我们摘下紫桑槐条的叶子，拿回家，放到席子底下，可以驱除跳蚤等毒虫。晒干后，到了晚上，拿到屋里烧，可以熏走蚊子，效果比点蚊香还好。

小时候的我们很迷信。父母们说，七七那天，天上会飞来无数只喜鹊，它们的翅膀相互连接成桥梁，牛郎织女就踏过这座桥相会。父母们说，到了七七那天，我们看不到喜鹊，它们都飞去搭桥了。天边的彩虹就是它们搭成的桥。七七那天会下雨，那是织女相会时落下的眼泪。我们起床后，就望天空，看见有喜鹊飞过，就嚷，看，喜鹊去搭桥了。看见树上的喜鹊没飞走，就着急，说这只喜鹊真懒，它怎么不飞去搭桥呢！看到天下雨，就想牛郎织女终于见上面了，一年才一次，真不容易。看到天不下雨，我们就替牛郎织女担心，怕它们见不上面，那样会很伤心。我有时就想，喜鹊的翅膀是那么纤细而软和，牛郎和织女踏在上面该不会掉下来吧？我把我的疑惑跟伙伴们说了，三丫就嘲笑我，说人家是神仙，还跟你似的……下半句不说了，接着是一句"哼"。

　　如果遇到雨天，往往会出彩虹。我们聚在一起，指着天上的彩虹议论。父母们就说，不能用手指着彩虹。我们问为什么，父母们就说，指了会烂手指头。我们被吓得赶忙收回手，藏到背后。到现在我也搞不明白，指彩虹为什么会烂手指头。

　　父母们说，那天夜里，如果小孩子趴到丝瓜架子下，细心倾听，能听到牛郎织女的对话。到了晚上，我们就趴到丝瓜架下去听。他们都说听到了，唧唧的，很细很细。我看看身上被蚊子咬起的一个个红包，说我怎么没听到呢？我听到的只是各种虫子的叫声。大兵和三丫就耻笑我。大兵就说，没听到他们谈话的人将来就找不到媳妇。一听这话，我只好沉默不语。

　　"七夕今宵看碧霄，牵牛织女渡河桥。家家乞巧望秋月，穿尽红丝几万条。"好美的节日，好美的诗，现在读来竟然心有戚戚焉。

生产队来了知识青年

生产队来了一帮知识青年，整个村庄都洋溢着喜气。那消息让我们无比兴奋，就像自家来了远路的亲戚一般。

我们赶过去的时候，知识青年的临时住处已经人山人海。我们没有办法穿过密不透风的人墙，决定晚上再来。

到了晚上，我们几个约好了一起去。到了知识青年的住处，果然人少多了。我们不敢进门，躲在门旁，伸出小脑袋往里探望。

我们看呆了，我们一直认为三丫皮肤最白，眉眼最清秀，可看到那帮女知青，我们才知道什么叫白，什么叫漂亮。我们贪婪地看她们白皙清秀的脸，看她们时髦干净的发型，看她们的窈窕美妙的身材，看她们整洁漂亮的服装。我们看到天上的神仙了。

她们看到了我们，让我们进去。我们没有办法，硬着头皮磨蹭着进去了。其中一位（应该是领队）问她身边妇女主任，我们几个白天来过没有。妇女主任说没来过。她就拿出一把花纸糖，分给我们吃，每人两块。

我们没想到还有这份惊喜，高兴得了不得，要不是人多，肯定手舞足蹈。我们把糖握在手心，继续听她们的欢声笑语。

我第一次闻到了她们身上有一股清香，后来才知道那不是雪花膏，而是香水。

我们走出来后，吃那两块糖，然后把花糖纸抚平，收好。

伙伴们高高兴兴地散了。

我和三丫住得近，一起走。就在我兴高采烈吃糖的时候，三丫一把把她那两块糖塞给我，我很惊讶，问三丫为什么。三丫说不稀罕。我第一次在夜色中看到平时低眉顺眼的三丫，眼睛里竟然闪烁着迷人的星光。

第二天，我们又去知青住处玩耍。知青们上工去了。我们看着她们晾晒在外面的衣服，还有那绣花床单，一股淡淡的香气扑面而来。

我伸出手去摸，三丫打了我一下手，说脏不脏啊，人家嫌不嫌你。

知青们的到来，让我们看到了平时在彩色电影里才能看到的城里人的生活。我们虽然年龄小，但对那种生活充满渴望。

知青们的业余生活跟我们不一样，她们没有天一黑就关灯睡觉，而是在灯光下看书，唱歌。她们有收音机，能听广播和各种歌声，边听边跟着唱；她们有手表，可以准确地掌握时间；她们有漂亮的笔记本和许许多多的书。

最令我们羡慕的是，有一个月光皎洁的夜晚，我们竟然看到一对男女知青在林中小路上散步。我们出于好奇，偷偷跟了过去。我们看到了无比震撼的一幕，他们竟然躲到树后面亲嘴。我们吃惊得张大嘴巴。大兵小声喊一句"快跑"，我们像被鬼追赶似的一路狂奔回家。

回到家里，我把看到的跟父母说了。父亲说，那是资本主义的一套，不能学。我就想，资本主义就是亲嘴吗？

有一天晚上，我和三丫一起回家。三丫突然伸出手说，你拉着我，我害怕。我望着三丫的眼睛，那里星光闪烁。我迟疑了一下，伸出手又缩回来了。三丫也缩回手，叹了口气。

我们决定不再去知青住处了，因为男知青们偷吃了我们村里人的一只老母鸡。一只鸡对于他们来讲，也许根本不算什么，可对于我们来讲，那是大事。我们平时很少吃到鸡蛋，除非过年、过端午或遇到其他喜庆的事。我们靠那点鸡蛋打牙祭，那点鸡蛋是贫困年代的我们的希望。

那是一个冬天的晚上，一场大雪之后，月光无限美好，天地间一片银白，跟白昼差不多，连书本上的字都能认清楚。我们陡然来了兴趣，聚到一起去看知青们在干什么。男知青住处的门紧紧地关着，里面人声喧哗。我们趴到门旁，透过门缝，看到他们正在吃鸡。

第二天，少了鸡的村人到处唤她的鸡，那是村里的一位五保户老人，她认为雪天容易照花了鸡的眼睛，鸡迷了回家的路。

从那以后，我们再也没有去过知青们的住处。我们觉得他们的做法太做派。比如干活总喜欢磨洋工，比如收麦子总是掉麦穗头，比如吃萝卜总要削干净皮，比如吃白菜总要去掉菜帮子只剩下菜心……关键是我们吃地瓜煎饼，而他们总是吃白米饭和白馒头。

没过多久，可能是我们的条件过于简陋，多数知青骑着自行车早出晚归。我们村属于郊区，骑自行车，只需要二十分钟的车程。

我们的"糖果"

瓜菜年代，素食多荤食少不用说，更缺少糖果、水果。那时如果得到一块糖果，会快乐好几天。我会把糖果装在口袋里，直到快化了才吃掉。吃完糖果，会把糖纸展得平平的，夹到书本里，作为美好回忆。

甘蔗？小时候从没见过。不过我们确实有自己的"甘蔗"。

八月，玉米长高了，高粱长高了，我们的乐趣也有了着落。

到了田边，三丫留在外面站岗放哨，在田埂上装作割猪草，随时观察四面动静。我和大兵就偷偷地钻进了玉米地。我们在找"甘蔗"。看，那里就有一棵，从玉米丛中挤过去，顾不得脚底下旺盛的菟丝草的缠绕，顾不得小刀子似的玉米叶子的边缘，刮在胳膊上、腿上，留下一缕缕红红的印痕，麻辣辣的疼痛，从根部折断了那一棵，掰断它的梢部和根部，扒干净叶子拿出来。

有一次，我们兴冲冲地抱着几根玉米秆出来，抬头一看，生产队长就在前面，吓得我们魂都没了。我们责怪三丫为什么不给我们发暗号。三丫冷着脸一言不发。我们真的生气了，要知道我们如果被捉住了，要罚去我们父母一天的工分呢！三丫见我们真恼了，就说我给你们站岗，你们自己躲在里面先吃上了。我们说没有，你没看见我们今天砍了三根，当然需要时间了，你怎么那么小心眼！三丫看了看我们怀里的玉米秆，乐了，说你们别担心，没看见队长手里拿着根黄瓜正啃着呀，他敢转头吗？我喊他他都装没听见。

我们找个背人的地方，用镰刀从玉米秆的分节处砍断，分成节，一人一节啃起来，真甜，就像今天啃的甘蔗。

玉米秆就是我们的"甘蔗"。说起来也怪，多数玉米秆都不甜，甜的玉米秆很特别。一般来说，它的秆皮呈紫红色，或者它的棒头子（玉米）的个头特别小，甚至不结果实，这样的玉米秆才会甜，有的很甜。看来，无论是人类还是自然，十全十美很少存在。对于玉米，要果实就不要甘甜，要甘甜就不要果实，两全齐美的很少见。

玉米地里有时会发现"棒灰灰"。它长在玉米秆的顶端，成窝状，紫褐色，也有青褐色的，大的有几个拳头那么大，掰下来，可以吃。外层呈面粉状，越往里越细腻，水分越大。吃起来甜丝丝的，可以当饭吃，但很腻人，吃多了会胀胃。现在看来，它应该是一种菌类。

我们最理想的"甘蔗"是高粱，可那时的高粱种得很少，基本做饲料用，所以我们的愿望往往无从实现。高粱秆几乎棵棵都甜，且是甘甜，特别是那种紫皮高粱最好。高粱秆的皮好剥，用牙咬，一片片撕下来，剩下的秸秆芯，水分旺，又脆又甜，那真像"甘蔗"了。

那时生产队也种瓜，有西瓜、甜瓜、烧瓜，等等。种瓜是副业，瓜熟了后就拉到城里去卖，创收了。西瓜、甜瓜（我们又叫"蜜糖罐"，很甜），很好卖，我们很少吃到。烧瓜产量高，但不好吃，大多凉拌吃，放进盐巴后，一盘烧瓜能腌出大半盘水来。既然卖不动，生产队就摘下来分摊，一家一堆，多的时候，用小车往家推，人吃不了就喂猪了。

我们想吃西瓜，想吃甜瓜。西瓜地就在河边。河里长满了蒲苇草、芦苇草。我们就从河的这边，借着草儿掩护，泅渡到那边去。慢慢匍匐到岸上，看准了靠近岸边的一个大西瓜，学着电影里侦察兵的样子，戴上绿树枝编成的掩护帽，手里握着弹弓，爬进瓜田，摘掉西瓜，慢慢滚进河里。

有一次，我们刚爬到岸边，一抬头，看瓜的二愣子站在我们面前，手里举着一把铁锨，吓得我们魂飞魄散，我们鬼哭狼嚎地钻进河里，半天没敢出来。

我们那点小伎俩，瞒不过看瓜的，但他们都睁一只眼闭一只眼，瓜菜年代的孩子日子苦，偶然偷个瓜梨桃枣，算不了什么。也有一根筋的，就像二愣子，我们根本就靠近不了瓜田。

后来，二愣子改变了不少。听说是给人狠治了一顿。二愣子体格强壮，但胆子很小，夜里猫在瓜棚里不敢出门，连撒尿都靠夜壶。不知是谁，偷偷地在他的夜壶里放进了几条刀泥鳅（背上长鳍，很锋利）。夜里，二愣子撒尿，尿热，刺激了刀泥鳅，一阵乱窜乱蹦，声势喧吓，吓得二愣子一溜烟跑回家，几天没敢出门。

偷吃蛇莓

能吃的果子都被我们吃尽了，馋的嘴怎么能闲着，我们开始尝试着吃父母们一再告诫我们不能吃的果子。我们决定像第一个吃西红柿的人那样，为今后的吃找出几种新鲜样式。

春夏之交，正是蛇莓成熟季节。田畔沟边，蛇莓油绿绿地长得泼辣，那果子结得密密麻麻的，艳艳地红。一场雨水之后，蛇莓新鲜无比，惹得过路人垂涎欲滴。

父母们给我们讲，蛇莓有毒，不能吃。

我们发现一个规律，有毒的果实往往鲜艳无比，比如毒蘑菇，并且生命力极强，随处可见它们的踪影。

我们追问老人，蛇莓为什么不能吃，老人们就说，那是祖祖辈辈传下来的，说不清。只有一位老人给了我们解释，还算合理，他说，蛇莓旺盛的时节，正是毒蛇出洞的季节，毒蛇最喜欢蛇莓，说不定哪一片蛇莓，在它们爬过时，被它们吃过或舔过，那就带有剧毒了！

我们就去观察蛇莓，果真如老人所言，熟透了的蛇莓往往会有缺口之类的痕迹。我们当时认为，那肯定是被毒蛇咬过了。既然是毒蛇所为，那就借蛇莓抓毒蛇，倒也是一件无比刺激的事情。我们躲在暗处，等待毒蛇的出现。等来等去，没等来毒蛇，倒是等来了食鲜的鸟儿。原来，蛇莓果子上的疤痕或缺口，是偷食的鸟类的杰作。面对如此新鲜的美味，鸟类岂能放过？如果鸟类能够吃，那么我们人类当然可以吃了。

我们实在经不住诱惑，再说了，春夏之交，正是水果最缺乏的季节。我们决定冒险。我们冒险的理由很简单，那么巧，我们吃的蛇莓会被毒蛇光顾过呢？

我们摘来完好无缺的蛇莓，在河边的沙滩上挖出泉眼，用泉水反复冲洗蛇莓，认为即使毒蛇光顾过，但毒液应该被清洗掉了。

接下来是吃了。我们拿起蛇莓，豪情壮志顿时减掉许多，那毕竟是跟会不会中毒有关，跟生命有关。我们就拿着蛇莓你看看我，我看看你，就那么看啊看啊。眼见就到中午了，大兵就说，我们留一个人不吃蛇莓，一旦我们中毒了，那个人马上回村里报告消息，以便父母及时组织抢救我们。我们决定留下三丫，她毕竟是女孩，抵抗蛇毒的能力应该比我们男孩子弱。

我们开始吃蛇莓。

我们每个人先吃一点，等一会儿没有反应，再吃一点。就这样断断续续地吃了近一个小时，才吃完一个蛇莓。我们没有任何异样的感觉。蛇莓太鲜嫩了，接着，我们一口气吃了几个，然后我们躺下，静静地等待反应。

正是风和日丽季节，又近晌午，我们躺在地上，迷迷糊糊地打起瞌睡，那状态真像中毒了，吓得三丫一个个摇晃我们，要回村报信。我们站起身来，果然有晕乎乎的感觉。我们就去洗脸，然后一起回家。回到家里，我们没敢跟父母说。

第二天，我们不约而同聚集到那片蛇莓地旁，相视一笑。这次我们没了顾忌，每个人都吃了一些。不过，我们没敢放肆地享用那美味，担心吃多了真的会中毒。

我们是我们那一带第一个吃蛇莓的人。

近几年，许多地方开始人工种植蛇莓，主要是因为它特殊的药用价值。

蛇莓，各个地方叫法不一样，比如鸡冠果、野杨梅、地莓、蚕莓、三点红、龙吐珠、狮子尾、疗疮药、蛇蛋果、地锦、三匹风、蛇泡草……它可以清热，凉血，消肿，解毒，可以治热病，惊痫，咳嗽，吐血，咽喉肿痛，痢疾，痈肿，疗疮，蛇虫咬伤，烫伤火伤，等。

①《别录》记载：主胸腹大热不止。

②陶弘景说：疗伤寒太热。

③《食疗本草》记载：主胸胃热气；主孩子口噤，以汁灌口中。

④《日华子本草》记载：通月经，熻疮肿，敷蛇虫咬。

⑤《本草纲目》记载：敷汤火伤。

⑥《生草药性备要》记载：治跌打，消肿止痛，去瘀生新，浸酒壮筋骨。

那种种围绕蛇莓而产生的偏方就更多了。

我真没想到，小时候我们违背祖先遗训，冒着那么大风险试吃的蛇莓竟然是食药同体的好东西。

这样的经历不止一次，我们吃过麻雀蛋。父母们给我们讲，吃麻雀蛋，脸上会生雀斑。我们男孩就想，反正脸够黑的，长点雀斑也看不出来，无所谓了。三丫忍不住嘴馋，跟我们一起吃，吃完就后悔了。一段时间，她总是担心自己长雀斑。我们也是，每次见面，就盯着三丫的脸看，一来是看看三丫是不是真长雀斑了，验证一下；二来，藏着小心眼，借机多看几眼三丫白净漂亮的脸。

说吃麻雀蛋会长雀斑，没有任何科学根据。也许是麻雀蛋壳上的斑纹与人脸上的雀斑极为神似，于是人们牵强附会，认为那是吃麻雀蛋所致。其实，蛋壳上斑纹与脸上的雀斑相近的岂止是麻雀蛋，后来风行全国的鹌鹑蛋，那蛋壳上的斑纹与雀斑也极为相像，可人们吃得不亦乐乎，也没见全国人民雀斑大流行。

现在想起那段偷吃经历，一桩桩如在昨日，依然趣味盎然。

带毒刺的虫子

马蜂是自然界中最不会看人类脸色行事的虫类，向来我行我素，是我们生活中各种麻烦的制造者。它会把窝挂到我们的屋檐下，门楣旁，甚至厕所里。关键是马蜂富有攻击性，人类包括各种比如狗猪之类的动物，动辄因为某个不起眼的动作惹怒了马蜂，就会无端地惹来一场祸患，而且是群起攻之的祸患。马蜂是大家恨之入骨而又唯恐避之不及的虫类。

马蜂窝主要有两种形状，一种是莲蓬型，像倒挂起来的莲蓬；一种是圆球形。不管哪种形状，都是灰色的。

莲蓬型的马蜂窝相对小些，我们往往会捅下来，一粒一粒取出它的蛹，喂我们从鸟巢里掏来的雏鸟，或喂小鸡雏。

我们村子里有一棵大刺槐树，那棵树枝干粗壮，树冠高耸，浓荫蔽日，有几十年树龄了。每到夏天，生产队往往喜欢集中在大树下开大会，那里更是我们平时玩耍的极好场所。

有一天，我们突然发现浓密的树叶中竟然有一个灰球形的马蜂窝，那个马蜂窝真大，有两个篮球那么大。我们很惊讶于马蜂做窝的速度，几天之间竟然做成这么大一个窝。或许是这个窝早就存在了，等到浓密的树叶已经无法遮掩它的时候，才被我们发现。更可怕的是，那巨大的窝上爬满了马蜂，密密麻麻，集聚堆叠，它们个个体型健硕，让人看了毛骨悚然。

为了我们的安全，父母们决定除掉它。

马蜂太厉害了，父母们当然知道。我们村里有一条狗，不知怎么得罪了一个大马蜂窝，结果被那个马蜂家族活活给蜇死了。

一天中午，村里的人们围到大树下。我们听到消息，也来到大树下。父母们决定捅掉马蜂窝。

望着那个巨大的马蜂窝，大家心生怯意。由谁去捅马蜂呢？大家互相对望着。不知谁喊一句，指导员，你上。

当时，大队有支书，生产队有指导员，都是党的基层代表。

指导员想往后缩，大家一起喊，关键时候，党代表不上前，谁向前！

指导员没再说什么，回家准备去了。

一会儿，指导员回来了，他全副武装，大热天的，穿上了棉袄棉裤，用厚围巾包裹了头部，只露出两只眼。就这还不放心，他还拿了个大搪瓷盆顶在头顶。

我们迅速撤到远处，躲到树后或墙边下，还有的趴在洼地里。

指导员拿着长竹竿去捅。那马蜂窝太结实了，怎么捅也捅不下来。

那窝马蜂被惹恼了，向他飞扑过来。他丢掉竹竿，狼狈逃窜。马蜂们紧追不舍，像一团黑烟紧随着他。

一会儿，指导员跑得没了踪影。

当我们走出掩体，找到他的时候，他虽没受伤，但棉袄棉裤都被汗水浸透了，正坐在地上喘粗气。

既然捅不了，那就烧。第二天中午，父母们又来到那棵树下，这次是早有准备。指导员已经全副武装好了，他手中的竹竿上绑上了一个棉花球。生产队长拎来一瓶汽油，全部浇到那捆棉花球上。我们撤离到远处。生产队长点燃那棉花球，迅速逃离。

指导员举起棉花球，对准马蜂窝伸过去。我们就看到马蜂窝处浓烟滚滚，火光阵阵，噼噼啪啪声像放小鞭炮。

就那么一直烧着，持续了几分钟。

当火熄灭后，我们走出掩体，来到树下。满地都是被烧焦的马蜂尸体。被烟熏得发晕落到地上的马蜂还在拼命蠕动，我们就用脚踩。那一地马蜂啊，密密麻麻，看了让人触目惊心。

再看树上，那马蜂窝被烧得所剩无几。为了防止死灰复燃，为了根除后患，其他人拿过竹竿，把剩余的马蜂窝捅了下来。

如果说马蜂过于张狂，才招致灭顶之灾，那无辜而勤劳的蜜蜂，常常因为我们的招惹而命丧黄泉，我们也常常受到被蜇的报复。

小时候，蜂蜜是稀罕物，我们吃不到。我们喜欢捉来蜜蜂，取蜜解馋。我们先掐死蜜蜂，拽下屁股，然后取蜜。其实我们被蜇后才知道，蜜蜂虽然死了，可它的刺不会马上死掉。我们舔舐蜂蜜的时候，被蜇了舌头是常有的事。

蜜蜂蜇人，很疼，像被针狠狠地刺了一下，那种疼会持续很久。

真正厉害的是蝎子。那时的农村，多数是土坯房，蝎子往往栖息在山墙上。天气好的时候，我们经常围在山墙前，看蝎子张牙舞爪。蝎子看到人，往往是举着大螯，慢慢往后退，退到自己窝前，然后掉头，钻进窝里。当我们拿起石块，投掷过去，它才会放下尊严，掉头逃窜。

我们掏麻雀窝，有时会碰到蝎子，被蜇的事时有发生。蝎子的毒性很大，一旦被蜇，要红肿很长时间，而且疼痛难耐。

还有一种虫子我们最厌恶，虽然没有毒刺，但带毒的毛毛更令人可畏，那就是毛辣子。毛辣子无处不在，它们依仗自己特殊的毒性，拼命啃食树叶。到了秋天，树木凡是叶子稀疏的，要么是毛辣子所为，要么是黑色的毛毛虫所为。我们拿毛辣子一点办法都没有。

以前的农村，哪有卫生纸，人们上厕所用的手纸都是旧报纸、旧书籍。有一次，村里的一位懒男人，平时不打扫厕所，不清理厕所周围环境。一天夜里因为吃坏了肚子上厕所，忘了带手纸，没办法，捡起地上的一块石头揩屁股，没想到，那石头上趴着个大毛辣子。

那位男子被辣坏了屁股，闷热的夏天里，很长时间没敢出门，因为他的屁股肿得无法穿裤子。

逗蜘蛛

看蜘蛛结网，逗蜘蛛玩耍，别有一番情趣。

一次和小伙伴们去割猪草，在树荫下休息的时候，我们看到了蜘蛛结网的全过程。

那是一只肥大的灰蜘蛛，由于离得近，它浑身的绒毛和牙齿都能看得很清楚。

它先向空中放出一根根长长的丝，任其随微风或气流飘荡。待到哪根丝附着在另外一棵树的枝干上，就形成一根横梁。等到那根横丝固定下来，蜘蛛就在那根横丝上忙活起来。它先是加固那根横丝，让它能够承受足够的重量，然后再拉横丝。两根横丝之间，留有一定空间。

接下的工作就是在两根横丝之间铺设螺旋线，一圈一圈，纺织成网。

蜘蛛先在横梁之间拉上交叉的竖丝，形成一个辐射中心。然后再一圈一圈拉上螺旋丝。

待网织成后，蜘蛛就躲到一边，潜藏起来。一旦有猎物触网，蜘蛛会快速出击，用丝网紧紧缠住猎物，然后运走。

我们趴在那里看。

好长时间没有动静。我们就用树枝触动那网。那只蜘蛛迅速跑出来，然后失望而归。我们再触那网，蜘蛛没上当，不再出来。我们捉到一只青虫，抛向那网。青虫挣扎，蜘蛛跑了过来，这回是不见兔子不撒鹰了。蜘蛛真是个聪明的家伙。

一只蜻蜓触了网，我们赶紧解救。蜘蛛也跑了出来，想和我们争夺猎物。我们用树枝驱赶走了它。像苍蝇之类虫子触网，我们高兴；一旦蜻蜓之类的益虫触网，我们当然不高兴了。

我们解救下蜻蜓，怎么也清理不干净蜻蜓身上的蛛丝。无奈之下，我们只好掐断蜻蜓翅膀，以保全蜻蜓性命。然后，把蜻蜓放到一根高粱秆上，让它自谋生路了。

再看蛛网，被我们破坏了一个大洞。

第二天，我们再去看那蛛网，破洞竟然被修补好了。

我们那里还有一种带丝的虫子，我们叫它"吊死鬼"。每到秋天，早晨起来，路边的槐树上会垂下一根根长丝，长丝的尾端吊着一个虫子。那虫子黑乎乎的，很瘆人。路人急着赶路，一不小心就碰到脸上，耽误了赶路不说，还搞得心情糟糕。那丝粘到脸上、身上，黏糊糊的，很讨人嫌。

遇到哪一年，"吊死鬼"大繁荣，早起赶路的人就麻烦了。一树一树的，每一棵树都垂下几百条竖丝，那是一种怎样的情景。

不过，太阳出来，或天色完全明亮，"吊死鬼"就撤退了。所以，遇到那种情况，只好耐住性子等待。

翻阅相关资料，才知道，"吊死鬼"，学名"尺蠖"，是一种会结茧的虫子。它之所以吊到半空，那是因为它栖息的树枝已经存在危险，为了保护自己不被侵害才这样做的。

野藤瓜

割牛草的时候，发现一棵长势繁茂的野生甜瓜秧子。翻开茂密的瓜叶，没找到成熟的瓜，有些失望，但发现瓜藤上有三个半大的瓜，翠绿绿地逗人。那棵甜瓜秧长在地瓜地里。地瓜正是得风得雨的时候，长得疯，藤叶铺天盖地。地瓜藤掩护着甜瓜。我悄悄地把地瓜叶子往甜瓜叶子上拢了拢，遮挡他人视线。

从那以后，我每天割牛草的时候，多了一份期盼。我要等待那三个甜瓜成熟。

一个瓜的成长充满风险，一个瓜的守护比一片瓜的守护还困难。

先是遇到了旱。高温持续了一个星期，地瓜耐旱，叶子都打了卷，甜瓜的叶子开始泛黄。我连忙用荷叶盛水浇灌。

一个阳光灿烂的早晨，我去看我的瓜。悲催的事发生了，我的一个瓜只剩下了一半，那上面留有清晰的齿印。我又气又恼，仔细端详那齿印，像老鼠又像兔子。我先是到处找老鼠洞，接着找兔子窝。兔子窝没找到，老鼠洞倒是找到几个。我愤怒地摧毁老鼠洞，以示警告。幸亏瓜没熟，吃起来味道不如地瓜，若不然，恐怕三个瓜全部填了它们之腹。还好还好，我还有两个甜瓜。

大旱后果然大涝，一连下了一个星期的雨。我担心我的瓜。天刚放晴，我在满地水流，一片蛙鸣中去看望我的瓜。

我的一个瓜竟然被浸泡在水洼里，我拿起它的时候，发现它已经烂掉了一半。我赶紧把另一个瓜挪到高处。

既然只剩下一个瓜了，再坚守秘密对于我而言已经没有太大的引力。我对大兵他们公布了我的秘密。

一个阳光明媚的早晨，我和我的伙伴们去看我的瓜。

大兵看了看我的瓜，说难怪你的瓜长不大，没成熟的瓜是不能用手摸的，一摸就不长了。

原来竟有这般道理，我怎么不知道。

大兵说，瓜都是偷着长的，你看，它们都是在夜里长。一旦它知道被人发现了，它就不长了。

我问为什么。

大兵说，这还不简单，长大了就被人摘取了，长也是白长，那还不如不长。瓜通人性呢！

另一个小伙伴"喊"了一声，说还通人性呢！草我们天天割它，它不还是一个劲长吗？猪通人性，明明知道长壮了要被宰，还不是天天长吗？

大兵反驳道，那生产队杀牛为什么要蒙住牛眼？杀羊，羊为什么会下跪？

那个小伙伴不想再争辩，看了看瓜，又看了看瓜藤，说这是一棵拉屎瓜。

我问什么是拉屎瓜。

　　那位小伙伴很不屑地说，就是人吃了瓜，瓜子没消化掉，被抛到田里，又长出来的瓜。这种瓜不成材的。

　　我问从哪里看出来的。

　　他指了指瓜，又指了指瓜藤，说看瘦的，明显底子不好。

　　我说，书上不是说，许多果实通过鸟类的消化才能发芽生根吗？

　　那位小伙伴说，人不是鸟，人的消化功能太强大了。

　　我还想争辩，那位小伙伴不想再争辩了，说，这么瘦，也可能是缺肥料。

　　我们想想也是，就要找肥料来上。那个小伙伴说，现成的不用，找什么找。没等我们反应过来，他就冲着瓜根子撒了一泡尿。

　　大兵赶紧制止，说你那样会把瓜烧死的！

　　我们一听，赶紧想办法解救，就用树叶、荷叶兜水来浇，稀释尿液的浓度。

　　看着我们忙碌的样子，那位小伙伴说，值得吗？想吃瓜，到河那边生产队瓜田里摘一个不就得了！

　　我们不再说什么，分散开来割猪草了。

　　过了几天，我再去看那瓜，已经蔫了，黄了！

听书·看电影

    小时候的夏天似乎特别热。那时农村电风扇很少，芭蕉扇是人们的最爱，它既可以扇风驱暑，又可以拍打苍蝇，赶走蚊子。对于一个孩子来说，闲心静气地坐在那里手摇芭蕉扇，似乎还缺少那份耐心。中午，最好的避暑去处就是到大河里泡澡。离我家不远处就有一条大河，那清澈的河水，高高的堤岸上茂密的槐树林，是我和小伙伴们酷夏中的天堂。到了夜晚，村子南面的石板桥上成了最好的乘凉去处。桥下凉爽的流水带走了桥面上骄阳留下的灼热，再加上河水流淌带来的阵阵凉风，该死的蚊子和各种小虫子难以立足，那真是炎炎盛夏中的一方宝地呀。吃完晚饭，男人们就拎上一领苇席，拿把扇子去了桥上。先到河里洗个澡，然后来到桥上，或躺着或坐着，谈古说今。桥面大约三米宽，三十几米长，大家一溜排开去，颇为壮观和热闹。我们最喜欢听老人说故事。说得最多的是大隋唐、武松和梁山泊一百单八将。偶尔也有走村串户的说书人来村子里赚点口粮，东家一把白米西家一捧麦子就把他留下了。说书人就在麦场上或者是河堤上，架起大鼓，敲起竹板说书。那简直就是我们的精神大餐了。我想，除了公社放映员几个月来到大队放一次电影，除了过春节时大家聚集在社场上分猪肉、牛肉，再也没有那种热闹的情景了。

大队部放电影，那是我们最兴奋的事情。

好消息的传播往往有固定模式。大队部高高挺起的水泥电线杆上朝向四方的四个大喇叭里先是传出一阵歌声《大海航行靠舵手》：

"大海航行靠舵手，万物生长靠太阳，雨露滋润禾苗壮，干革命靠的是毛泽东思想……"

社员们知道又有新指示了，就停下手里的活，站在原地听。歌声减弱，传来大队支书充满无限欢快和诱惑的破锣嗓音："全体社员请注意啦，今晚大队放电影！"一般都是连喊三遍，然后继续播放那首歌曲。

社员们听了，无比兴奋和激动，就跟着唱："鱼儿离不开水呀，瓜儿离不秧，革命群众离不开共产党，毛泽东思想是不落的太阳。"

八月份本来就是半农闲季节，生产队长干脆卖个人情，早早吹哨子收工。

看电影的地方是老地方——大队小学操场，只有那个地方才能容纳全大队一千多男男女女。

天刚黑下来，操场上已是人山人海，密密麻麻坐满人，没带凳子的或来晚了的就团团围在外面。正是暑假期间，我们下午一听到广播，连晚饭也没吃，怀揣两张煎饼夹着根黑胡萝卜咸菜，扛着凳子就来抢占有利地盘了。凳子摆好了，再用粉笔画出界线，然后就在一边玩"砸瓦片"的游戏或下棋——"大炮轰小兵"，边玩边看住地盘，当心被别人抢占了。

　　天完全黑下来。老规矩，先是大队支书讲革命形势一片大好，然后放映员开始聚焦，试放。开始放电影，又是老片子《闪闪的红星》。我们的兴趣顿时减去不少。想走，听说还有第二部，是新片子，花了一下午时间占下的好位置，舍不得让开。我和大兵商量了一下，决定留下三丫看位置，我们去搞点嚼头。

　　我们挤出人圈，外面有卖冰棍的，二分钱一根。我们买一根，递给三丫，然后向田野走去。

　　来看电影的时候，我们已经侦察过了，路旁边就有块很大的豌豆地，已经果实饱满，还没有结得硬实，正可以吃。

　　看看四周没人，我和大兵钻进豌豆地。一股豌豆特有的清香迎面扑来。今天晚上，为了看电影，我们的胃里装满了红薯和小麦混合起来烙成的煎饼和老咸菜。豌豆的清香挑逗得我们的胃一阵阵痉挛。

　　我们匍匐在地里，茂密的豌豆秧完全掩盖住我们。我们一边摘，一边吃，一边往口袋里装。一会儿，口袋就装满了。

　　电影散场后，我们一人掏出一半给了三丫，剩下的带回家，用搪瓷茶缸煮着吃，里面放点盐，很香。

　　晚上摘豌豆，最怕田边的"拉拉秧"。

　　拉拉秧，生命力极强，长长的藤到处蔓延。它的藤子上、叶子上，都长满了密密麻麻的刺，见人就"拉"，沾上衣服还不容易扯掉，沾到皮肤，一动就"拉"你，针刺似的痛。过了好长时间，那皮肤还是红红的，火辣辣地疼。那效果，跟被毛辣子辣了一顿差不多。

　　不过，拉拉秧是一种很好的中药材。我父亲老是腿痛，特别是到了秋天，腿有时胀得很厉害，不好走路。吃了许多药都没有效果。

有人告诉父亲，用酒泡拉拉秧的根喝，效果很好。父亲试着做了，坚持喝了十几天，果然见效。以后，每到秋天，父亲就刨拉拉秧的根泡酒喝。几年时间过去了，父亲的腿病没犯过。后来我通过别人了解到，父亲泡酒喝的不是拉拉秧，而是八仙草，虽然长得形状差不多，其实不是一种草。

那时文化生活相对贫乏，电影经常看的就是那几部，我们对电影里的人物、故事情节、台词都熟悉得很。特别是有些台词，我们可以倒背如流，经常用它们对话或开玩笑。

当一个人受了惊吓或被骗了一回，总喜欢用《智取威虎山》中的台词：

一个问（一般都是三丫问）：你的脸怎么红了？

一个答：精神焕发。

一个问：又怎么黄了？

一个答：防冻涂的蜡。

当阴雨连绵时，我们躲在家里实在无聊，就会学着《战洪图》中老地主王茂的腔调说："下吧，下吧，下它七七四十九天我才高兴呢！"每次听到这一句，三丫脸色发青，掉头就走。

那时常见的游戏是分成正反两派来玩打仗的游戏，反派的，挂在嘴边的话是"我胡汉三又回来了！""看在党国的份上，拉兄弟一把！"正派的挂在嘴边的话是"为了胜利，向我开炮！""为了新中国，冲啊！"

至于像"大吊车真厉害，轻轻一抓就起来！""不见鬼子不挂弦。""我家的表叔数不清，没有大事不登门。"等等，更是我们的常用语。

我们那里，女孩子最喜欢唱的是《卖水》中的一段，她们会根据自己的理解，用自己的腔调，配上自己的动作来唱：

行行走，走行行，信步儿来在凤凰亭。

这一年四季十二月，听我表表十月花名：

正月里无有花儿采，唯有这迎春花儿开。

我有心采上一朵头上戴，猛想起水仙花开似雪白。

二月里，龙抬头，三姐梳妆上彩楼。

王孙公子千千万，打中了平贵是红绣球。

三月里，咿哪咿呀呼哪咿呀呼哪呼嘿，是清明，人面桃花相映红。

人面不知何处去，桃花依旧笑春风。

四月里，麦梢黄，刺儿梅开花长存路旁。

木香开花在凉亭上，蔷薇开花朵朵香。

五月五正端阳，石榴花开红满堂。

小姐苦把郎君盼，相公你，相公你快快到兰房。

六月里，是伏天，主仆池边赏白莲。

身处泥中质洁净，亭亭玉立在水间。

七月里，七月七，牛郎织女会佳期。

喜鹊搭桥银河上，朝阳展翅比高低。

八月里，是中秋，桂花飘香阵悠悠。

嫦娥不愿在寒宫守，下凡人间把幸福求。

九月里，九重阳，小姐登高假山上。

枝黄叶落西风紧，五色傲菊抗严霜。

十月里，是寒天，孟姜女送衣到长城边。

千里寻夫泪满面，冬青花开叶儿鲜。

十一腊月没有花采，唯有这松柏实可摘。

陈杏元和番边关外，雪里冻出蜡梅花儿开。

清早起来什么镜子照？梳一个油头什么花香？

脸上擦的是什么花粉？口点的胭脂是什么花红？

清早起来菱花镜子照，梳一个油头桂花香，

脸上擦的桃花粉，口点的胭脂杏花红。

什么花姐？什么花郎？什么花的帐子？什么花的床？

什么花的枕头床上放？什么花的褥子铺满床？

红花姐，绿花郎。干枝梅的帐子、象牙花的床，

鸳鸯花的枕头床上放，木樨花的褥子铺满床。

　　我们不得不承认，和现代的速成之作相比，以前的样板戏等剧本，特别是台词，是经得起时间淘洗的经典，今天读起来或唱起来依旧韵味十足。

村里那些人和事

1

记得小时候，村子里有一对婆媳，动不动就拌嘴。媳妇嘴特巧，能说会道的，且善于抓理，村里人都叫她"机关枪"，称她吵架的架势叫"拼刺刀"。婆婆年轻时中过风，嘴有些歪，说话就"那个那个"地口吃，可性子很暴躁，是那种煮鸡蛋等不到煮熟蛋黄的人。每次吵架，婆婆争不过媳妇，就使出绝招：脚一跺，跑去跳河。

村子南头有一条河，离她家只有四五百米，好像专为她跳河才开凿似的。媳妇嘴虽厉害，可怕担当不孝的罪名，每次看见婆婆往河边跑，马山撤火收兵，拽着婆婆的衣襟妈妈长妈妈短地赔不是。媳妇越拽，婆婆越有劲头，拽断衣襟是常有的事。直到村里人看见了，走过来劝架，先数落那年轻媳妇一通，再劝她说孩子不懂事，你一大把年纪，别跟她一般见识，或是儿子看见了，走过来大骂媳妇一顿，亮出拳头要揍媳妇，婆婆这才心满意足地收兵。

有一天，刚吃过晚饭，公公和儿子上麦场打麦子去了。媳妇喂猪见猪吃得欢，就往猪食槽里多加了点饲料精。婆婆刚从厕所出来，正系裤腰带，看见了，就嚷媳妇大手大脚不会过日子，做饭时味精都不能多放，这饲料精就能多放了吗？婆媳俩又吵上了。当时正逢秋收，家家忙得陀螺似的，对他们婆媳之间的拌嘴早就习惯了，没一个过来劝架的。媳妇瞄准时机，猛吵一通，舒舒胸中恶气。几个回合下来，婆婆败北，丢掉怀里的小孙子，拔腿就往河边跑。

那天是阴历三十，到处黑魆魆的。婆婆一溜烟跑到河边，脚步明显放慢，听听后面没有动静，就往河里走。河水湿了鞋子，后面还没有动静；河水湿了裤脚，后面还是没有动静；河水没过膝盖，后面还是没有动静……婆婆于是喊一句，我那儿子呀，为娘去了吧，后面还是没有动静；婆婆又喊一句，我那孙子吧，奶奶去了呀，后面还是没有动静。河水已经没过婆婆的肚脐了。

不知过了多久，凉凉的河水使婆婆退了心火。

婆婆提着湿裤脚，走上河堤，四周一片秋虫的嘶鸣声。婆婆无奈，只好打着喷嚏，浑身颤颤地沿着原路往回走。

到了家门口，就看见媳妇倚在大门框上，正在有事没事嗑瓜子，那眼睛正望着河边呢！

婆婆的脸腾地像块大红布。媳妇停止嗑瓜子，说回来了？回来就好！

婆婆的脚有些不听使唤，那眼泪就下来了，喊了一句：俺舍不得俺那小孙子吧，俺实在舍不得俺那小孙子吧！

媳妇丢掉瓜子，拍拍手，说舍不得就好，舍不得就好！顺手拿起早准备好的干衣服递给了婆婆。

从那以后，婆媳之间很少再拌嘴。

2

小时候，村子里有一位媳妇，极懒，是那种连油瓶倒了都不扶的主儿。

俗话说三秋不敌一夏忙，正是麦收时节，男人们忙得脱去了一层皮。

一天早晨，男人到麦场去晾晒刚打好的麦子，没吃早饭，就嘱咐媳妇早点做午饭，多做点午饭。媳妇见男人出了门，爬上床朦朦胧胧又睡过去了。一睁开眼，正晌午了。爬起来一看，男人抗着木锨快进家门了。

米没淘，菜还没摘。女人急了。男人脾气不好，再加上忙累的，那火苗动不动就蹿上房顶，半个月来就没见顺气过。女人怕打，昨天给踢了一脚，屁股上青青的鞋印还在。

男人越来越近，眼见那皮肉之苦又躲不掉了。媳妇灵机一动，发现墙角有一瓶农药，抓起来就向身上洒。

男人跨进门，见媳妇满地打滚，满屋子散发着浓浓的药味。男人吓黄了脸，以为都是昨天那一脚惹的祸。

男人找来拖拉机，抱起媳妇，一溜烟开进了镇卫生院。

急诊。

医生抱来一大堆药，先灌肠洗胃。

媳妇痛苦不堪，扯直嗓门喊，我没喝药，没喝药。

医生就说，越喊没喝药，就证明越喝了，越要狠灌。

男人也说是这个理，真是这个理！

媳妇真急了，不知哪来的牛劲，拳打脚踢，摆脱了医生、护士，跳下病床，撒腿就往外跑，一眨眼工夫就蹿上了马路。

男人见了，开拖拉机就在后面追。

媳妇一直跑进村子，拖拉机愣是没追上。

从那以后，媳妇和别人拉呱，只要谈到那段经历，就说，怎么着都成，宁愿挨嘴巴子、挨脚踹，千万别喝药，那不是人受的罪！

直到现在，村子里没有一个喝农药寻死觅活的人。

3

刚改革开放那会，村子里有一对父子，父亲是个文盲，儿子念初中。父子俩冤家对头似的。

有一年暑假，刚放假，儿子前脚还没跨进家门槛，父亲蒲扇般的手就伸过去了。

"拿来！"铁塔般的父亲声若洪钟。

"什……么……"瘦弱的儿子像一只受到惊吓的小鹿。

"家庭报告书！"父亲显然被儿子的故作糊涂激怒了。

"丢……了……"儿子嗫嚅着，身体有些抖，风中的绿叶似的抖，双手不由自主把肩上的书包往背后挪了挪。

父亲上前一步，一把从躲躲闪闪的儿子肩上扯下书包，来了个底朝天。

满地都是刚采集的标本，上面还有露珠的痕迹。红色封皮的"家庭报告书"很扎眼。

语文 105 分，数学 121 分，英语 89 分，物理……父亲念着数据。念完了，父亲抬起头："这英语才考了 89 分，怎么老是上不去？我不是给你说了多少遍了，要好好学英语，学好英语才能出国，赚大钱！你看咱村的段武山，人家英语学得好，出国了，经常往家里寄美元。"

儿子捂住耳朵。

父亲看看地上，说你又去捣鼓这些烂玩意儿？

儿子说我喜欢植物，你知道吗？植物！

父亲的火又冒出来了："你以为老子不知道，植物就是庄稼，种庄稼有什么出息？"

儿子就嚷植物不是庄稼！

父亲就说是庄稼，我侍弄了大半辈子庄稼，还能搞错？

儿子就说树是庄稼吗？

父亲说不是。

儿子又说花是庄稼吗？

父亲说不是。

儿子就说庄稼是植物，植物不是庄稼。

父亲争辩不过儿子，就一跺脚说，反正不许你再捣鼓什么植物了！好好学英语，将来挣美元！再胡来，我打断你的狗腿！

从此以后，儿子开始学英语，不，开始说英语了。

第一天中午，父亲正在树荫下铡牛草，儿子喊："Let's go and have lunch!"（吃饭了）

父亲愣了半天也没回过神来。

第二天，父亲的一位朋友来了，儿子就说："Nice to see you uncle!"（叔叔好）朋友愣了半天，就笑，意味深长地笑。饭桌上，父亲要儿子陪客人喝杯酒，儿子举起酒杯，说："Let's go and have alcohol!"（请喝酒）客人又笑，意味深长地笑。父亲憋不住了，就嚷：

"小兔崽子，你吃的是中国饭，怎么净吐洋玩意儿！"

儿子就回敬一句："你这个老家伙，不说英语怎么挣美元？"

那位儿子后来真的成了植物学家，留学澳大利亚，时常给他父亲寄美元。

4

小时候，村里有位张三爷，在县城百货公司门旁修自行车。那年头是不允许搞私营的，好在当时最时髦的家私就是"三转一响"，自行车凭票供应，人人都当作宝贝。自行车是消费品，也会坏，坏了就得有人修理，开一个自行车修理厂，经济上不划算，再说自行车是骑到哪儿坏了就在哪儿修，总不能轮胎破了也要运到修理厂去吧。所以在路边的树荫下，墙头边摆上个修车摊子，人们也就没往"资本主义的尾巴"上想。

张三爷手巧，修车也修得地道。团团近近的人都认他，车子坏了就推过来让他修。时间长了，彼此也就熟悉了，平时借个气筒打打气，找个气嘴皮、螺丝帽什么的用用，很随便。那时的人思想特朴实，有些人过意不去，就顺手丢几块花皮糖块，丢个苹果、梨子，丢包烟什么的。这些东西看起来不怎么金贵，可都是凭票供应的，对于农村人来说就是稀罕物了。

张三爷三年前死了老伴，儿子分家另过，女儿也嫁了人家，孤孤单单的，每天不想跑那十来里路，就在墙边上搭个简易帐篷，夜晚放下白天收起，买个煤油炉子煮饭吃，变成半个城里人了，过得清闲自在。

孙二爷是另一个生产队的，被分派到城里积肥料的。那时，连草都割光了，捂起来当绿肥，人们的眼光自然盯上了城里的厕所。孙二爷每天拉着辆平板车进城，车上装着十二个尿桶，装满了就往回运，一天一个来回，风雨无阻。

每天晌午，孙二爷就凑到张三爷摊子前，讨根烟抽抽，讨碗水喝喝，顺便歇歇脚。

张三爷就拿出别人送的糖果什么的，包好，递给孙二爷，说，麻烦你带给我孙子。

孙二爷和张三爷虽是庄邻，可并不认识张三爷的孙子，就问张三爷他的孙子长什么模样。

张三爷就说，住村头路口第一家，红瓦房，长得最漂亮最精神的那个小男孩就是的。

孙二爷就点点头。

说这话时还穿着棉袄，到了收麦子的时候，张三爷决定回家看看。

到了村口，张三爷先去看看自己的小孙子。小孙子见了爷爷就咬着手指头。张三爷就问小孙子，爷爷给你的好东西都吃了？小孙子摇摇头。

正在这时，孙二爷拉着板车回来了，见了张三爷和他的孙子，停下车，走过来，捧起小家伙的脑袋，嚷一句，这就是你孙子呀，让爷爷好好看看，记住了？

张三爷呱嗒着脸，孙二爷就讪讪地赔着笑脸说，你说村头第一家，红瓦房，这……

张三爷抬头一看，是呀，村头家家都是红瓦房，又是十字路口，第一家多着呢！

孙二爷就说，我找了半天，看来看去，比来比去，就发现，我家的小孙子最漂亮最精神，嘿嘿……

张三爷什么也没说，气鼓鼓地掉头就往村里走。

张三爷路过自己家的三分自留地时停下了脚步。那地里不见一根杂草，葱、蒜、辣椒、西红柿长得油油地旺！

张三爷笑了，骂了句：这个老东西，明天我得给他弄包好烟……

5

小时候，村子里有个青年叫"二愣子"。

二愣子胆子特别大。村里人说，他就没有胆，所以才"愣"。

二愣子小时候，因为一件事而出了名。有一天早上，他的母亲起来烙煎饼。他母亲开始支鏊子，掀起鏊子，发现鏊子底下竟然盘着一团蛇，冲着她直吐蛇芯子。二愣子母亲顿时魂飞魄散，吓得连喊声都没了人味。

二愣子听到了母亲喊声，迅速跑过去。二愣子当时只有七八岁。他二话没说，竟然抓起那条蛇，拎起蛇尾巴甩几下。我们那里流传一种做法，蛇只要抓起它的尾巴猛甩，蛇的全身骨头就断了。然后，他把蛇当作裤腰带扎在腰上。

他用他的动作向母亲表明，蛇没有什么可怕的。

二愣子手里有把枪，一把老式盒子枪。

二愣子说，那把枪是他捡来的。有一次，二愣子去牛山赶集，路上要屙屎。他跑到大路旁边的一个土沟里。没想到，他的尿竟然冲破土层，露出那把枪的尾巴。二愣子抠出那把枪，无限惊喜。他拿着那把枪回家，又是水洗又是打磨。一把锈迹斑斑的盒子炮现出了原型，只是由于年代太长，木头枪柄完全烂掉了。

我们第一次看到了真枪。

后来，公社派人来查问枪的事，武装部干事反反复复查看那枪，认为已经没有了射击的可能，就没有没收归公。

二愣子天天腰带上别着那把枪，威武得很。

生产队在远离村庄的石安运河边建造了一处小型抽水站。那地方地势偏僻，没人愿意去看设备。二愣子就主动提出，他去看设备。

二愣子由于他的愣和枪，捡到了一份轻松愉快的挣工分的差事。

二愣子有大把的空闲时间。他就把空闲时间用在那把枪上。他给那把枪加了木头柄子，让它成为一把完整的枪。他用汽油烧除枪上的锈渍，清洗零件，然后再用机油擦拭。

捣鼓来捣鼓去，那把枪竟然开了膛，能扣动扳机。

二愣子就自己制造子弹。没过多久，那枪竟然能够射击。

二愣子没敢跟别人说枪的事。

纸是包不住火的。一次，二愣子用那枪去打野鸡，被同村的一位青年撞见了。

村子里的年轻人有事没事就往抽水站跑。他们都想试试打盒子炮的滋味。当然，没有几个人能够尝试打枪的。因为二愣子做不出那么多子弹。

有一次，大队治保主任找上了门，要打枪。二愣子没有办法，只好拿出枪和一粒子弹给他。当时围了一帮小孩子。治保主任不会打枪，他把枪往后甩着打，原本想往河里射击的，谁知枪的反作用力太大，那枪打歪了，射到一个看热闹的孩子的屁股上。

这下惹出大事了，幸亏救治及时，也幸亏那枪射到孩子屁股上，那孩子没伤到要害处。

但那把枪确实惹了大事了。县公安局出动了。

二愣子被抓进去，坐了一段时间的牢，那枪被彻底没收了。

后来，公社武装部干事说，过去的钢材就是好，那枪锈成那样了，竟然还能射击，真是服了人了。

二愣子被放出来后，继续看抽水站，不过整天木讷讷的，好长时间也没恢复过来。

后来，生产队的一头牛突然发疯，红着眼，吐着白沫，在村子里横冲直撞。村子里一片混乱。人们这才想起二愣子。

二愣子赶来，冲着牛头迎上去，双手抓住牛角，和牛僵持起来。村子里的年轻人一拥而上，缚住了那头疯牛。

二愣子总是用腰带系着腰。有时是灰布带，有时是绳子，忙的时候，会抓起一把有韧性的草，沾上水一拧，然后扎到腰上去。

后来，大队治保主任送给他一条警察用的皮带。二愣子就一直扎着那根皮带。

萤火虫

在所有的虫类里，最让人羡慕的就是萤火虫了，不但会飞，还能发光，这在整个昆虫家族绝无仅有。

让我们对萤火虫心生美感，跟几千年来家喻户晓的"囊萤映雪"的故事有关。我们小时候，听得最多的故事有"铁杵磨成针""头悬梁锥刺股""凿壁偷光"，再一个就是这"囊萤映雪"。

晋代时，有个叫车胤的后生，从小好学不倦，但因家境贫困，无法为他提供良好的学习环境。为了维持温饱，家里没有多余的钱买灯油供他晚上读书。为此，他只能利用白天时间背诵诗文。夏天的一个晚上，他正在院子里背一篇文章，忽然见许多萤火虫在低空中飞舞，一闪一闪的光点，在黑暗中显得有些耀眼。他想，如果把许多萤火虫集中在一起，不就成为一盏灯了吗？于是，他去找了一只白绢口袋，随即抓了几十只萤火虫放在里面，再扎住袋口，把它吊起来。虽然不怎么明亮，但可勉强用来看书了。从此，只要有萤火虫，他就去抓一把来当作灯用。由于他勤学好问，后来终有成就，官至吏部尚书。这是"囊萤"故事。

　　孙康也是晋代人。一天半夜，孙康从睡梦中醒来，把头侧向窗户时，发现窗缝里透进一丝光亮。原来那是大雪映出来的光。他发现可以利用它来看书。于是他倦意顿失，立即穿好衣服，取出书籍，来到屋外。宽阔的大地上映出的雪光，比屋里要亮多了。孙康不顾寒冷，立即看起书来，手脚冻僵了，就起身跑一跑，搓搓手指。此后，每逢有雪的晚上，他就不放过这个好机会，孜孜不倦地读书。这种苦学的精神，促使他的学识突飞猛进，成为饱学之士。后来，他当了一个御史大夫。这是"映雪"故事。

　　现代的读书条件比以前好多了，囊萤映雪已无必要，但萤火虫却成了我们最喜欢的虫儿之一。

　　小时候，我总是不停地问父母、问伙伴：萤火虫为什么会发光？他们的答案五花八门，但没有一个让我满意的。

　　会发光的萤火虫总在夏天夜晚出来，一闪一闪的，让人感觉很神秘。父亲激励我说，萤火虫打着灯笼看书呢。对这个说法，我半信半疑，但我知道，如果专心致志地看书，应该停止不动，萤火虫却在不停地飞，似乎寻找什么东西。它们到底丢了什么呢？是漂亮的花手绢，还是心爱的蝴蝶结，是吃饭的碗，还是睡觉的床，我最担心它们丢了爸爸妈妈或者弟弟妹妹等亲人，那心里该如何的痛啊！我曾经跟在萤火虫后面和它们一起寻找，结果除了野草和庄稼，小河和树木，什么也没有发现。村里一位老奶奶说，萤火虫是落在地上的流星，它们在寻找上天的梯子，这个说法感觉还比较靠谱。

　　有一次大兵捉了很多萤火虫装在玻璃瓶里送给我，说可以当电灯用。晚上果然亮亮的，就像现在的荧光棒，很好玩。但萤火虫在瓶子里无法自由飞翔，很多只簇拥在一起，憋得难受，看得我自己仿佛也喘不过气来，我就把它们放到蚊帐里，这样我就可以在星光中入梦了。

很少有人白天看到萤火虫，我们就想，它们大概劳碌了一个夜晚，白天在补觉吧。其实，在白天，就是见到萤火虫，也没几个人能认识，因为在白天，萤火虫发不了光，跟普通虫子无异。所以说，最不喜欢阳光的一定是萤火虫，因为它们没有阳光明亮，也没有阳光火热，在太阳下面，它们无用武之地，心中一定充满遗憾。而最不喜欢萤火虫的一定是太阳，在自己休息时，它们还一眨一眨地放光，让人们转移了崇拜的对象，心中肯定会有失落感。最喜欢萤火虫的除了儿童，就数天上的星星啦，它们一定会把萤火虫看成远在地球上的亲戚，心中自然有了一份亲切的思念。

可惜的是，萤火虫只在夏天出来。如果到了寒冬腊月，萤火虫还在，与雪花一起飞舞，跟红灯笼一起闪光，同人们一起迎接新年，那该多好啊！

长大了，翻阅相关资料才真正搞懂萤火虫发光的原理。原来，萤火虫的末端下方有个发光器，发光器内有一种发光细胞，发光细胞内有一种含磷的化学物质，称为萤光素。当萤火素遇到荧光素酶的催化下消耗ATP，并与氧气发生反应就会发生化学反应，从而产生光芒。不同的萤火虫光芒持续的时间不同，有的不到一秒钟，有的可以维持好几分钟。

从生物学角度看，萤火虫在夜间发光，主要是为了引诱异性。

萤火虫对生活环境要求极高。近年来由于农业生产大量使用化肥、农药、杀虫剂等，严重破坏当地的水、土、空气等自然环境，不再适应萤火虫生存，我们已经很难再看到田间壮观的萤火虫飞舞的景象了。所以，萤火虫的生存情况也是当地自然环境是否优良的风向标。

夏天的野菜

　　小时候，家乡的屋前屋后，园边沟旁，长满了各种野菜，常见的是方谷菜和灰灰菜。

　　方谷菜的叶子很大，青色的，摸上去有点沙沙的感觉。我最喜欢用方谷菜下面条吃，放进几瓣大蒜，吃起来有一种特殊的清香。方谷菜很特别，越煮越青翠，吃起来很有筋道。奇怪得很，看上去灰灰的方谷菜，怎么经过开水一烫，竟变得如此青翠呢？

　　灰灰菜不是苋菜，但跟苋菜的形状差不多。苋菜炒出来是红色的，灰灰菜炒出来是青色的，那味道和方谷菜差不多。

　　这两种野菜很泼辣，摘一茬，过几天又长出新叶子，再摘再长，直到深秋。

　　一直到现在，我很喜欢吃方谷菜。我们这里，到了夏天，农村人经常摘来卖，不按斤称，是按捆卖，五毛钱一捆，便宜得很。方谷菜还有一个特点，没被水洗过的，摘下来趁着新鲜就放进塑料袋，包扎好，放进冰箱冷藏，可以半个月不腐烂不变色。真是泼辣的好菜。

母亲烙煎饼时，会叫我们去摘方瓜花，当然是公花或谎花，真正的母花留着结瓜。我们摘来方瓜花，洗干净，切碎，母亲掺点盐和油，均匀地摊在正在烙的煎饼上，再放上一张煎饼（跟现在街上摊煎饼差不多），烙熟了给我们吃。那味道极特别，清香无比。

我们的家前院后还长着一种野菜，叫菊花佬。一丛一丛的，叶子呈鹅掌形，有鹅掌一半大小，叶色青翠欲滴。人们一般摘下来烧汤吃。烧出来的汤是绿色的，煮熟了的菊花佬的叶子不是发黄，而是青翠得耀眼。汤里打点鸡蛋花，青的青翠，黄的金黄，白的乳白，淡淡的菊花香更是沁人心脾。菊花佬的叶子是摘了一茬又长出一茬，一直到深秋。干枯的菊花佬的梗子可以扎成刷锅把子（笤帚），去油快而且很耐用。

那时有一种植物叫"洋芋"。农村人各家有各家的厕所，那厕所搭得简陋，就在它的四周种上洋芋，来帮助遮拦砖瓦漏光的空隙。洋芋是高秆植物，叶子很大，跟向日葵的叶子差不多，顶端开花，那花跟向日葵的花形相似，盘状花托，黄色花瓣，只是小得多薄得多，不结果实。洋芋的长茎上长着细细的刺，摸上去扎人。

到了秋天，人们会挖出它的果实用来腌制咸菜。它的果实形状跟芋头差不多，只是光滑得多，水分很大。我们烤地瓜吃时，喜欢顺手扔几个洋芋进去，一起烤了吃。洋芋的肉很细腻，吃起来甜甜的，有股土豆的香味。

一进入九月，山药豆落得满地都是。一圈篱笆，一堵矮墙，或是一棵矮树，上面缠绕着山药的藤蔓，密密匝匝一片。山药的秧子细瘦，叶子纤弱，山药豆缀满藤茎的景观很美，有一种硕果累累的感觉。

　　山药豆熟透了会自然落地。所以，想吃山药豆，要到地面上去捡。藤蔓上的山药豆一般不去摘，因为没有熟透的山药豆生硬，吃起来麻麻的，涩涩的。山药豆一落就是一层，就是满地，大大小小堆积在一起，捡山药豆的感觉充满了惊喜。

　　山药豆可以蒸着吃，可以煮着吃，当然若能蘸着白糖吃，那味道就更美了。

　　夏天，最泼辣的是满地的马菜（马齿苋），房前屋后，田间沟畔，只要有土地的地方都能见到它肥硕的身影。其他野菜很少，我们没得挑剔，而马菜不同，我们只要掐它嫩嫩的尖子就可以了。我们把马菜用水洗干净了，放到开水中煮熟，然后捞起来，切碎，凉着。我们捣好蒜泥，我们那里一般会在捣蒜泥时加进一些青椒，蒜泥和青椒混合起来，味道很特别。然后，把马菜和蒜泥掺和均匀，加进足量的盐，就可以吃了。如果有香油，滴上几滴，那味道就更特别了。不过，马菜虽然泼辣，取材却极为容易，又是很好的中药，但不可多吃，吃多了伤胃。

　　以前端不上台面的野菜，因为它们的纯自然性，现在竟然成了饭店最受欢迎的菜。我们的物质生活真的丰富起来了。

防震棚

我们这个地方处在郯庐地震带边缘，防地震是儿时最难忘的记忆。

邢台大地震后，从国家到地方，对各种自然灾害的宣传与预防抓得特紧。尤其是唐山大地震后，我们这里对地震的敏感度简直到了风声鹤唳的地步。

这种对地震的恐惧感是日积月累的结果。

史料记载，我们这里历史上曾经发生过特大地震。公元 1668 年 7 月 25 日晚（清康熙七年农历六月十七日戌时），山东省南部的郯城县发生了 8.5 级地震，震中位于北纬 35.3 度、东经 118.6 度，震中烈度达 12 度。地震波及鲁、苏、皖、浙、闽、赣、鄂、豫、冀、晋、陕、辽等 10 余省（410 多个县）和朝鲜半岛。山东郯城、临沂和莒县（临沭县和莒南县当时亦属此三县辖区）受灾最为严重，造成约 5 万人死亡，破坏面积涉及方圆近千公里。此次地震，历史上称为"郯城大地震"，"郯城—临沂大地震"或"郯城—莒县大地震"。

我们这里距离郯城，直线距离不到 50 公里。

《嘉庆海州直隶州志》记载："七年六月十七日戌时，有声从东南来，如雷，地大震，州城屋宇多圮，赣榆城崩，官庙民居尽倾，唯文庙岿然独存。"

赣榆人倪长犀曾写《地震记》（收入《嘉庆海州直隶州志》）：

前此书震矣，无记。兹记者何？志甚也。

先是苦雨几一月，是日，城南暴涨忽涸，见者异之。顷云作，若大雨状。既雨，殊未大，而黄紫云亘西壁，由南迤北，声若辚轳。俄明月在天，微风不作。人方轻缔缓筵，自命羲皇上人。忽震声发西北，雷轰电迅，地势闪忽跳纵，疑火疑潮。而震声、坼裂声、覆屋宇声、崩梁摧壁声、折树声、水声、风声、鸡犬鸣吠声、牛畜吼声、人号哭声、父子夫妇呼急救声，千百齐发，远近如沸。时则扬黄尘，拥宿雾，惨喧布天，浓烟遮地。前此坐月开襟者，倏皆摧垣断壁中，相与为蛇为猬，覆之黄壤，藉以清泉矣。城外旧无水，忽噪水至。急登陴视之，水循城南汛，澎湃奔驶。退则细沙腻壤，悉非赣物。井水高二丈，直上如喷。凡河俱暴涨，海反退舍三十里。室自出泉，寒冽不可触。裂地以丈尺计，旋复合。投石试之，其声空洞。及旦，人且谣曰：神告我，后十日当陷。至期，愚者率奔避山上。而是夜果大雨，飞虹绕电，天地若倾。人栖树下，视覆扉盖笠者，直大厦华庑矣。城北得古窑，一瓦器如豆，意三代以上物，震出之者。自是三岁率常震，居者惧覆压，编苇为屋，疾榱题若陷阱焉，前覆压死者以千数。乃有曲蘗生醉覆屋下者，掘土出之，方化蝶未返。倘所谓天者非耶？

是日，沭阳城亦坏，民无全舍，大成殿独完。地裂处，沙涌水飞，深者数十丈。二十七日，海潮大上，飓风浃旬。知沭阳县梁文焕请除两河近水地及逃亡人丁。八年四月，沭阳雨血。

文学家蒲松龄也曾经行文记载此次地震：

康熙七年六月十七日戌时，地大震。

余适客稷下，方与表兄李笃之对烛饮。忽闻有声如雷，自东南来，向西北去。众骇异，不解其故。俄而几案摆簸，酒杯倾覆；屋梁椽柱，错折有声。相顾失色。久之，方知地震，各疾趋出。见楼阁房舍，仆而复起；墙倾屋塌之声，与儿啼女号，喧如鼎沸。人眩晕不能立，坐地上，随地转侧。河水倾泼丈余，鸡鸣犬吠满城中。逾一时许，始稍定。视街上，则男女裸聚，竞相告语，并忘其未衣也。

后闻某处井倾仄，不可汲；某家楼台南北易向；栖霞山裂；沂水陷穴，广数亩。此真非常之奇变也。

邢台地震发生后，著名地质学家李四光曾预言四大地震带，它们是：一、东南部的台湾和福建沿海；二、华北的太行山沿线和京津唐地区；三、西南青藏高原和它边缘的四川、云南两省西部；

四、西部的新疆、甘肃和宁夏。

民间流传的是另一个版本，他们直接把邢台、唐山和郯城加了进去。既然邢台、唐山已经大震了，那我们这里也就要地震了。

更为巧合的是，我们这里康熙年间发生的那场大地震和唐山大地震都是发生在夏天。夏天自然成了我们防震的重点时段。

每到夏天刮大风，下大雨的日子，我们的心一下子就悬了起来，是不是要地震了？这是我们最担忧的事情。为了预防地震，我们夜里不敢睡觉，等到天亮了，外面人声喧闹，我们才敢放心大胆地睡觉。我们认为，白天不会发生地震，即使发生了，也有父母们给我们站岗，也好应付。可是，夜里总不睡觉也不是办法，白天我们还有很多事要做，还要打猪草，还要积绿肥，还要去游泳。我们夜里就用各种方法来预防地震，比如把瓶子倒立在桌子上，一有动静瓶子就会倒掉；比如把茶缸放在桌角，一半悬空，稍有动静，茶缸就会落地；比如睡觉不关门，我们睡在堂屋里，一有动静就可以往外跑……

人的情绪像蔓草一样，会越长越茂盛。情绪更会传染，特别是恐慌的情绪，它比传染病更可怕。唐山大地震让我们第一次真正体会到自然的神秘和残酷，它让我们对地震无限畏惧。

连续几天干旱，人们就想可能要地震了；连续几天大雨，人们就想可能要地震了；连续高温，人们会想到地震，连续低温人们也会想到地震；井水水位低了，高了，浑了，人们会想到地震；鸡不进圈，猪不进窝，人们会想到地震；天边出现彩虹了，人们想到了地震；蚯蚓爬出来了，人们想到了地震；老鼠搬家，人们想到了地震……世间所有的风吹草动，似乎都成了地震的前兆。

那时，我们小伙伴聚集到一起，谈的都是地震。我们会一遍一遍计算，我们这里离地震中心郯城有多远，如果郯城发生 8 级大地震我们会是几级。算来算去我们总是很失望，因为我们距离郯城也就 30 多公里路。

就在我们焦虑不安的时候，上面明确指示，家家户户要建防震棚。

听到这个消息，人们的分析是，我们这里真的要发生地震了。不过，对于我们而言，建防震棚无疑是令我们最兴奋的事情。

防震棚的建造有的简易，有的复杂，各家就地取材，没有统一要求。简单的防震棚，用竹竿或木棒支撑成三角形，上面覆盖上稻草即可，极像田间地头看瓜的窝棚。复杂的防震棚，先用粗竹竿或粗木棒立起屋形框架，四壁和棚顶覆盖上塑料薄膜，棚壁围上芦苇笆，棚顶苫上稻草。这样的防震棚像一间小屋子。

不管是哪种防震棚都不太适宜居住，晴天闷热难耐，且蚊虫众多，一夜住下来，咬得满身红疙瘩是常有的事。阴雨天，蚊虫更多，且经常漏雨。

不过，在天气凉爽的时候，躺在防震棚里，四面草木的清香和泥土味迎面扑来，倒别有一番情趣，若能再有一本自己喜欢的书，静静地读上几页，那就更爽快了。

我们喜欢在防震棚顶插上一面红旗。这种靓丽的打扮却惹来一场大祸患。

我们生产队有一头牛，动辄发疯。牛发疯的时候很可怕，见人撞人，见物挑物。有一次，那头牛不知怎的又发起疯来，饲养员拽断了牛绳子。那头疯牛向村子里冲来。饲养员跟在后面追赶，并大声提醒大家注意躲闪。

牛对红色很敏感。我们插在防震棚顶的红旗成了它首选的攻击目标。那头疯牛冲着我们的防震棚奔来，撞坏了一家又奔向另一家。

当那头疯牛被制止的时候，我们的防震棚已经被破坏一大半。

以前我们只是谈论地震，预防地震，地震在嘴上。当汶川发生大地震时，看着中央电视台直播的悲惨情景，我们才真正意识到自然的无穷威力和人类的弱小无助。

玩　具

　　我们的童年，可玩的时间多，玩得任性，玩得自在，但缺少玩具。我们的玩具基本上都是自制的。

　　我们把废旧的报纸之类的纸折叠成纸牌玩掼纸牌。这种纸牌跟平时所说的扑克牌无关。它是把一张纸先横向折叠，然后把两头分别向同一方向三次对折，然后把对折过的两头斜插到一起，就形成一面光滑，另一面呈四个等腰三角形拼图的形状。玩耍时可以分两方或三方或更多，一方把纸牌放到地上，另一方用一个纸牌对着地上的纸牌猛掼，地上的纸牌如果被击打翻过身来，则为输，那纸牌归赢的一方。双方轮番进行。折叠纸牌最好的原料纸是光滑的硬纸板，折叠出来的纸牌硬度大，掼性强，获胜概率大。

　　我们玩弹琉球。先在地上挖个小洞，把琉球摆放在离小洞一定距离的地方，在规定好弹打的次数后，另一方则通过弹打自己的琉球来撞击对方的琉球，把对方琉球撞击进洞里为胜。双方轮番进行。这个规则有点类似今天的高尔夫球。

作为男孩，我们最期盼最过瘾的玩具有三样：火药枪、弹弓、弓箭。

做火药枪，先找来一根粗铁丝，做成枪的模样，再用自行车链扣做成枪筒。链扣有两个孔，一个孔装到铁丝上，另一个孔形成枪筒。再用自行车带帽的辐条做成撞针。再用自行车的废旧内胎剪成条状，做成皮筋，拉动撞针。在枪筒内装上制爆竹用的火药，一扣扳机，皮筋带动撞针冲向枪筒，击响火药。当时，卖货郎有专门的火药卖，一张一张地卖。一张纸上一般为五十个火药团。

弹弓的做法相对简单，一根铁丝或一个树杈，两根皮筋，一块小皮子，一些捆扎细绳，很快就能做好，是打麻雀的好家伙。

弓箭。用一根直径3厘米的塑料管（那时一般用废弃农药喷雾器的管子代替），如果没有也可以用竹子代替，也可以用蜡条之类软而韧的枝条代替。准备一根粗的皮筋，一些捆绑细绳，数根细高粱秆（做箭杆用），几个步枪子弹头的外壳（靠近某部队靶场，很容易搞到，作箭镞用）。不到半个小时，一个30米之内具有杀伤力的管式弓箭就完成了。

这三种武器的动力都来自于皮筋的伸缩弹力，而这种皮筋的直接来源是各式车子的内胎。所以搞到自行车特别是汽车的内胎是我们最渴望的事情。如果哪位小伙伴搞到了一个内胎，他会剪成一条一条的，跟我们交换或是卖给我们。那时，车子很少，内胎质量又高，所以想得到一个报废的内胎真的很不容易。

在那个年代，能被我们利用的资源我们都利用了。用木头刻一把手枪，那是一种奢侈，但用泥巴做成一把手枪就容易多了。枪有了，我们就折来树枝编成伪装帽，然后学着电影《奇袭》中志愿军的模样，分成敌我双方玩打仗的游戏。

到了冬天，找来一根粗钢丝或细钢筋，弯成一个圆圈，找大队的电焊工把接头处焊了，然后再找一根粗铁丝，弯成钩状，就可以推钢圈了。钢圈和跳绳用的绳子一样，它可以辅助我们锻炼身体。

家里有了一台收音机

有一年暑假，中午吃饭的时候，父亲突然怀抱着一个东西回来了，打开一看，竟然是一台收音机。

收音机在当时是稀罕物。在农村，除了偶尔看看电影，听听说书，其他的文化活动极为贫乏。家里有台收音机，听听歌曲，听听新闻，特别是听后来大为风行的说书节目，那是劳动之余最好的享受和消遣了。

从那以后，听收音机是我最痴迷的事情，我忘记了吃饭，忘记了割猪草、打兔草，以至于气得父母要把收音机送人。

"达嘀嗒，达嘀嗒……小喇叭广播现在开始。"每次听到那悦耳的声音，顿时身心无比舒畅。那是我最喜爱的节目啊。

我比较喜欢听广播剧，比如《敦厚的诈骗犯》，到现在还记忆犹新。

后来，广播电台的说书节目更让我痴迷。像刘兰芳的《岳飞传》，袁阔成的《三国演义》等，可以说，全国上下听得如醉如痴。

另外像单连芳、田连元等，都是大家熟知的说书大家。

下面是一张当时的中央人民广播电台第一套节目播出时间表：

4:00 合唱《东方红》，预告节目（一）。

4:15 革命文艺。

5:00 新闻。

5:15 广播体操。

5:30 对人民公社社员广播。

6:00 学习马列著作、毛主席著作时间。

6:20 革命文艺。

6:30 新闻和报纸摘要。

7:00 革命文艺。

8:00 体育节目（日）。

革命文艺（一、二、三、四、五、六）

8:15 革命文艺。

8:30 新闻和报纸摘要。

9:00 革命文艺。

10:00 新闻。

10:30 革命文艺。

11:00 国际时事。

11:30 人民解放军节目。

12:00 对工人广播。

12:30 新闻。

13:00 教唱革命现代京剧、革命歌曲。

革命文艺【其中二（星期二）到 14:00（结束），

14:00 到 16:50 休息 】。

15:40 学习马列著作、毛主席著作节目（二除外）

16:00 红小兵节目（二除外）

16:20 红卫兵节目（二除外）

16:45 革命文艺（到 17:00 结束。二除外）

16:50 合唱《东方红》，预告节目（二）。

17:00 新闻。

17:15 革命文艺。

17:45 预告节目。

18:00 国际时事。

18:30 对工人广播。

19:00 人民解放军节目。

19:30 对人民公社社员广播。

20:00 各地人民广播电台联播节目。

20:30 革命文艺（其中一、六、日到 23:00）

22:00 新闻（二、三、四、五）。

22:30 革命文艺（二、三、四、五）。

23:00 新闻。

23:15 革命文艺。

0:00 新闻。

0:15 革命文艺。

看着这张节目单，想起收听那些熟悉的节目，犹在昨天；播音员的声音，如在耳畔。童年听广播的那份痴迷情景似乎就在昨天，那么近，那么温馨。

儿时熟悉的节目，今天基本不复存在，真是物非人亦非啊。

时光的流逝，世事的变迁，不是我们这些凡夫俗子所能左右的。有人说，回忆是毒，我要说，回忆是酒，一杯经过时间纯化的年份原浆啊。

秋天来了

秋天来了，我们快乐而忧伤。我们快乐，因为遍野的金黄让我们不再饥恶；我们忧伤，因为漫漫寒冬正一步步向我们逼近。

秋天是成熟的季节，成熟实质上是一种寂寞，一种收敛，青蛙不再鸣叫，蜻蜓不再飞翔，知了转入下一个轮回……而我们充满惆怅地站在河边，望着那沉碧的河水发呆，为不能再下河洗澡惋惜，为寒冷的到来而忧虑。

那时，生产队要储存大量的冬天用的牛草、猪草。我们就被父母赶下湖去割草。有力气的伙伴割得多，就用挑子担回来；没力气的，就用扒箕子挎。到了社场上，饲养员用大秤称，然后记账折算成工分。我们一般每天能挣四五分工分，若折算成今天的物价，可以买三四个鸡蛋，半斤左右的大米。

田野里的黄豆已经成熟，金黄色的豆荚一串串风铃似的在秋风中摇荡。割牛草的时候，我们会偷偷地拔上几棵黄豆，塞到牛草里，然后躲得远远的烧熟了吃。

当时，偷集体的东西，若被发现了，轻则批评教育，重则罚工分，我们若没有工分，就罚父母的。所以，我们一般不敢随便拔黄豆。不过，看到那一棵棵金黄色的沉甸甸豆棵，我们往往唾液横流。要是真的想偷黄豆吃，那得先做准备。要带上火柴，还要带上大褂子，还要约上最要好的伙伴。

偷了黄豆后，要走得远远的，离豆田越远越好，让别人不再怀疑我们是在烧黄豆。我们一般会找一处干枯的沟渠，在沟渠底部烧黄豆吃。烧的时候，要用大褂子或树枝把烟驱散开，防止被看田的人发现。烧黄豆很简单，因为豆棵子本身就是燃料，只要找一点引火用的软草或树叶，点燃就可以了。黄豆"劈劈啪啪"地炸开来，争先恐后跳出豆荚，又黄又脆。我们争着去拣，放入嘴里，青豆绵甜，黄豆脆香，够回味好几天的。吃完黄豆，我们个个抹得灰头土脸，花猫似的。赶紧找地方洗脸，洗完脸互相看，直到看不到痕迹为止，不然是不敢背着牛草去生产队的社场上的。

黄豆吃多了，会放臭屁，如果喝了冷水，基本是屁声连连。

有一回，我们割草回来，生产队长堵住我们，问我们偷吃黄豆没有，我们齐声回答，没有。

生产队长什么也不说，让我们放下牛草，站成一排。

果然，不一会儿，队伍里屁声连连。

那一次，生产队长的处罚是，没收我们割的牛草，充公。

后来，听父母说，生产队之所以处罚我们，主要是豆子还没有熟透，我们偷黄豆，总是挑选熟透的，糟蹋了其他黄豆。

在黄豆地里，经常能抓到豆丹（一种靠吃豆叶子为生的虫子），绿绿的肥肥胖胖的。胆大的伙伴就把它们抓起来，跟黄豆一起烧，香气浓郁扑鼻，能传出去很远。不过，我和三丫不敢吃，觉得豆丹的样子像个大毛虫，特别是那两只眼睛，贼贼的，烧熟了还瞪着人，怪瘆人的。大兵吃得有滋有味。

现在，我们这里许多地方流行吃豆丹，据说营养价值很高，那价格从几十元一斤开始，一路飙升过来，现在已经是几百元一斤了。吃豆丹，也含有对过去岁月的一种回忆与眷恋吧。

钓虾·抓蟹

中秋节前后，虾肥蟹壮，正是捕捉的好时光。

虾喜欢静水，所以长满水草的池塘里最多。我们开始钓虾。钓虾很简单，我们从母亲的针线筐里拿来一根细细的针，用火烤，然后弯成弓形或鱼钩形。找来塑料细线，当然最好是细细的尼龙线，穿到针鼻里，拴牢了。然后系上竹竿。再在离钓钩半米地方拴上用海绵或小葫芦做成的浮标，没有这些，就截上一段干枯的芦苇或树棒做浮标也可以。在钓钩上穿上蚯蚓或剁碎的癞蛤蟆肉，就可以钓了。虾子假聪明，它总先试探诱饵，然后吞饵。所以浮标第一次动时，动作轻微，这时不要提竿；第二次动时，水面波纹很大，证明虾子上钩了，就可以提竿了。钓上来的虾子大多不服气，往往卷曲身体挣扎，一卷一曲，"啪啪"响，甩出的水溅得很远。

如果遇到个头大的虾群，就可以直接在线头上拴钓饵垂钓。不过，这样钓虾时要准备一个小抄兜。右手握竿，左手握抄兜。当虾子上钩时，右手轻轻提竿，左手的抄兜顺势靠近虾的下面，及时捞出。我们喜欢配合作战，一个钓，一个捞，忙得不亦乐乎。

也可以用虾篓捕虾。用竹编的虾篓，篓的开口装上带倒刺的敞口盖子，竹篓里放入饵料，再放入一定重量的石块，沉入水中，篓的口上拴一根粗绳子，拴在岸边。用竹篓捕虾，一般都有几个或十几个竹篓同时使用。过一段时间，就把竹篓提上来检查，有虾子就取出来。用竹篓捕虾属于专业捕虾，我们做不到。

那时虾子多，个头大，一天下来，运气好的话，能捕捉到好几斤。

抓螃蟹更为有趣。蟹子喜欢洞穴。石砌的桥洞里最多。我们挽起裤脚，下水去。慢一点，轻一点，蟹子在桥洞里游得正欢快，你看它们口吐泡沫，高举大钳子，一副目中无人的样子。

一旦发现水动了，它们会快速躲进洞里，高举大钳子，守卫在洞口。你伸手去抓它，它就用钳子抓你，跟你对抗。别说，看着它高高举起的大钳子，看着它溜溜乱转的绿豆眼，你还真不敢轻易下手。

不过，既然是美味，就有抓到它们的办法。我们早有准备，戴上长袖子皮手套，那还怕啥，见一个捉一个，见两个捉一双。运气好的话，碰到蟹群，一会儿就能捉上一竹篮子。

螃蟹抓起来容易，看住不让它逃掉却要费一番功夫。开始，我们用竹篮子装，哪能装得住。螃蟹爬行功夫了得，并且蛮横，借助竹篮的纹路，争相往外爬。这可忙坏了三丫，抓住这只又跑了那只。螃蟹会钳人，并且凶狠，一旦钳住绝不会轻易松开。一会儿，三丫累得汗流满面，向我们求助。我们也认为得先解决螃蟹的盛放问题。大兵回家，拎来一个高帮铁皮水桶。真管用，任螃蟹在桶里横行，抓挠得桶上的铁皮"哗哗"直响，但无一只逃脱。

在我接触过的水族里，我认为螃蟹的力气最大。不知有没有人做过试验，如果进行水族拔河比赛，从单位面积来计算，螃蟹绝对是大力士级别的。如果进行凶狠程度测试，螃蟹绝不亚于鲨鱼。

如果运气再好些，我们还能捉到老鳖。那时不太时兴吃老鳖。捉到老鳖后，要拴起来吊在门边。迷信认为有些老鳖是蛇变成的，一吊就会现出原形。

烀老鳖更有讲究。要先在锅里放块砖，然后放进老鳖，用重物压住锅盖，然后再烀。烀完头道水后，舀掉，取出砖，再放水，放作料，再烀。然后才可以吃。据说，老鳖的尿有毒，放进一块砖，水一热，老鳖会自动爬到砖上，把尿撒到砖上，这样就可以去掉它身上的毒。

那时的老鳖真多。记得有一年夏天，一天中午，我们几个小伙伴洗完澡往回走，看见村头的一条旱沟里有一只老鳖在晒盖。我们从两头截住它，不让它逃进旁边的水沟里。那只老鳖很大，小锅盖似的。老鳖会咬人，那蛇形脑袋更让我们害怕，我们不敢抓它，只好用树枝赶，用脚踢。真巧，本村的一位壮年人担着铁皮桶挑水回来，看见了，急忙把水倒掉，把老鳖捉住往桶里放，差点没放进桶里去，你说那只老鳖大不大？

不知什么缘故，我们那里有一段时间流行一句口头禅"王效禹喝鳖汤"，我们自然搞不懂原委，但从那以后，吃老鳖的人倒是的确多了起来。

上交干草・捉老鼠

上小学的时候，勤工俭学气氛很浓。我们暑假、寒假都有任务。暑假的任务是交100斤干青草，寒假的任务是交10条老鼠尾巴。当时，先是交整只老鼠，后来发现那么多死老鼠交上来没法处理，就改为交老鼠尾巴。

那个年代，草是宝贝。耕地、耙地、运输，基本上靠的是牛马。牛马的食草量特别大。到了夏天，你走在乡村里，随处可以看到修理得方方正正的土堆，那是在搞绿肥。人们把杂草堆积起来，用湿泥封了，让草发酵。到了秋天，再运到地里当肥料。人们之所以把它做得方方正正的，那是因为生产队有任务，便于测量平方数。草，既要供烧火做饭用，又要做猪牛羊的饲料，还要做"绿肥"的原料，在"三重大山"的压迫下，生存得很艰难。

今天想割一百斤草，太容易了，一天、半天、甚至几个小时就能完成，草太多了，生命力也太强了。那时暑假里想割一百斤牛草可不容易，因为牛吃的是青草，像水草之类的牛不爱吃，晒干了也不压秤，没斤重。能割的草早就割光了，看那田埂，跟刮过胡须的脸似的干净。为了割草，我们要等，等草长出来了再割。草就是草，不怕你割，一场大雨，几天阳光，长起来了，虽然有点瘦弱，但毕竟镰刀下去，手里有了收获。

我们村子前面是一个大果园，公家的。公家的人懒，那草长的，齐腰深，而且都是青草。但果子没成熟之前，我们是不允许进果园的。那时果子熟得早，八月底就摘完了。于是"放园"（容许人们进园割草）。一听说放园，人们推着车子，拿着扁担和绳子，跟赶集似的往果园赶。先进园子的人不是割草，而是捡漏子，捡落下的水果。那些品相不好的果子、小果子，果园的主人不爱摘，但却成了我们的宝贝。偶尔被浓密的树叶掩盖，树梢上会留下一两个大果子，我们一旦发现了，总会发出一片欢呼。我们会爬树或用弹弓射击，摘下那果子一起分享。

最有意思的是，有一次放园，我竟然在一处偏僻的树丛中捡到一窝鸡蛋，足足几十个。可惜的是有些鸡蛋已经腐臭变质了。

现在，随处可见茂密的草。草让农人大伤脑筋。除草，既累人又效果不佳，用除草剂，又怕伤了泥土。想起过去的草儿，心里总会有流年似水的感叹。

至于捉老鼠，那是一件刺激而又有趣的事。

田里的庄稼收割完毕，整个世界一片枯黄，芦苇的白樱子在风中招摇，很耀眼。

我们抗着铁锨、铁锹，拎着水桶，带着玻璃瓶子（装老鼠尾巴用），向田野进军。

老鼠喜欢把洞打在堤岸上、田埂上，尤其是稻田的田埂上最多。我们先观察老鼠洞是新洞还是旧洞，只有新洞才会有老鼠。观察老鼠洞，若是湿土，看看洞周围的脚印就可以作出判断，如果是干土，则要扒开洞口，看洞里面的土是不是新的。老鼠喜欢屯粮食，扒开老鼠洞，我们有时会吓一跳，洞里屯得多的竟然有十多斤稻谷。那时，老鼠太多，老鼠洞随处可见，到底糟蹋了多少粮食，谁也说不清楚。

找到老鼠洞，不能急着下手。老鼠洞有两个出口，要把两个洞口都找到再动手。老鼠洞太深了，太长了，挖起来费力气。我们往往用水灌。我们让一个人守住另一个洞口。然后拎来水，往洞里灌。水灌满了，老鼠憋不住了，就往外蹿。我们就用铁锨拍打。有时，一个洞里能窜出一窝老鼠。

那时，老鼠洞太多，我们往往弄错了洞口。灌水时，老鼠从另一个洞口蹿出，我们才知道搞错了，也有时，我们灌水，水从另一个洞口流出来，我们才知道搞错了。最可悲的是，老鼠一个洞口在高处，另一个洞口在低处，在隐蔽之处，我们拼命灌水，那水总也灌不满，我们真怀疑，那洞通到大海里去了。

那时的老鼠，肥大者有一两斤重。"硕鼠硕鼠，无食我粟"，看着那么大的老鼠，才会知道什么叫硕鼠，它究竟吃了我们多少粮食！

老鹰·兔子·野鸡

　　小鸡仔长大的时候，天空中的老鹰来了。

　　老鹰从不搞偷袭。它来了，总要"嘎——"地长鸣一声，先打声招呼。

　　老鹰来了，整个村庄紧张而激动。狗儿变得狂躁不安，不停地狂吠。母鸡"咕咕咕"地召唤小鸡仔，领着往树丛里躲。就连老人都把年幼的孩子往院子里赶。那阵势，大有日本鬼子要进村的感觉。

　　那年月，可能是老鹰和人类一样，面临饥饿的危险，动不动就会发生老鹰叼鸡仔的事情。老鹰叼鸡仔，我只是听说过，但老鹰叼兔子，我倒是经常看到。每到秋天，稻子割得差不多了，麦苗长出了嫩芽，无边的田野陡然变得无比开阔。打兔子的猎人来了，他一只肩膀背着猎枪（土洋炮），一只胳膊上立着老鹰。他的胳膊上箍了一圈生铁，老鹰就站在那铁箍子上。老鹰捉兔子，比的是智慧和速度。聪明的老鹰把兔子往开阔的原野上撵，待兔子精力消耗得差不多了再动手。聪明的兔子把老鹰往树丛里领，那密密的树丛极容易伤到老鹰的翅膀。

老鹰捉到兔子，猎人总是把兔子身上最肥美的那块肉赏给它。

那时候野兔子真多，我亲眼见到一位猎人半天时间捉到了十几只兔子。由于兔子和人类争夺粮食，所以许多生产队都容许猎手的存在，并且按打到猎物多少计工分。当然，猎手打的兔子大多都归于公家。生产队常常派人拿到城里去卖掉，当作一种副业收入。

同情弱者是我们的精神常态。有一天，老鹰来了，在村庄上空盘旋。伙伴们聚集在一起观看。大兵突然问大家，兔子弄死了老鹰，你们知道它怎么做的？

这是一个有意思的话题。我们七嘴八舌争论起来。有人说，几只兔子团结起来，肯定能弄死独来独往的老鹰。有的说，兔子跑进了刺槐树丛里，老鹰追过去，速度太快，让刺槐的长刺给扎死了。我们觉得这个方法不错，符合聪明的兔子。

大兵说，你们说的都不对。那是一只非常强壮的兔子。它见老鹰来了，躺在地上装死。当老鹰扑过来的时候，它突然用两只后腿猛蹬过去，就像我们猛地踢出双腿，正好踢在老鹰的心脏上。老鹰就死了。

我们一起点头，觉得这个方法更好。我们心目中弱小的兔子成了战斗英雄了。

20世纪90年代，有一年秋天，我到高邮湖边上的金湖县走亲戚。我的那位亲戚晚上带我去打野兔。他扛着土洋炮，头上戴着矿工下矿戴的蓄电池电灯。野兔一般夜间出来觅食。我们走在麦田里，那灯光扫过去，几十米内的物件看得清清楚楚。如果发现有一团或两团蓝幽幽的闪烁的光亮，那就是野兔子。在强光照射下，兔子视线陡然受到限制，行动迟缓。举起土洋炮，一打一个准。记得我们到晚上十一点钟的时候，已经打到五只野兔。我们觉得够吃的了，就收工回家。

不过，那时条件有限，炒出来的野兔总有股土腥味，我不是很爱吃。

已经许多年了，再也没有见到老鹰矫健的身影了。平原上的老鹰啊，也许永远和原野和蓝天说再见了。

羽山在我们县境内。《禹贡》记载："淮、沂其乂，蒙、羽其艺。"《传》曰："二水已治，二山可种艺。"《疏》曰："羽山在东海祝其县南。羽畎夏翟。"《传》曰："夏翟，雉名，羽中旌旄。羽山之谷有之。"看到这段史料，颇感吃惊，真没想到，我们这里竟然是野鸡的故里。

不过，小时候经常看到野鸡出没，那倒没错。

麦子熟了，人们割麦子时，经常会惊动野鸡扑棱棱地飞起。有经验的人会搜查野鸡飞起的地方，不是发现一窝野鸡蛋就是发现一窝小野鸡。发现野鸡蛋，人们往往拿回家打了牙祭。发现小野鸡，人们往往放生。因为小野鸡很难养活。聪明的人会把小野鸡圈在原地，因为老野鸡在四周安静下来之后，总会回来寻找它的孩子。利用它的孩子捕捉老野鸡，很容易成功。

夏末秋初，野鸡仔长大了。在田野，在小路上，经常可以看到野鸡家族。不过，野鸡很难徒手捕捉，因为它们会飞。我们那里捕捉野鸡最理想的工具是网。把网偷偷地藏在野鸡出没的地方，然后驱赶野鸡。野鸡一旦进了网里，再矫健的翅膀也失去了作用，只能乖乖地做俘虏。

谁家抓到野鸡了，我们会围过去，当然不是吃野鸡肉，我们想得到一根漂亮的野鸡翎。

拾　秋

当朔方的秋风送来阵阵雁鸣，又到了拾秋季节。

天空飞行的大雁是我们的伴儿。那一年一度的雁子大搬家，是深秋一道美景。它们以老雁为先导，结伴长征。它们队伍整齐，缓慢前行，一路雁声嘹亮，我们称为"雁阵"。它们有时只只翅尖相接，酷似人字，有时则横空排列，头尾相连，宛如一字。真是"晓来渔栅径飞起，书破遥天字一行"啊。

很多年没有看到雁阵了。是它们害怕人类，改变了南飞路线；还是它们也现代化了，改变了迁徙方式？

雁阵啊，但愿你不会只永远闪现在我们的记忆里。

花生起过了，地瓜（红薯）刨过了，该运走的都运到社场上了。社员们在其他田里忙碌，我们就挎着扒箕子，拿着钊子（一种铁制农具，像钉耙，只有三只长度一样的爪子，爪子长而尖，当然，铁匠可以根据实际需要自己设计打造）到田野里去拾秋。

我们把刨过的花生地、地瓜地再刨一遍，寻找遗留在土壤里的果实。只要耐住性子，一天能拣到一两扒箕子子，如果运气好，遇到收获时落下的角角落落，能刨出好多遗落的果实。在那个温饱还没有完全解决的年代，那可是不小的收获。

我们还拾稻子，拾黄豆。特别是拾黄豆，我们会聚集到一起，用火烧熟了吃。拾到花生的，会把花生抛进火里一起烧。是自己拣来的成果，就没有了任何顾忌。伙伴们围聚到一起，没等到烧熟，就你争我抢起来，抹得脸上、手上到处黑乎乎一片。

如果下雨了，我们就到茅草地里去拣地卷皮。地卷皮是一种藻类植物，浅绿色，像落在地上的肥厚的树叶。拣在手里，滑滑的，还有弹性。回家后，把它洗干净，和鸡蛋一起炒，味道鲜美。用来包饺子、包包子，风味独特。地卷皮吃起来极像木耳，有种胶质感，只是炒过后变得细碎，形状不美。

有时候，生产队长看我们太辛苦，一脸菜色，动了恻隐之心，就喊我们到社场上帮队里摘花生。他先把我们召集起来，宣布纪律：花生是集体财产，不许偷吃，不许夹带回家；回家时，队里派人在路口检查，发现夹带，要扣工分。

我们还小，在那里只顾干活，虽然胃里"呱呱"抗议，虽然一个劲咽口水，但我们强忍着。队长看不过去，自己不好说，就叫看场的社员过来暗示，叫我们吃。一个伙伴开始吃起来，其他人就跟着吃起来。看吃得差不多了，看场的社员就过来检查，我们赶紧把花生壳藏起来。不是不让我们吃，是怕我们长期饥饿的胃难以承受突然到来的美味，吃坏了肠胃。吃完花生，我们就去找水喝。看场的已经预备下热水。他怕我们喝生水拉肚子。

收工的时候，三丫扒了一把花生米，把裤脚卷起来，花生米卷在里面。到了社场门口，队长站在那里，问我们夹没夹带花生。我们齐声说没有。三丫躲在我身后，脸上密密的汗。走过队长身边后，她才嘘口气。我发现她的脸黄黄的，被吓唬得不轻。三丫的奶奶常年卧床，快不行了。三丫是想让她奶奶尝尝鲜。

不过，那时也有要求严格的，集体财产绝对不容许沾边。有的生产队摘花生，收工的时候在路口放一盆清水，要求社员经过时用水漱口，偷吃的罚工分。这种做法不近人情，不过从另一个角度也可以看出那时的人们朴实得可爱。

几场秋雨过后，遗落在地里的花生、黄豆开始发芽，在芽子刚刚长出的时候，我们会去采摘，拿回家当菜炒了吃。采芽子很有讲究，刚发芽最好，嫩黄色可以采，青翠色就不能采了，吃起来有股苦味。

生活在平原上，秋天的野果比较少。当时常吃的有紫端端、包端端、刺枣。

紫端端是一种草本植物，棵子不高，叶子呈淡紫色，果实有黄豆粒大小，开始是青色的，不好吃；成紫色后，籽特别多，吃起来酸中有甜。

包端端也是草本植物，棵子比紫端端繁茂，叶子是绿色的，卵形，枝杈很多。果实有花生米大小，是青色的。没熟之前，又青又硬，味道涩口。果实外面有一层绿色外衣，有五根凸出的细茎支撑着，像小灯笼一样，里面半空，用手捏，果实比外形要小得多。果肉里面尽是籽，沙粒似密布，用手捏，略微有点硬。金秋时节，绿灯笼渐渐变成了深黄再到土黄色，里边的果实也渐渐由青绿变成浅黄，有坚硬变得光滑透明柔软起来。吃包端端时，用手捏，越软证明熟得越好，吃起来口感越佳。无论是紫端端还是包端端，经过霜打后涩味才能彻底去除，才更好吃。

　　熟透了的包端端很甜，那是难得的美味。到了秋天，我们发现包端端后，往往会把它藏起来，不跟别人说，过一段时间去查看一下，有熟了的就摘下来吃，反反复复，直到彻底摘光为止。

　　霜是生机蓬勃的万物的杀手，但有许多果实非经霜打不好食用，尤其是果实中那些涩味重的。霜于自然界而言犹如人类的磨难，经历磨难的人生才会真完美，经过霜打的果实才会真成熟。

　　几年前的秋天，在水果店里，我发现有包端端卖，六元钱一斤。问营业员才知道，那些包端端来自黑龙江，是人工种植的，叫"美人果"。后来，遇到一位在东北生活过的人，说包端端在东北叫"姑娘儿"。

　　刺枣树是多年生灌木，矮矮的，生长在沟边河畔。树枝上长满了长长的刺，很坚硬。刺枣产量不高，偶尔结一些，都藏在树丛里，被长长的刺包围着。摘刺枣要特别当心，稍不留神，就会扎破手，很疼。

地瓜干·地瓜饭

　　地瓜（红薯）是瓜菜年代一宝，它生长能力极强，产量很高。那时，生产队的好地都拿来种水稻，种花生了，比较贫瘠的土地、边角地才拿来栽地瓜。

　　地瓜属于二次栽培。阳历三月中旬，生产队就把头年秋天留下来的品质好的母体地瓜从地窖里取出来，埋到挖好的长方形的坑床里，然后蒙上塑料薄膜。一个多月后，天气暖和起来，那母体上的地瓜秧子生长得蓬勃。社员们把地瓜秧剪断，然后栽到整理好的垅子上。播种地瓜的任务就算完成了，剩下的事情就是等待收成了。

　　地瓜就像农村里的孩子一样，生长得极为泼辣。从四五月份种到地里那刻起，就无须再施肥。它们疯狂地生长着，地瓜秧四处蔓延，巴掌形的叶子把地表覆盖得严严实实，阳光都漏不进去。

　　收地瓜的场面用"沙场秋点兵"来形容是再形象不过的了。生产队的男女老少手舞镰刀，颇有些千军万马齐上阵的宏伟气势，先将地瓜秧割掉，一垄垄的土埂便裸露出来了。再用铁钊子或钉耙翻开泥垄，一只只胖乎乎、红扑扑的地瓜就冒出地面。那地瓜，个头大的有三四斤重，像个胖娃娃。我们会捡起体型好、皮薄的地瓜，削去皮，生吃起来。那味道甜丝丝的，有一股甜梨的感觉。

地瓜秧是四处蔓延的，生产队在收获的过程难免会有地瓜遗漏在土里。于是大家会在公家收获之后去捡漏子。我们小孩子也手持小钉耙，拎着篮子加入其中，奋力刨土，即使手上磨出了水泡，也毫不在乎。每每刨到一只，必定大呼小叫，仿佛找到的不是地瓜，而是金元宝。回家的时候，大家常常把淘到的地瓜放在一起比较，如果谁淘到的地瓜又多又大，脸上必会露出无上的荣光，那淘得少的则会显得尴尬，怏怏而回。

到了生产队分地瓜的日子，家家户户推的推，挑的挑，扛的扛，乡间小道上，人来人往，欢天喜地，仿佛过节一样。那一捆捆地瓜秧也瓜分殆尽，富裕一些的人家留着喂猪，揭不开锅的则留着掺上粗粮烙煎饼吃。

最好吃的还是烤地瓜。做饭的时候，我们经常会拣几只大个的地瓜，扔进燃着火星的灶灰里。等做完饭，用火钳把地瓜夹出来的时候，地瓜的表皮已经烤成了焦黑色。有时烤得太久，外表就烤成厚厚的一层壳。像敲鸡蛋一样，敲破一层黑痂，里面黄澄澄的肉才会冒出腾腾的热气，散发出浓浓的香味，闻得人都快醉了。捧在手里，还是滚烫的，便不停地在双手之间颠来颠去，嘴巴凑近了"嘘嘘"地吹，却始终不肯放下。等吃完一个烤地瓜，嘴角四周早已涂满了一圈黑色，像长了一脸的胡子。

地瓜是多浆汁类果实，生产队组织社员刨出来后，除了一小部分留作饲料，其余的都分到各家各户。人们就在河堤的向阳面或地势高的地方挖地窖，挑选品相好的，表皮光鲜的地瓜窖藏起来，等待冬天里食用。

在当时的冬天，地窖可是好东西，它具有我们今天冰箱的冷藏功能。它除了窖藏地瓜，还可以窖藏萝卜、大白菜、胡萝卜。隆冬季节，阳光好的中午，要揭开地窖门，通一会儿风。我们最喜欢做这件事了。只要父母说，去给地窖通通风，我们就会屁颠屁颠地跑去。揭开地窖门，一股发酵了的地瓜的甜丝丝的香味迎面扑来，钻进去，摸出新鲜的地瓜或萝卜，斜倚在地窖上，边晒着暖融融的阳光，边啃着地瓜，那是冬天里一种难得的享受。有时父母会在窖藏地瓜的时候，有意识地放进一筐青萝卜，等到来年打春时吃，那更是我们给地窖通风时的一道美味了。

剩下的地瓜有两种处理途径，一是切成地瓜干，一是磨成地瓜粉，等到天寒地冻时挂成粉丝。

切地瓜干是一件很累人的活。切地瓜干的工具很简单。在一块三四十厘米的光滑的木板上，钉上一块犹如镰刀但没有弧度的刀片，刀片与木板的间距大约半厘米。木板的两侧钉上或镶上长七八十厘米的结实的长方形的木条框子。紧挨着刀片的左侧，与刀片和木板平行，钉一根方形的木棍把手，木棍的另一端要圆实平滑，便于手握。这就是切地瓜干用的"磨刀"。干活时，把磨刀放到桌子或凳子上，用石头之类的重物压住磨刀的尾部（长方形的木条框），在刀片与把手之间放进地瓜，用力拉把手，把手与刀片对接，地瓜干就顺着刀片下面的缝隙落下。

也有简单的切地瓜干工具，类似于今天刨萝卜、土豆之类蔬菜片用的刨刀，只是比它大得多罢了。

那时地瓜多，趁着好天气，白天连着黑夜切地瓜干，累得胳膊跟脱臼似的，好长时间抬不起来。

切好的地瓜干要用小车子推到空旷的地方去晾晒，刚种下的麦地最好，地瓜干撒上去，土疙瘩支着，透气，容易晾晒。

在家家都晒地瓜干时，整个原野一片乳白，像是满地银圆，月夜里，远远望去，颇为壮观美丽。

我们的任务是翻晒地瓜干，拣地瓜干。

地瓜干撒到地里后，中间要翻晒一次。翻晒的主要任务由我们来完成。我们灌上一军壶（在当时，能挂个军用水壶，穿上绿色军装是很荣耀的事情）水或一玻璃瓶水，拿着一根细竹竿就到田里去了。我们图省事，看那些水分大的地瓜干就翻一下，基本晾晒干了的就放过去。

最累人最熬人的活是拣地瓜干。地瓜干要一片片捡起来，没有其他办法好偷懒，我们只好撅着屁股去一片一片拣。特别是天阴时，眼见要下雨，那就要抢着拣收。秋风吹来阵阵雨丝，吹得人浑身冰凉，连加件衣服的工夫都没有，心急如火，闷着头往前拣吧。田野里，望去，到处是一堆堆小山似的银圆小丘。拣完地瓜干，累得腰都直不起来，父母就喊，小孩子没有腰，赶快到另一块地里去拣。

地瓜干完全晾晒干了后，就用折子（高粱秆或芦苇秆编成，可围成一圈，里面放粮食）囤起来，冬天里食用。

隆冬季节，地窖里新鲜的地瓜基本吃完了，这时，地瓜干就成了主食。地瓜干煮玉米糊，地瓜干煮大米干饭，地瓜干跟小麦掺起来磨成粉烙煎饼……

不过，在这些食物里，地瓜干是主料，其他的是辅料。就像地瓜干煮大米干饭，饭里见不到多少米，只是改改味道罢了。那时如果家里有刚断奶的小孩子或生病的人，就用纱布包裹一把米，放到锅里煮，煮熟了拿出来，倒进碗里，放到一边。大米饭那个香呀，诱人得很，那香味直往胃里钻，惹得我们肠胃咕噜咕噜地叫唤。我们站在一旁，咬着手指头一个劲咽口水。

　　冬天里，我们天天吃地瓜干，顿顿吃地瓜干，吃得肠子都细了，见了地瓜干就头疼、就恶心。直到现在，每到冬天，当妻子女儿站到街边的烤地瓜的火炉旁，香喷喷地吃着那烤得金黄的地瓜，问我要不要也来一个。我无动于衷，没有一点点品尝的欲望。小时候，我们吃地瓜吃伤了，伤到精神意识的层面了。

挂粉丝

在我们那里，到了秋天，品相好的、个头大的地瓜被切成地瓜干，晾晒干后囤积起来等待冬天食用。只品相差的、个头小的地瓜，只好用来加工成地瓜粉，待到天寒地冻后挂成粉丝。

先把地瓜洗干净，然后用平板车或小推车装上，带上几个大桶，去加工点。

粉碎机把这些地瓜加工成粉末状的浆汁，人们用水桶盛着这些浆汁运回家。

到家后，早已准备好一口或几口大缸，大缸上，横着几根粗木棍，上面放着一个跟缸口差不多大的细眼纱网箩。把水桶里的地瓜浆汁倒进大箩里，然后用水冲，干活的人两只手在箩里来回划动。不停冲水，不停划动，直到箩子底下流出清水为止。剩在箩里的渣子，收拾起来喂猪。

大约一天时间，大缸里的水澄清了。轻轻地把水舀干净，剩下厚厚的地瓜粉浆，用手或干净的木棍不停地搅拌，直到成均匀的糊涂状。另一口小一些的缸已经准备好，上面横着几跟粗木棍，木棍上架着跟缸口差不多的更为精细的箩。把大缸里搅拌好的地瓜浆，舀进箩里，不停划动，直到箩子下面的水清为止。

第二遍箩过，只剩下很少的渣子。

再过一天左右的时间，把小缸里的水舀出，舀干净水后，把缸底的地瓜粉铲到一边的白布制成的大布兜里渗水。布兜悬挂在固定的木棍上，底下放一个盆接水。父母往布兜里铲地瓜粉，我们就站在旁边不停地晃动布兜，让地瓜粉澄得更结实。

再过一两天，布兜里的水彻底渗干净了，就把布兜卸下来，放到干净的木板上，去掉布兜，剩下的就是白白的笸斗状的大大的地瓜粉坨了。

天晴时，在凉床或木板上铺上塑料布或白布，把地瓜粉坨掰成一小块一小块的，晾晒干。彻底晾晒干了的地瓜粉比白面还细腻。

把晾晒干的地瓜粉装到干净的袋子里，等到天寒地冻时挂粉丝用。

入九以后，当大河里结上厚厚的冰时，就可以挂粉丝了。

把地瓜粉倒进一口大瓷盆里，瓷盆底下已经加上稻草做成的套子，边上也用纱布包裹起来，防止剧烈运动震坏了瓷盆。往地瓜粉里加适量的水，水里已经溶解了少量的明矾。几个有力气的汉子，围在盆边，不停地揉搓，直到地瓜粉彻底揉均匀。用手捏起一块面团，那面团自动下滑，成丝状，一口气滑完，这样的粉面才可以挂粉丝。若面团滑到中间容易断开，那就要接着再揉搓。

捧漏瓢的人一定要有臂力，旁边的人把揉搓好了的地瓜粉，一团一团放进漏瓢。掌管漏瓢的人一只手握住漏瓢柄，另一只手握成拳头，轻轻地、节奏均匀地捶打漏瓢的柄端。那地瓜粉就像千万条柳丝飘进下面热气腾腾的大铁锅里。

"下粉丝了！"

听到掌瓢人一声轻唱，负责烧火的人顿时来了精神，把柴火拨亮，或把灶膛里的煤炭捅开，满灶膛一片通明。大铁锅里的水开始翻滚。漏进锅里的粉丝在水里游动，千丝万缕，上下翻滚游动，煞是壮观。

站在锅沿边负责挑粉丝的人，挥动两根长长的宽宽的竹筷子，往锅外挑粉丝。锅沿边摆着两个大盆，盆里放上冷水。粉丝滑进第一个盆里。缠粉丝的人坐在第二个大盆后面，从第一个大盆里捞出粉丝，放进第二个大盆，稍作冷却，就缠绕到胳膊上，够一根粉丝杆挑的，就顺手拿起身边的粉丝杆，插到粉丝与胳膊之间的间隙里，抽出胳膊，粉丝落到杆子上，一挂粉丝就缠绕完了。站在一边的人，接过那杆粉丝，端出去，放到一口大缸里。缸里放满冷水，摆好木架，把粉丝杆搭在木架上，粉丝没在水里，继续冷却。

粉丝杆一般用向日葵的秆子截割而成，可以连续使用几年。

刚出锅的粉丝，又软又滑，还有筋道，有一股淡淡的甜香。我们早就端着碗等在一旁，抓上一碗刚出锅的热粉丝，浇上自家刚刚揞好的酱豆汁子，或浇上已经捣好的蒜泥，猛吃一顿。尤其是牙口好的人，吃那样的粉丝如食牛皮糖一般，却没有牛皮糖的甜腻，那更是一种别样的享受了。

有时掌漏瓢的人高兴，顺手丢进几条地瓜粉团，我们叫它面鱼，滑溜溜的，煮熟后捞出来，用手抓都抓不住。吃起来，味道更是一绝。现在街上卖的"娃娃鱼"，原材料就是地瓜粉，虽然放的作料多了，但味道还是无法跟面鱼相比。

粉丝在缸里完全冷却后，夜里要把它们挂到外面的木架子上，让它们上冻。在冻的过程中，要时不时地往上面浇水，让它们冻得结实些。如果起风了，更要及时浇水，反复浇水，不然，风会把粉丝，特别是每杆粉丝的尾部冻"刺"了。冻刺了的粉丝是白色的，冻一融化，会断成一截一截的，没有一点筋道。

第二天早晨，把冻过的粉丝运到井边或河边。冬天井水热，远远望去，井口直冒热气。用绳子把一杆杆的粉丝捆绑起来，慢慢放到井里解冻。更多的是打开河面上的冰层，把粉丝放到河水里解冰。等到冻完全融化后，把粉丝取出来，挂到绳子上晾晒。

冻过的粉丝，一根是一根的，没有了黏性，很容易晾晒干。

那时最流行的吃法，是猪肉炖粉丝，豆芽煮粉丝，萝卜烧粉丝。真是百吃不厌。现在的好多吃法，都是从那时流传下来的。不过，那时猪肉炖粉丝比现在香得多，村子里，一家炖猪肉，半边村子都能闻到香味。哪像现在，一炖猪肉，先炖出半锅水，还有一股猪臊味。

草

那时，城里烧的是煤球，农村烧的是各种植物秸秆、杂草。条件稍好的人家，平时搞到点煤票，冬天里买点散煤做成煤饼来烧。

到了秋天，草木枯黄，正是储存一年烧火用的材料的好时机。夏天的麦草，秋天的稻草，都被囤积起来。家院旁，道路边，布满了各种形状的大草堆。

每到月光皎洁的夜晚，我们最喜欢玩的游戏是藏猫猫。那些大草堆是我们最喜欢躲藏的地方。有时，我们玩得疯，会点火玩，不小心燃烧了大草堆，惹得村里人端盆提桶来救火。结果是带火柴的伙伴成了罪魁祸首，除了被皮带抽肿了屁股，还得赔人家草堆。

到了秋天，能割的草，无论田野里，还是沟渠边，都被割得干干净净。最好烧、最耐烧的草，是野芦苇，是灌木丛，是巴根草。最不经烧的草是牛毛草，全是薄薄的叶片，没有筋秆，割来晒的时候就轻飘飘的，晒干了更没有斤重，一大把草塞进灶膛，"呼"一声就没有了。最不好烧的草是蒲苇，又肥又长的叶子里都是水，怎么也晒不干似的，一烧净冒黑烟。

那时，夏天要沤绿肥（把青草堆起来，用河沟里的淤泥密封起来发酵，然后当肥料用），要用草；生产队喂牛、喂猪，要用草；每户人家烧火做饭，要用草。草，在那时是宝贝。你看，道路边，田埂上，角角落落，到处是光秃秃一片，哪里需要除草剂，镰刀比除草剂还厉害。

该割的草都割光了，剩下的就是搂草了。

有一种专门用来搂草的用具，叫筢子（用竹子制成，也有用粗铁丝制成的）。筢子有大有小。大筢子是父母用来搂草的。我们用小筢子。

搂好的草，一堆堆聚集起来。然后用扒箕子装。会装的，能装得跟小山似的。那时有一种草，叫小蒲草，一丛一丛地生长，草叶细长，呈淡绿色，中间有一道白线，水分很少，既不好做饲料，又不好烧火，但可以搓绳子。我们割下一大丛，放到太阳下晒到半干，再蘸上点水，然后搓成绳子，很结实，不比麻绳差。2010 年 10 月，我去安徽省潜山县的天柱山游玩，发现山坡上到处都是这种草儿。

搂好草，我们就用小蒲草撮绳子，打成挑子，担回家。

地上的树叶更是好燃料，能扫的扫起来，不好扫的，就用一根粗铁丝，一头在石块上磨尖了，用来穿破地面上树叶，另一头弯成细孔，穿上细细的塑料线，用来盛放树叶。线长的，穿起来的树叶拖在地上像长龙。穿满了，把树叶捋下来，堆起来，然后继续穿。也有用细细的枝条直接穿的，穿满了，连枝条一起存放起来。

搂草也罢，穿树叶也罢，最让人讨厌的是那些铁蒺藜，一不小心就沾满裤脚、衣袖，如果刺到人，很疼。铁蒺藜茎秆比较高，犹如木质一般坚硬。铁蒺藜是这种植物果实的名称，椭圆形，成熟前是青黄色的，成熟后呈褐色，浑身是尖尖的刺。

实在没有柴火烧的时候，父母们就会去砍铁蒺藜，虽然它的刺很烦人，但茎秆很耐烧。

生产队有时需要木材，会砍掉树木，那留在地下的树根就成了很好的燃料。刨树根有专门的用具——铁镐。一端粗壮锋利，一端细小锋利，两端锋刃的方向相反，呈十字形。粗的一端用来刨树根，细的一端用来劈树根，相互配合，使用起来很方便。

回想起那些草儿，尤其是晒干的青草，那淡淡的草香似乎迎面扑来。小时候高兴起来会把晒干的青草当作床铺，在上面尽情地打几个滚。我们浑身沾满了草叶，也沾满草香，还夹杂着一股暖暖的泥土香。

温暖的稻草

如今都是机械收割，农民对稻草的感情淡漠了——要么对它付之一炬，点火烧掉，要么就用拖拉机把它碾碎压入泥里，沤肥。

我忆起小时候的稻草来。

那时，水稻都是一刀一刀地收割的，然后用脱谷机将稻谷与稻草分离。农民把稻谷挑回家，就要抽空打理那一堆堆的稻草：先把脱粒干净的稻草，捆成一把把，站立在田里，使其风干、晒干。在下雨之前，挑回这些稻草，然后把这些干燥的稻草，围在一棵高而直的大树的四周，一圈圈，一层层，逐渐码高，形成了一个大草垛。

那时冬天的乡村，可以看到农家屋舍旁边，矗立了很多的稻草垛，形状犹如日本的"富士山"，底部圆圆的，上小下大，圆锥体。这些硕大的稻草垛，是当年乡下孩子的天然乐园，躲猫猫、过家家、翻筋斗……稻草垛带给了孩子们无限的快乐。村庄里的猪狗也爱到草垛边睡懒觉，鸡鸭也常来凑热闹，用爪子在稻草里扒拉不停，寻觅遗漏的稻谷。

当老北风不停地吹过来，天寒地冻，草垛前就成了老人休闲的好去处。他们揭开老棉袄，叼着老烟袋捉虱子，旁边窝着一种狗，几只芦花鸡正在不远处啄食。

母亲会从稻草垛里挑挑拣拣，从中挑出比较干净、比较整齐、颜色呈金黄色的稻草，在阳光下晒干。那个年头，农家可没有什么"席梦思"之类的床垫，母亲便把这些"优质"稻草晒干后，铺在床板上，稻草上面再铺上那床破旧棉絮。夜晚一家人睡在那张松软的稻草床上，干净的稻草发出吱吱的声响，阳光的味道，泥土的芳香，纯天然，原生态，让人感到特别的舒服。卧之草铺，其心安宁，其梦悠远。

牛栏前面总有两三个高大的草堆，这可是耕牛的半年粮啊。冬天了，天气寒冷，田野和湖畔一片枯黄，没有青草可啃嚼；更由于天寒地冻，耕牛只能避寒于牛栏，全靠稻草的滋养。每天清晨和傍晚，农民总会在牛栏里投放几束稻草，以满足耕牛的食用之需。于是，堆好一堆草就显得十分重要。堆得不好，会漏雨水，禾秆很快就会腐烂，耕牛也就无法过冬了。

牛栏里的稻草，不光是牛的饲料，没吃完的也是牛取暖的最好材料。漫长的冬天，稻草就成了耕牛名副其实的"金丝被"。而因有牛粪便浸渍于其间，稻草也就成了农家最好的有机肥。每年春耕时，农民都会将牛栏里的稻草和粪便挑出来，叫作挑牛栏，散发在农田里，会为禾苗提供终身的营养。从农田里出来，又回归农田，有点"化作春泥更护花"的味道。施了牛栏的农田自然比其他农田更有营养，禾苗也就苗壮，更绿油油。

稻草还可以扎小型的扫帚，这种扫帚是由稻草上的禾穗杪组成。将脱下谷粒的禾穗一根一根地抽下，捆扎编织在一起，就是帚。它不能扫地，只供扫磨台用；它小巧玲珑，就像一枝特大号毛笔。

用得最广泛的，应该是用稻草来搓草绳。将稻草理成两股，就如女人搓纳鞋底的麻绳，可以无限制地搓成长长的草绳。用它来捆东西，既不花钱又很实用。还可用来搭豆荚和丝瓜等藤蔓类蔬果架。顺着搭起的绳架，瓜蔓萦回，绵绵不断，就靠的是这条"金丝带"。

哪怕是随随便便地在田地里插根竹子，再在竹子上贯通一束稻草，然后在稻草上穿一件破衣服，戴上一顶破草帽，就成了稻草人。是它们坚守在田野，为农民看守丰收果实。

芦花飘飞

　　小时候，御寒用的棉花、棉布奇缺。到了冬天，铺床用的基本上是麦草，条件好一点的用蒲苇编成的垫子，能用上棉花的人家很少，然后，上面铺上芦席。芦席凉性，夏天用很舒适，冬天用很难受，躺上去，冷得刺骨。

　　芦花是当时人们御寒的佳品，可称得上是苏北平原一宝，可惜量太少。

　　我的家乡有石安运河穿过，周围的河汊很多，那里长满了芦苇。

　　重阳时节，北风吹过，芦花骤熟，河汊里，沟塘里几天之间就变成了银白色的世界。芦花的绒毛，纷纷扬扬，在秋风中摇曳，远远望去，像下雪一样。

　　这时家家户户都放下手中的活儿，忙着割芦苇，采芦花。由于河汊、沟塘是大家的，所以谁家割了、采了就是谁家的。芦苇割下来，晾晒干，扎成芦柴把子，以备翻新房屋，铺盖房顶。芦花采回家，晾晒干了，扎成捆收起来。

几场老北风吹过，那雪花便纷纷扬扬地飘洒起来，真正的农闲季节也就到来了，芦花被派上大用场。男女老少，一家人围坐一起，有时邻居也会赶过来凑热闹或互相切磋技术。他们用芦花和茅草编御寒的"棉鞋"——毛窝子。那时的冬天，雨雪天多，毛窝子是植物制品，不耐水泡，不耐长穿。所以要为家里的每个人准备三五双。特别是孩子，最喜欢闹雪，那毛窝子就更不经穿了，多备一些更有必要。

冰天雪地的时候，我们就穿上毛窝子。毛窝子虽外观不雅，但保暖性能极佳。我们穿的时候，再在毛窝里填上一些芦花，穿在脚上就更加舒适温暖了。

为了对付雨雪天，我的家乡有一种特殊的毛窝子。它的底子是木板做成的，下面钉上两道木齿，上面钉上毛窝子，形状像古代的木屐。那种毛窝子，穿起来既暖和又不怕雨雪的侵蚀，是御寒的佳品。不过，那种毛窝子做起来很费功夫，我们很难得到。偶然有一双，往往舍不得穿，细心地收藏起来。可是，毛窝子经不住存放，一个夏天过来，往往要么被虫子咬坏了，要么被潮湿的空气给腐蚀了，第二年冬天拿出来时，剩下的常常只是一双木板。

那时候，如果芦花丰收了，富足了，是最好的"垫被"。我们在床上铺个三五寸厚，上面用一个床单什么的一罩，人睡在上面，如同现在的席梦思一般。太阳好时，如把垫铺的芦花抱到户外晒一下，保证你夜里睡得更香甜。

毛窝子，芦花垫子，充满了自然的味道和温暖，用现在的眼光看，那真是再环保不过的御寒之物了。

铁蒺藜

铁蒺藜，又名苍耳，好文雅的名字。

一提起铁蒺藜，顿时鼻间萦绕的全是植物汁液的青涩和浓浓的青莽味道。

小时候，我和小伙伴们一起挎着篮子去割草，我们是不割铁蒺藜的，因为牛羊猪都不吃它。可能是它的味道太重了，让它们无法下口。

到了秋天，每次从田野里归来，裤脚总或多或少地沾上铁蒺藜，需要用手去拽才可以摘除。有时小伙伴们疯玩，把铁蒺藜偷偷放在长头发的同伴头上，摘也摘不掉，扯也扯不开。

有一次，一位小伙伴偷偷地放了一把铁蒺藜在三丫头上，这回惹了麻烦。三丫头发浓密松软，那铁蒺藜很难摘除，动不动就连头发一起带掉了，有时疼得她直掉眼泪。

春天三四月间，铁蒺藜芽从土里冒出来了。这个时候，如在庄稼地里发现了它，一定要马上拔除，否则过不了多少日子，它就开始放肆凶猛地生长了。

　　新生的铁蒺藜是一簇新绿，细小的枝茎上，拖着一个个鲜翠欲滴的小刺儿球，走过去轻轻地将它拔起，一股泥土的清香扑鼻而来。谁能相信，满身刺儿的铁蒺藜，年轻时竟是这般惹人怜爱啊！

　　铁蒺藜多生长在长满杂草的荒地里，或者无人耕种的路边空地上。这样一来，铁蒺藜就成了无人管无人问的孩子，肆意地生长，再怎么贫瘠的土地也能扎下根来。一开始，它呈卵状三角形的叶子是鲜嫩光滑的，然而时间一长，叶子和茎秆就越来越粗糙了，叶子的两面都长出粗糙的细毛，叶柄也密生细毛。铁蒺藜总是那么壮实，就像那些穷苦人家的孩子，没怎么费心，倒是能茁壮地成长。几场雨后，铁蒺藜就长得老高了。

　　深秋时节，瓜果归仓，路边、沟畔、地头、荒坡，生长着一丛丛、一株株铁蒺藜，在秋风里瑟瑟抖动着，像是黄色的蝴蝶抖动着薄薄的翅膀。粗拙的茎上顶着宽大的三角形叶片，蔫不拉叽的，消尽了青春的色貌，显得苍黄颓废，满身尘垢，恹恹倦态让人想到饱经沧桑的老人。这时的铁蒺藜真的没什么用处，即使砍掉它当柴烧，但人们讨厌它的尖刺，不愿意收割它。那时，烧火的草很金贵，每到秋天，原野一片土色，可以割掉的柴火都被割尽了，如同剃掉头发的秃子。唯有那铁蒺藜，还一丛丛茂密地耸立在那里。

　　铁蒺藜的籽很小，身上缀满了毛茸茸的小刺，有着极强的粘附性，不管是动物的皮毛还是人的衣物，它都会轻易地粘上，绝不脱落。就像一个无主的孩子，紧紧地拽住父母的衣角。把它带到哪儿，它就在那里扎根发芽，繁衍生息，铁蒺藜有着独特而强悍的生存之道。

　　每一种植物，都有自己独特的生存本领，如蒲公英的种子带着小伞儿，四处飘飞。铁蒺藜自己不会行走，但它的种子却能行走到很远的地方，因为不经意间它会粘住人和动物。铁蒺藜是懂得借力的植物，如同每个成功者都懂得借力。

铁蒺藜这种遍地可见的植物，却是一味中药。典籍记载："苍耳，植物，一年生杂草。""可入药，味苦辛，微寒涩，有小毒。"铁蒺藜刺尖而长，但作为药材后，刺就变得钝而短。因为铁蒺藜经过处理，细长的刺已变得钝圆，这再想将它们粘连在一起，就几乎不可能了。

《辞海》里关于铁蒺藜（苍耳）的解释很详细：它属菊科，一年生草本，春夏开花，果实呈倒卵形，有刺，易附于人、畜体上到处传播，荒地野生，在我国分布很广。茎皮可提取纤维，植株可制农药，果实称"苍耳子"，可提工业用的脂肪油，中医学上果实可入药，主治风湿痛，茎叶功用相似。无论是茎、叶、果无一不可利用，不由让人惊叹，在荒郊路边随处可见铁蒺藜，竟这么多的利用价值。

苍耳！苍耳！多么美丽的植物的名字。

"采采卷耳，不盈顷筐。嗟我怀人，寘彼周行。"《诗经》里的苍耳，是那站在原野上的思妇，那眼神似乎要望穿秋水，那浓浓的思念如铁蒺藜周身密集的尖刺，一心钩住远行的良人。

冬天来了

冬天来了，我们含着一份无奈。

一阵接一阵的北风吹过，一场接一场的冷雨飘过，各种各样的生机要么凋落，要么潜藏到地下，等待来年。蟋蟀的鸣叫渐渐稀落，直至消失。偶然有那么一两只，不知从什么地方钻进屋里，躲在某个角落，发出凄清的哀鸣。

大地上只剩下麦田的青绿，青松的苍姿，其余都是残败与枯黄。河水清澈见底，波浪上闪着寒光。鱼儿虾儿都躲藏起来，偶然发现它们的踪影，也是一脸的呆滞和漠然，完全没有了夏天的灵气。

冬天来了，我们在心底叹息道。

母亲终于有机会或者说不得不放下手里的农活，借着昏暗的灯光，给我们缝制棉衣，赶制棉鞋。

我们不再疯狂，不再留恋屋外的自由世界，早早就钻进了被窝。听着屋檐下、窗缝里的风打着尖利的口哨，浑身不由自主地打起寒战。

　　母亲就给我们讲寒号鸟的故事，希望我们不要因为天冷就放弃学习，要趁着年少多多努力。我们就躲在被窝里嚷，别讲了，我们就是寒号鸟，你再讲我们就真的冻死了。

　　整个世界透着寒冷，只有墙壁上的小广播唱着热情的歌。

　　冬天真的来了。

取暖运动

那时的冬天似乎特别冷，我们手上的、脚上的、耳朵边上的冻疮一个摞一个，有时红肿、破皮、溃烂，还不容易痊愈，直到春天天气暖和起来，才慢慢好起来。所以，我们冬天里的游戏大多跟取暖有关。

女孩子大多喜欢踢毽子、跳绳。男孩子的游戏丰富多了。

天气刚冷的时候，我们就抽陀螺、打梭子。

我们自己制作的陀螺很朴素，也很简单。截一段木棒，长度大约5厘米。把木棒的表皮削干净，一端截平整，另一端削尖，去掉尖头子，挖个小洞，嵌进钢珠子。钢珠子跟木头连接不好，就去找木匠。木匠很乐意帮忙，他会用胶给我们粘牢靠。

再找来一根细木棒，在一端拴上细绳子，一般都是布绳子，最好是棉绳子。把绳子往陀螺腰部一裹，找块平整的地面，把陀螺往地上一放，猛地一拽绳子，陀螺就旋转起来。在陀螺转动减速时，就用绳子抽，让它加速。

我们空闲时会在一起赛陀螺，一般都是看谁的陀螺旋转时间长，时间最长的获胜。

还有一种玩法，就是把陀螺往一起赶，让它们互相碰撞，坚持到最后的获胜。

"梭子"跟古代织布的梭子差不多，找一根木棒，截出一节，10厘米左右，把两头削尖，成梭子状。然后找来一根跟镰刀柄差不多长度的细木棒。

玩的时候，就在地上画一条线，把梭子放在线上，用木棒轻击梭子的尖部，让它弹起，然后，瞄准半空中梭子的腰部，用木棒猛击。击中了，梭子就飞出去。人跟过去，接着打。

一般规定好每个人击打的次数，在规定的次数内，谁的梭子飞得远，谁获胜。在梭子弹起时，若击打不中，即判输。

一般两到三个人一伙，一个人失手，同伙的其他人可以接着打，若技术好，打得远，依然可以获胜。

天气还不是很冷的时候，我们还能伸出手，就玩打瓦片或踢瓦片游戏。

打瓦片。游戏的工具很简单，一是那些断瓦片儿，一是石块或砖块。瓦片要找一头平整的那种，否则，它就不容易在地上站住，碎石块或砖块也要找能平放到脚面上的那种。

游戏开始前，先找一块面积大些的平地，在一端画一条终点线，各自竖立着摆好瓦片。然后，在距离10米的地方画一条起始线。玩游戏的人站在起始线上，把石块或砖块放在脚面上，抬起脚面，对准终点线上的目标猛甩出去。这时，千万不能让石块或砖块掉下来，掉下来就输了。若甩出去的石块或砖块不能把自己终点线上的瓦片击倒，也就输了。不过，一般都规定可以打三次。赢了一次后，就可以往前迈一大步，然后进入下一轮比赛。这样，谁赢得次数多，往前迈的步子就多，就越容易接近目标。最后一次，站在瓦片的正上方，必须把石块或砖块放到自己的头上，然后低头，砸中目标的为赢。于是一轮比赛结束。

踢瓦片。在地上划方格子，每个方格子大约一平方米，十个方格子相连。游戏开始时，一方在第一个方格子里先丢进一块瓦片，另一方接着把自己选好的瓦片丢进去，然后单脚进方格子，踢自己的瓦片，让自己的瓦片推动对方的瓦片往前走。这个游戏难就难在，每次必须把对方的瓦片推进另一个方格子，推不进去或推过头了或压线都算输。先踢完格子的为胜。游戏虽然简单，但单腿站立并且运动，还要把握准确性，那难度就大了。

天气很冷的时候，我们就会"挤抗插"，就会玩"捣拐"。

冬阳高照的时候，我们会走出室外"挤抗插"。选好一面墙，大个子伙伴往中间一站，喊"来吧"，我们就开始了。两边人数均等，倚着墙，使出吃奶的劲头往中间挤，最边上的就用肩头往中间抗。有的伙伴被挤出来，也有的支撑不住，抽身出来，再插进队伍，或接到尾部，继续往中间挤。哪一方被挤倒了或挤出墙边，就失败了。一会儿工夫，我们浑身暖烘烘的。

冬天里，我们男孩喜欢玩的另一种游戏是"捣拐"。比赛双方单腿站立，用手抓住另一条腿的裤脚或握住脚踝部位，成三角形。游戏双方，不停移动，互相对抗，跌倒了或自己放下腿即为失败。谁能坚持到最后，谁胜利。

现在大都是独生子女时代，生活条件好了，无论是农村还是学校，孩子们做的都是高雅的运动，很难见到儿时那些土里土气的游戏了，能看到的也许只有"老鹰捉小鸡"。

得了一顶火车头帽子

当老北风肆无忌惮地虐杀大地万物的时候，我们只好猫在家里，能有一件抵御寒冷的衣服是我们的一种奢望。

哥哥当兵，年上回家探亲。哥哥送我一个绿色军用的火车头帽子。我那个高兴劲就甭提了。当天晚上，北风吹得紧，眼见雪花飘洒大地。我戴上火车头帽子，用哥哥的军用武装带扎进我的破棉袄，然后出门，往村子里直通南北的巷口一站，冲着呼啸的老北风喊，东风吹，战鼓擂，有了帽子谁怕谁！那种豪气爽得没法形容。

哥哥回部队的时候，留下一套半新的军装，指明给我的。我三姨给我改装了一下，穿起来基本合体。那是一个崇拜英雄的时代，能有一身绿军装，是无上光彩的事。我穿着军装去上学，穿着军装代表同学去红小兵大会上发言，精神抖擞，无限光荣。

那身军装，羡煞了我周围的那帮小朋友们，为了满足他们的愿望，我会借他们穿上一两回。

那身军装陪伴了我三年多，直到穿得发白，打满补丁为止。

从那以后，我最大的愿望就是当兵，就是有一天能穿上那身威武的绿军装。可惜，我喜爱读书，并且不注意场合，不注意方式，把眼弄近视了。当兵的愿望最终落了空。

在阳光灿烂的日子里，我们几个小伙伴戴好火车头帽子，身着绿色军装，腰扎武装带，走出家门。我们到原野上，原野上除了灰绿绿的麦苗，一片苍白。我们无聊之极。

突然，我们发现了田野中的一根电线断了，那是村头用的高音喇叭线，裸露的铁丝做的。我们几个人手拉手，决定学学电影中话务兵接电话线的壮举，接起那根广播线。

我们接起广播线，没有任何感觉，再竖起耳朵听村里的广播，没有任何动静。我们就想，怎么还不来电呢？就在我们放松警惕的时候，一股电流不期而至。我们就觉得胳膊一阵酸麻，肌肉颤动。我们赶紧丢下电线。那是我第一次和电亲密接触。我们站在路边，大兵就喊，电可以治病，可以治吸血虫，可以治蛔虫，我们每个人都试一下。我不知道他的理论是从哪里来的。听说能治病，胆大的就用手去摸一下那电线，然后龇牙咧嘴地跳开来。我们个个都不愿意当狗熊，一个个试了一下。可怜了三丫她们，哪有那勇气，又不甘示弱，最后都闭着眼睛试了一下。她们虽然面带微笑，但个个脸色惨白。

我第二次被电，那是我八岁那年。当时正下着大雨，母亲在伙房烙煎饼，父亲不在家。烙完煎饼，天已经完全黑下来。天上的雨还在下着。母亲喊我帮忙，我站在母亲身边。母亲伸手去摘挂在房檐下的电灯，想把它提进屋里。那电灯进了雨水，被晃动，突然冒烟，那电线就粘到了母亲手上。母亲浑身颤抖。我见状，伸手去拉母亲。一股电流顿时涌遍全身。不知哪来的力量，母亲声色凄厉地大喊"走开",同时竟然甩掉了那根电线。

那根电线在雨水中冒了一会烟，然后熄灭了。

我和母亲惊魂未定地站在那里。正巧，父亲回来了，拉下闸刀，剪断了那根电线。

到现在，只要我想起当时触电的情景，依然心有余悸。

套狗·捉麻雀

我们村子离县城很近。村子里每天要派固定的人员到县城的食品收购站拉垃圾回来做肥料用，经常会拉回来一些腐烂的猪下水。所以，村子里的垃圾处理场是狗、猫最喜欢光顾的地方。尤其是夜晚，狗欢猫叫，热闹非凡。

夏天，那里臭味熏天，我们不愿意去。冬天，味道减轻许多，我们有时会光顾一下。我们光顾那里，主要是为了套狗。套狗是一种很刺激的活动，凭我们那点力量和智慧是无法完成的。我们是跟着一帮人朋友去的，他们干事，我们找乐。

先在一块空地上挖出一个深约半米，洞口直径三十厘米左右的洞，把拣来的猪肠子之类的东西丢进洞底，再在洞口摆上绳套。绳套跟洞口一般大，活扣，埋在土里。然后，像拉地雷线似的，慢慢把绳子引向远处。我们一般都躲在沟渠的底部或树丛的后面。负责拉绳子的伙伴，力气要大，手脚要灵活。

接下来就是等狗入套。狗是机灵的动物，性格多疑。所以，一发现有狗来了，我们即使再兴奋也会屏住呼吸。我们还要瞪大眼睛在夜色中辨认，哪些狗能套，哪些狗不能套。月光明亮的夜晚当然容易看清楚，夜色浓黑的夜晚就不好观察，只能根据我们熟悉的狗的叫声、形体、动作来判断。自己村里的狗是不能套的，套了要挨骂甚至挨揍。

我们对同村的狗还是熟悉的。特别是村子里那几条恶狗，我们都较量过。比如，我们村头有一家养了一条大狗，见到我们就拼命叫，拼命追赶我们。怎么办？我们就找来一个地瓜，用火烤，烤得软软的，烫烫的。然后扔给它。那条狗饿极了，一口咬去，滚烫的地瓜裹住了它的牙，粘住了它的嘴。那狗被烫的，一蹿几米高，发出凄厉的长嚎。你别说，狗还真长记性，从那以后，见到我们，哼唧唧几声就算了，再也不像原先那样凶我们。

有一次我们套狗，大家都确认那条狗能套，因为它的后腿有点跛，我们村子里没有这种狗。那条狗确实饥饿了，一点警惕性都没有，把头伸进洞里就吃，边吃还边跟别的狗争食打架似的哼哼唧唧。我们看见机会成熟，一齐喊一声"拉"，于是负责拉绳子的就猛地拽绳子。果然套住了。我们一起用力拉，狗呢，拼命往后拽，就这样，越拽越紧。不一会，狗只剩下翻白眼的份。我们一起向前，决定结束"狗命"。突然，有一个伙伴大喊，快停下来，是我家的狗！我们划根火柴细细一看，果然是他家的。不知什么原因，他家的狗跛了脚，我们都不知道。

我们赶快放绳子，还好，那条狗慢慢缓过劲来，一瘸一拐地跑开了。

捉麻雀。一连下了几天大雪，整个世界都是雪白的。田野、草堆、树木、河流，都被雪统治着。这下饿坏了麻雀们。院子里的雪刚扫过，麻雀就落下来。那些大胆的竟然跳进厨房找吃的。

我们一般不在院子里捉麻雀，那是懒惰的父母和女孩子消闲的游戏。我们到生产队的社场上去。那里堆满了麦草堆和稻草堆。麻雀们正叽叽喳喳地用自己锐利的爪子扒开积雪，寻找谷穗上遗留的粮食。

我们找块平整的地方，找一根细木棍，架起从家里带来的大箩筐，木棍底端系上细细的绳子，箩筐底下撒上麦子。我们躲在草堆后面，远远地牵着绳子。也许和人类居处的时间太久，麻雀生性多疑，它只在箩筐的边上啄食麦粒，轻易不到箩筐底下去。啄一粒，看看周围动静，再啄一粒，如此反复。麻雀在和人比耐性，没有耐性的人是无法捉到麻雀的。麻雀们吃着吃着就忘记了危险，特别是成群结队的时候，似乎雀多胆也大，你争我抢，忘记了顾忌。看见时机成熟，我们就猛地拉绳子，有时能罩住好多只。

冬天，三丫很少出门，只有这时候，才会和我们一起去。三丫有耐心，所以拉绳子的事基本由她完成。

我们捉到少量的麻雀，一般放到灶膛里烧熟了吃。麻雀的肉很结实，很香，但三丫从来不吃。

拾大粪·寻冰夹鱼

那时，化肥还是稀罕物，肥地主要靠有机肥料。夏天，人们就割杂草，沤制绿肥。冬天，人们除了挖塘泥作肥料，还会到处拾大粪。拾到大粪后，按斤称，然后给工分。

冬天的早晨，经常看见披着大棉袄，戴着火车头棉帽，挎着扒箕子，拎着铁铲，到处拾大粪的人。那拾大粪的热情和劲头，绝不亚于今天花样繁多的探宝节目中的寻宝人。

设想一下，当大家都把大粪当宝贝的时候，哪里还有大粪可拾呢？马路上拉车的小毛驴，屁股后面都戴着布兜，连撒泡尿都是"肥水不流外人田"。

围绕拾大粪就闹过许多笑话。有一位小伙子，天天拾的大粪都比别人多，拾的大粪多，得的工分就多。开始大家还没怀疑，认为青年人腿脚灵便，走的路多，自然拾到的大粪也多。时间长了，有人就起了疑心。时间越久，疑心越重。有一天，一位小伙子很不服气，实在憋不住了，就仔细检查他称过的大粪，这才发现那位小伙子拾的大粪有问题，盖在上面的是真大粪，垫在底下的也是真大粪，中间的大粪是假的，是用黄色的河泥做成的。也别说，无论是大粪的颜色，还是形状，都很逼真，真是花了一番心思。

童年的冬天，一段冷冰冰的记忆。到了冬天，我们会在冰上抽陀螺，会在冰上打梭子，会比赛滑冰。

滑冰往往有自制的冰车。冰车的制作很简单，但由于需要轴承，对于多数孩子来说，就成了奢侈品。滑冰车一般由三个车轮支撑，前端一个，后端两个，成等腰三角形。前端那个轮子可以手控，调整冰车滑行方向。

滑冰车一般自己操作，一只手握住前端的调控轮子调整方向，另一只手握一根削尖的木棒，戳击冰面，推动滑冰车前进。也有两个人合作的，一人乘车，调控方向，一人推车，两个人轮换。

比赛滑冰的时候，我们往往只注意前面的目标，被后面的伙伴"追尾"，结果是冰车被撞出去了，我们堆成了人团。由于冰面陡然承受巨大压力，发出"咔吱吱"刺耳的响声，裂缝犹如镜面破裂，蛇行般向四周辐射。我们吓得魂飞魄散，连滚带爬鬼哭狼嚎向岸边跑去。惊魂甫定，回过头看那冰面，水正从裂缝渗出。

冰车还散落在河里。靠近岸边的，伸手拽过来，在河中间的就难办了。但冰车毕竟珍贵，小主人只好战战兢兢地试探着往冰车那里挪，就像电影里的日本鬼子探地雷。终于拽着冰车了，撒腿就往回跑。

到河里溜冰，除了玩，还会去找冰夹死的鱼。找到冰夹死的鱼，看到那鱼个头不小，就用石头轻轻敲击冰面，取出鱼。有的鱼还没死掉，嘴巴一张一张的，挺招惹人喜欢。那时冬天能吃上鲜鱼，是很幸福的事情。

卖货郎

　　天气和暖，阳光灿烂的时候，卖货郎就来了。

　　"咚咚咚"，村头传来卖货郎的摇鼓声。我们顿时兴奋无比。"铅笔、小刀、橡皮头，针头线脑，破烂拿来换来……"听到悠长的吆喝声，不止我们兴奋，姑娘、小媳妇比我们还兴奋。

　　货郎担子一落地，就被围得水泄不通。

　　货郎担子分为前担和后担，前担装货，用细铁丝编成的笼子罩住，只在里面开个小门，便于取东西；后担放满了收来的各种破烂。

　　那时交通不是很方便，自行车还是稀罕物。当时小伙子姑娘定亲，最时髦的嫁妆是"三转一响"。"三转"是自行车、手表、缝纫机，"一响"是收音机。小伙子娶亲，最好的交通工具就是自行车，那规格和档次不亚于今天的高档小轿车。经常会看到村子前面的大路上，一排自行车过去，铃声响成一片，充满了自豪。第一辆自行车带着新娘，穿着大红棉袄，分外显眼。后面的自行车，带着木箱子，脸盆架子，梳妆台，棉被……简朴却透着喜气。自行车队伍中最惹眼的是第一辆自行车，一般都是新车。当时，人们对自行车很爱护，心细的人会把车子大梁用蓝色或黑色的塑料带子缠裹起来，车把、大圈都擦得锃亮。新娘就坐在第一辆车子上。骑车的是年轻漂亮的小伙子（可不是新郎），穿着中山装，头发蘸水梳过，腰板挺直。他代表一个村子的形象呢。

在交通不发达的时代，衣食住行，能自给的自给，不能自给的，大件去城里供销社买，小件的，平时缺的，像针头线脑，基本靠卖货郎来调剂了。

卖货郎来了，有零钱的掏钱买，没零钱的，回家翻箱倒柜找破烂，碎铜烂铁，破塑料盆，旧棉花，破鞋底……都能拿来兑换。女孩喜欢扎头用的五颜六色的橡皮筋，兑换不起，那就兑换点红头绳吧，这个喜好也许是受《白毛女》中喜儿的影响吧，有些女孩一高兴，手里舞动着红头绳，嘴里就唱上了："谁家的女儿有花戴，咱家的女儿没钱买，扯上二尺红头绳，扎呀扎起来……"男孩很喜欢铁哨子、弹弓之类的小玩意。记得当时很流行泥制品，像泥公鸡呀，小鸟呀，形体较小，烧制过的，肚子里有圆珠，装上水，一吹"嘟嘟"响，一分钱一个，很便宜。

我很喜欢吃货郎担子卖的糖，一种地瓜熬制成的糖，有时家里烀地瓜，时间长了，熬焦了，锅底或锅边就出现类似的糖，只是没经过加工罢了。那种糖，一分钱两块，大拇指头那么大，乳白色的，滑滑的，吃起来很硬，但很甜很香。

走街串巷的手艺人

　　每到农闲季节，经常看到一些进村招揽生意的手艺人，挑着一副担子走街串巷。印象最深的是现在我们很少遇见的磨刀人，不用看，听听那一声声吆喝，眼前也能浮现出熟悉的画面。搁在肩上的，确切地说不是扁担，而是一条长长的板凳，板凳一头固定着一块磨石，旁侧挂着一只小铁桶，板凳的四面光滑可鉴，那是磨刀人长年累月扛着的见证。整条板凳被磨刀人扛在肩上揽在怀里，上面的小铁桶高高悬在半空。板凳之下，是磨刀人褪了色的旧棉袄，上面已然打了块色差巨大的补丁。半桶水盛装在小铁桶里，仿佛盛装着磨刀人行走着的里程。只要行走的脚步不停，肩上的板凳就不会放下。板凳和铁桶，都是磨刀人不能离开的工具，尤其是水和磨石，能让一块坚硬的铁变得柔软且易于磨制。

　　那时候，每到过年过节的时候，院外的大街上总会传来一声声吆喝："磨剪子嘞戗菜刀。"那声音出自一个衣着破旧的中年或老年人之口，不抑扬，也不顿挫，扯着与我们当地不太一样的口音，显然是个外乡人。上学路上，看见磨刀人坐在大门外的阳光下，一坐就是大半天，有活就在那里默默地干，没活就坐在磨刀用的长凳上"吧嗒吧嗒"地抽烟。磨刀的工具和磨好的刀，依次摆在树下的平地上，仿佛等候着村人的欣赏和检阅。

　　总会有年纪相仿的人前来搭讪着和他说话。不管是外乡人还是本地人，乡间的语言大多都是相通的。让人难忘的是磨刀人戴的一顶小毡帽，初秋时，天气有一些寒冷，那顶小毡帽就戴在磨刀人的头上，到来年的晚春，那顶小毡帽才不见了，磨刀人的单衣，也从头换到了脚。秋风一吹，那顶小毡帽就又现身了。除了小毡帽，另外随着天气的变化，加上一条蓝布棉围巾。腊月里，是新年，这时家家户户用刀的机会特别多，菜刀磨快了，好剁过年用的年猪肉；剪刀磨快了，好裁大人小孩的新衣裳，剪大年三十张贴的红窗花。年根下，各家院中传出来的"乒乓"声，大多是刀剁肉馅的"打击乐"。有这么多地方用着它们呢，所以头戴毡帽的磨刀人，总是雷打不动地坐在老地方，等候着村人的光顾。

　　我们住的那个村子是大村，村里人住的较密集，每当响起磨刀人的吆喝声，就有女人怀里揣个旧布包向磨刀人的挑子前走去，包里多半是钝了的菜刀或剪刀。乡下的人家，一般家庭中都有两三把菜刀，因为用刀切东西的机会特别多，一把做饭切菜用，一把切野菜剁猪草用。猪草是从野地里打来的，里面石子特别多，就是没石子，经常切沾在叶面上的细泥沙，时间久了也足以将一把上好的钢刀使钝了。只是在农村，很多人家都配有家庭用的磨刀石，真正拿出刀具来让人打磨的，大多不是家常用的切菜刀，而是女人们用来裁衣缝裳用的绣花剪。磨剪刀是个技术活，家里有磨石也不顶用，一般人都磨不好。

每每看见磨刀人，就让人想起《红灯记》中那句"磨剪子嘞戗菜刀"接头暗号，这句台词让我对磨刀这个行业产生了很大的兴趣。年少时，第一次看见磨刀人，我就被他手下的那块磨刀石吸引了，只要和伙伴去河滩，眼睛都会紧紧盯在河滩上，看那里有没有磨刀石。据说磨刀石是从河滩上拣来的。用来磨刀的石头，主要成分是砂岩，砂岩是一种沉积岩，是由石粒经过水冲磨蚀之后沉淀于河床，经千百年的堆积变得坚固而成的。有一次，我在河滩上发现了一块似磨刀石的石头，于是把它带回了家，趁父母不在把一把菜刀给磨了磨，磨完之后试了试，刀不但没锋利，反而让我磨得连菜都切不动了，这让我很害怕，赶紧把那块石头扔掉了。

我参加工作进城后，偶尔也能见到磨刀人，在我居住的小区大门外，让人恍然看到童年的画面。那时，小区里还没实行门禁，能随意进出的磨刀人，一声"磨剪子嘞戗菜刀"，将许多人遥远的记忆激活了，陆续有人拿着菜刀、剪刀去修理。此时的磨刀人，已不再独扛一条长板凳，而是脚蹬一辆三轮车，磨石也不再是当年的砂石，而是用磨料和结合剂等凝结而成的油石，车内依然有只小水桶，半桶水盛在里面，与几块擦拭用的抹布相依相伴。那辆三轮车的功用也并非单一，当磨刀人遥迢行路时，它就是磨刀人的代步工具，当磨刀人俯身工作时，它就是磨刀人专注的工作台，工作台上每一件物品，都是他用来精雕细琢的神器。

后来我发现，原来豁口的菜刀也可以磨，我就把家里刀刃卷曲的砍刀拿来让他磨，又怕磨不好，心中忐忑地盯着。他默不作声地接过去，就放在一边了。我站着不动，等着看他展示的手艺。当我看到豁了口的菜刀，在他手里三磨两磨，不一会儿就发出寒光，现出薄薄的利刃时，很是惊喜。此时，令我更加惊异的一幕出现了，只见他随便拿起一根草棒，放在刀刃上轻轻地一碰，草棒顿时断作两截。从此后，但凡家里有破损的刀具，我都送给他修理。有一次是菜刀的刀柄松动了，每次使用都磨手，我让他帮我找原因，他说刀把儿上少了一个铁皮圈，因为没配件，修理有些困难，等他下次再来，找到配件给我修理好。不久后，他果然又来，我则刚好路过他的车边，他让我把菜刀从家里拿来，经过一阵敲打和安装，不一会儿故障就给排除了，刀柄安好后，他又把刀刃给磨锋利了。

　　人来人往中，磨刀人弯着腰，弓着背，低头专注地忙碌着。在磨刀人的手下，条凳的一端，一块 U 形的磨刀石卡在一个固定的槽板中。旁边有一个花坛，花坛里面种满了拐磨花（每到下午推磨的时候开放）。那是一个令人慵懒的秋天，正午的阳光下，花从花坛边的篱笆上面探出枝来，玫瑰红的瓣，点缀在磨刀人的三轮车把上，衬在那辆普通的车子和磨刀人之间，瞬间产生了一种别样的美，远远看去，就像一幅陈年的老画，散发出悠久而淳朴的意味，而磨刀人唇间那"磨剪子嘞戗菜刀"的吆喝声，就是整个画面的背景乐。

闹喜季节

那时，青年人结婚一般都在冬天。

现在想一想，原因可能有两个。一是冬天农活少，有闲暇时间，亲戚朋友好走动；二是那时的喜宴都是自己家办的，需要的菜样式多，分量多，其他季节无法储存，冬天好备菜。

一家有喜事，全村人沾光。

白天喝酒，晚上闹喜，是当时最为流行的娱乐方式。

那酒慢慢喝，直到日头西斜。男人们灌了多少猫尿（酒），司宾说不清；吃了多少大块肉，厨子说不清；散了多少红包包，伴娘说不清。只见嘴唇红嘟嘟冒着油光的女人们满村子嚷着找自家男人，男人个个喝得找不到北了，得拧着耳朵拎回家，怕闹出丑事。满村子的狗们在撒欢，公狗到处翘着后腿撒尿，母狗摇着尾巴调情。每个醉汉后面都跟着一两条红着两眼摇着尾巴的狗，醉汉一打酒嗝狗就兴奋，等着呢！

年轻人斜叼着烟卷，三五成群，天南海北胡侃，专等天黑。

眼见着天空慢慢拉上了黑幕，院子里、屋子里的灯亮起来了，新房里渐渐热闹起来，年轻人开始闹喜。闹喜闹喜不闹不喜，越闹越喜。闹喜有文闹和武闹两种。文闹就坐在新房里，把新郎拉进来，或说说喜话，或说几句荤话，或想着法子逗逗新郎新娘，比如用红毛线拴个苹果或糖块什么的，要新郎新娘嘴对嘴去咬，咬歪了，新郎新娘的嘴碰到一起，旁边的人就起哄，趁机厚着脸皮赖几包烟抽抽，弄几块花纸糖吃吃。武闹就不同了，闹得凶的连床腿都折断了。

闹喜的人分几伙，每一伙都有领头的。闹喜前大家说好，闹来的喜烟喜糖大家平分。几伙之间有比赛的意思，都挖空心思想着新招。伴娘是新娘的保护伞，领头的发话，先搞走伴娘再说。伴娘个个打扮得花枝招展，一个赛过一个俏，惹你闹，撩你闹。男闹喜的就往床沿上硬挤着坐下，热烘烘的身体紧贴着伴娘坐。借着股酒劲，就真真假假地动手动脚。屋子里一片伴娘的尖叫声，刺激中带着愉悦。一个时辰过去了，伴娘还没有撤退的意思，要护主护到底。不知谁就使出了损招，拽伴娘的裤腰带。那地方可不能随便开玩笑，要丢人可就丢大了。伴娘两只手不够用的，顾了上面就顾不了下面，顾了下面就顾不了上面。只好又骂又恼地尖叫。

主家怕闹过了，就出来散喜烟散喜糖，嚷着喜不足，喜不足呀；新娘也怕闹过了头，留下话柄，以后见面尴尬，就打开从娘家带过来的樟木箱子，拿出压箱子用的香烟和糖果，散给闹男闹女们。新郎也进来了，给闹男闹女们点烟。其他几伙看看形势，见人家开始下逐客令了，互相递个眼色，决定见好就收，跟新郎新娘和家主客套一番，嘻嘻哈哈退出了新房。

接着就是戳窗户。白天先用红纸封好了窗子，到晚上用红绫包裹起来的筷子戳破窗户。院子里一片嚷声：戳窗户了，快看戳窗户了。就见两位壮实的小伙子走过来，一个托着茶盘，一个拿着筷子，到了窗户前面，站好，先唱上一段：

> 手拿一把红绫筷，
> 新郎新娘站里我站外，
> 戳得快，捣得快，
> 今夜生个大元帅……

"噗"的一声，红绫筷子捅破了红窗纸。在场的男男女女的脸被映照得桃花般灿烂。男人们瞅女人，脸上藏着诡谲的笑；女人们瞅男人，脸上潮红潮红的。男男女女吆喝着走出院子，做自己的事去了。

家主出来关起房门。新郎新娘开始圆房。

那时的青年人思想保守，婚前规规矩矩的多，新婚第一夜自然是干柴烈火，稍不注意会闹出被别人说道一辈子的大笑话。新婚夫妻不知道其中的深浅，往往会留下放纵后的悔恨。做父母的是过来人，深更半夜，屋前房后转转、看看，发现有听房的，会主动上前，塞包喜烟或塞袋喜糖，把听房的打发走。

新婚之夜听房是常有的事。听房的人会把新人夜里的表现添油加醋地在同伴中流传。如果新婚之夜新人们有出格表现，马上会传遍整个村子，搞得新人好长时间抬不起头。其实，听房的没有恶意，只想借机弄几包烟抽抽，弄几袋糖吃吃，为枯燥的日子增加点色彩。

爆米花

爆米花的来了。

这是冬天里让我们最兴奋的消息之一。

随着村头传来的那一声声"嘭嘭"的巨大响声，我们像听到集结号似的快速向那里集中。

那里已经围满了人。那个黑乎乎的胖肚子滚筒，正在炉火上滚动。它下面的炉膛里，炭火烧得正旺。爆米花的是一位中年男子，脸膛上泛着一层黑油油的光。他一只手摇着滚筒，另一只手时不时地往炉子里加炭，旁边有人帮着拉风箱。黑乎乎的浓烟从滚筒边上冒出来，四周弥漫着炭火味和爆米花的香。

去炒爆米花，是小孩子最乐意做的事。炒爆米花可以是大米，可以是玉米，可以是黄豆。我最喜欢用玉米去炒爆米花，用玉米炒出来的爆米花才香。炒玉米花，先要选玉米，瘪的、坏的都要挑出来，留下的粒粒饱满圆润，还要晒得干干的，干得越好爆开的米花就越大。还要准备好几个干净的塑料袋，那些袋子是从装过肥料的袋里拆来的最里的那一层塑料袋，洗净后晾干，把炒好的爆米花装进去，可以吃很长时间，还是那么酥，那么脆，那么香喷喷的。

来炒爆米花的大多是孩子，围着那个黑乎乎的滚筒跳来跳去，叽叽喳喳，乱哄哄地挤着，惹得那个炒爆米花的人不得不大声吼："都给我站远点啊，排好队！我要放炮了！"一听说要放炮，我马上捂住耳朵。

人多了就要排队，当然，如果谁是那个炒爆米花人的亲戚或者熟人，也是可以中途"插"队的，那些能"插"到队的，自豪地歪着小脑袋，拖着两条长长的鼻涕，摇摇摆摆故意把脚步走得踢踏踢踏响，然后得意扬扬地越过周围人羡慕的眼神，一副雄赳赳气昂昂的模样。那时候，我小小的心里，觉得那个炒爆米花的人真了不起，有那么大的说话权，要谁去谁就可以先去。

炒爆米花按"锅"收钱，两角钱一"锅"，如果要炒甜的，得加糖精，要多收几分钱。

炒到自己的了。滚筒吱吱嘎嘎地转，火炉里的炭火燃得贼红。没几分钟，就听得黑脸男人大喝一声："炸了。"吓得孩子们四下跳开，然后"嘭"的一声，那些小小的玉米，就全都爆出了一朵朵黄白相间的花儿。孩子们个个喜笑颜开，忙着去装爆米花，把几个口袋都捂得满满的，那一颗颗纯真的心，也跟着开出一朵朵黄白的花儿来，散发出土地般拙朴的清香。

农村的小孩子很少有零食吃。爆米花是我们很好的甜点，不论去哪里，都要装一小袋带上，嘴里随时都是悦耳的"嚓嚓"声。在这种欢乐声里，也有不少发明，比如把爆米花装在杯子里，倒一杯水，将爆米花溶化了来喝。如果条件好，再洒上一点白糖，用筷子一搅，那味道就更美好了。

爆米花陪着我们度过了一个蹦跳的童年。每次看到爆米花，儿时的记忆，就如那爆开的米花，一朵一朵，在心田上悄悄开放。

老家那口水井

老家有一口水井。

那口水井，石头砌成井壁，青石板铺成井台。那井水，一年四季，清澈透明。冬暖夏凉，清香甘甜。

冬天里，水井四周结满厚厚的冰，我们去打水要加倍小心。可那井口，白色的热气袅袅地从里面飘出来。从井里打上一桶水来，桶里的水还会冒着一缕缕热气，待上片刻才能散尽。用它洗手，洗脸，一点也不冷。

隆冬季节，井边是人们洗衣服、洗尿布的最热闹的去处。为了方便晾晒，人们干脆在井边搭起一根根晾晒的长绳。晴空之下，五颜六色的各式衣物迎风招展，一阵阵肥皂的清香随风四溢，是单调的冬天的美丽一景。

最热闹的是夏天。天气热得连狗都躲到树荫下伸舌头，可那井水反而更是清凉。碰上有人打水，趴到桶上喝几口，霎时嗓子眼里冒凉气，胳膊腿儿也长精神。那时，冷饮是稀罕物。劳作的人们，出门最后一件事，或回家第一件事，便是拿了水瓢，弯下身子从水缸里舀满一大瓢水，咕咕地喝下去，暑热顿去，遍体生凉。

那水井在村南头，挑水、抬水便成了村里人的日常功课。水井旁边，常常人来人往，络绎不绝，邻里们几乎天天都要在这儿见面。男人挑水，女人洗衣，这里始终洋溢着欢声笑语，聊聊家长里短，笑语不断。有时男人们在井台边，冲个冷水澡，就洗去了一天的疲惫。那时的水井边，分明是乡亲们调节情绪的场所，洋溢着一种诗意的美！

有一次，我们几个小伙伴去那儿玩，看到一条大花蛇在井里洗澡，吓得我们一溜烟跑回了家。老人说，那蛇是这儿的龙，如把它打死了那井水就干了。

我家的邻居二愣子、凤姑就是那水井做的媒。小时经常见到，凤姑下去洗衣服，二愣子就赶紧去挑水，二愣子去挑水，凤姑就赶紧去洗衣服，这样来来往往，一两年的时间就成了一家人。

每天早晨，我都会被父亲往水缸里倒水的"哗哗"声唤醒。当我懒洋洋地从床上爬起，从老井到各家各户的路上都是湿漉漉的，像洒水车洒过水一样，灰黄色的土路变成了深褐色，淡淡地透出潮湿而甘甜的味道。

记得有一次，父亲病了，挑水的活就落在我和哥哥的身上。我和哥哥早早起来，拿起扁担，抬起铁皮做的水桶，往水井走去。由于村里人口多，就一口水井，夏日的晨曦中，有很多乡亲在排队取水，一根粗大的取水绳在乡亲中传着用，轮到我和哥哥取水时，哥哥将取水绳牢牢地系在水桶上，两腿叉开站在湿漉漉的井沿上，将水桶慢慢地放到水井中，井中的水离井沿有三四米深，清幽幽地晃眼，由于井深加上我们不经常取水，空着的水桶飘在水里就是装不满水。看着我们笨笨的样子，身边的大爷善意地提醒我们：要将空着的水桶放在水边，然后，通过取水绳用力将水桶猛地向一边倾倒，这样才能装满水。我们按照大爷的办法一试，空着的水桶果然装满了水。然后两腿绷直，双手交叉用力，一桶清凉的井水终于提了上来。

对于村头的这口老井，人们总是爱护有加。记得我们这些淘气的孩子，夏天的时候，总喜欢到井边，喝刚刚打出来的水，凉凉的，甜甜的，比现在超市里出售的冰镇矿泉水还要好喝得多。看到井底的青蛙，我们还会往老井里面扔砖头等杂物。父母们看到后，总是大声责骂着将我们驱赶到很远的地方。这一方面是保护孩子们的安全，怕小孩一不小心掉进井里，另一方面是怕我们弄脏了水井，全村人就不能吃到干净的水了。后来，一位老人给我们讲了一句当时想来很高深的话："宁修千条路，不毁一眼井。"从这以后，我们就很少到井边玩耍了。

再后来，家家户户开始使用一种叫作"压水井"的水井。这种水井家家户户都有，很简单，也很实用，只要抬手压动手柄，清澈的水就会汩汩地流淌出来。

村头的那口老井，渐渐淡出了人们的视线。终于在一个夏天，一场大雨之后，没有人呵护的那口老井默默地坍塌了。

老布鞋

　　"最爱穿的鞋是妈妈纳的千层底儿，站得稳走得正踏踏实实闯天下……最爱做的事是报答咱妈妈，走遍天涯心不改永远爱中华。"这是 20 世纪 90 年代解晓东一首红遍大江南北的《中国娃》中的两句，一双千层底布鞋，饱含着浓浓的亲情和乡情。

　　在 80 年代以前，不论是大人还是小孩穿的鞋子都是自家做的布鞋。那时候，我们的生活很艰辛，单是穿的方面，当时流行的顺口溜足以证实：新三年，旧三年，缝缝补补又三年！当时做衣服，先做给大的（哥或姐）穿，大的长个子了，穿不下了，改一改再给弟弟妹妹接着穿。一个家庭，最小的弟弟妹妹，除非过年过节，想穿一件新衣服很难。即使穿破了的旧衣服，还是舍不得丢弃，母亲会用来糊拷子留着做鞋帮与鞋底。

　　那时候，母亲在白天忙完农活后，晚上经常会把家里一些不能再穿的破烂衣服，洗净，撕开，然后找一个阳光强的好天气，在桌子面上用糨糊一层层粘起来，铺平，粘满一层后再粘第二层，一般不超过五层。粘好后，在太阳底下晒，晒干了再按照各人脚的尺码大小剪鞋样。剪好鞋样，再把那些晒干的布再用糨糊层层贴起来，照着鞋样把它剪好，直到成为厚厚的布鞋底。在做鞋底前，母亲找来一张旧报纸，然后找来要做的鞋子，或干脆让我们的脚摆上去，画出鞋底大小。然后用剪子从报纸中开出鞋底样子。然后把开出的鞋底样子压在袼褙上拿剪子开出鞋底。开出的鞋底用"白花旗""蓝花旗"布条子沿（镶）完边子。在纳鞋底之前，还要准备一个"针锥"和"顶针"，因为鞋底太厚，穿针要很大的力气，必须用这两个工具才能完成。针锥先把鞋底锥一个小洞，再用顶针把带线的针顶过去。顶针的样子就像一个普通的戒指，但宽度要宽得多，上面布着密密麻麻的小坑，当针尖穿过鞋底遇到阻力时，带顶针的手指往前用力一顶，就穿过去了。有时还要准备一点蜡，在针上和线上抹一下，起到润滑作用。针穿过去了，自然也带了线一起穿了过去，还得用手使劲拉线，拉得越紧，鞋底就越结实，由于拉线得直接用手，还得用力，纳完一双鞋底，母亲的右手中指和食指就伤出很多口子了。

纳鞋底用的大都是自家用棉花拧成的棉线，每纳一针鞋底，母亲都会把针在头发上蹭一下，引过的棉线绕在锥子把儿上使劲儿地拽几下，那密密麻麻的针脚就留在鞋底上了。针脚的大小决定做出的鞋底是否耐磨。母亲总是把鞋底纳得很密，鞋底纳稀了，鞋帮不等穿坏，鞋底会先磨出洞来。

纳鞋底是个慢功夫活儿，时间一长，手指会酸痛，眼睛会发花。有时母亲手发麻不小心还会扎着自己手指。已记不清多少个日日夜夜，我是望着鞋底上密密匝匝的小针脚和母亲那疲倦的眼睛而渐渐地进入梦乡的。母亲纳鞋底那熟悉的棉线抽动的嗤嗤声，现在还时常回响在我的耳畔。

鞋底纳好了就开始做鞋帮，男同志的鞋帮脚面部分，要剪成倒"几"形，两边连上"松紧带"，这样做成的鞋帮容易穿上脚。老家人都叫松紧口鞋。女同志的鞋帮通常都是剪成"n"，老家人都叫大口鞋。把"缉"好的鞋帮与鞋底儿组合到一起，叫上鞋，上鞋是做布鞋的最后一步，也是最关键的一步。没个好手艺，鞋帮儿就会上偏，不仅穿着难看还不舒服。因此，母亲每上一针都要比量一下，认真对待每一针，避免白搭工夫最后前功尽弃。母亲做鞋的细心和耐心是出了名的，她做出的鞋不仅穿着舒服，而且特别美观。

那个年代，我们村庄都没有通电，家家户户都是点煤油灯。房子是土墙，在靠近床头的土墙上挖一个四方形的洞，把煤油灯放在里面，一豆灯光，悠悠晃晃。母亲就在夜晚就着这微弱的灯光纳鞋底。所谓的千层底，虽然是夸张的说法，但代表着母亲们千针万线的心血，可见这种鞋底的结实与耐穿。

那时，穿布鞋都穿腻味了，看到谁家孩子有一双白球鞋或黄球鞋时，那羡慕嫉妒是无法用语言来表达的。

现在，才真正体会到布底鞋的舒适。

至今我已有 30 多年没有穿过母亲做的布鞋了，很怀念穿母亲做的布鞋那种舒适温暖的感觉。

捻线陀

在物质匮乏的岁月里，农家人吃穿用多靠自产自供。捻线，便是妇女农闲时的重要工作。闲暇时，老大娘、小媳妇都自己用捻线陀捻线纳鞋底或缝制衣物。在农村，谁家女人不会捻线，这家人的开销就会比人家多，日子就不好过。不会捻线的女人，在女人中就会被人小看。因此，捻线不仅是生活的需要，也成了那个时代品评女人聪明贤惠的一条标准。

"捻线陀"，是由陀杆和陀头两部分组成，陀杆通常都是用一根筷子，上头细，下头略粗。大部分人家的捻线陀都是自制的，用一根筷子戳进两三块铜钱的方眼里用布条缠紧，那时大多数都是用康熙、乾隆通宝之类的铜钱，只要有点分量能坠住陀就成。再把筷子从铜钱上方进行修整，用刀具或破碗渣进行刮细刮圆便于使用，最后，再把筷子的末端用刀具刻一凹槽，用来捻线时固定棉线的，做好的线陀涂抹上铜油，就会透着一股古旧、质朴的气息。

从我记事起，母亲经常在昏黄的小煤油灯下做针线活。捻线、纳鞋底、补衣裳。

　　母亲捻线的时候，先将准备好的棉花搓成三四寸长的线坯拴在陀杆的梢头上，把线陀提起来，一只手提着陀线，再用右手大拇指和食指用劲一捻，捻陀就转了起来。捻线陀稍稍斜着悬浮在半空里自顾自地旋转并微微晃动着，捻线的人该说话的说话该笑的笑，谈笑间一截线已经随着捻陀勤快地转动形成了！于是，一根细长的棉线像春蚕吐丝一样从母亲的手中吐出来。旋转再旋转，小巧玲珑的线陀在母亲手中快速地旋转，如一个用鞭绳抽起的陀螺。待到棉线有半米长，用右手大拇指很熟练地在线陀顶端凹槽处去除活结，然后一圈圈地将线绕在线陀上。把这一截线绕在线杆上，把靠近棉花的部位再活扣在凹槽上，再捻……手里的棉花没了再续一团，捻的线是否均匀、是否结实全凭个人经验。

　　母亲捻的线用处很大，幼时家里买布和棉线都需要票，按计划购买。母亲捻的单股棉线绕在纸筒上，这样方便于取用。每逢母亲套被子、补衣服或纳布鞋底时总要用这些线。纳鞋底的线要粗、结实，母亲就会把单股棉线的一头穿进门搭子上，然后抽出，线两端对齐，拉紧，用手对搓，很快一根粗的扎底线就出来了。捻线的活看起来是件很平常很琐细的事，母亲每次做起来都很认真，以至于她捻出来的线均匀、光滑。通常一家老小的鞋底也全靠这样的棉线一针一针给纳出来，软软的碎旧布糊成的鞋底一纳就很坚硬，白白的鞋底黑色的鞋面，透气养脚。

　　母亲用捻好的线缝衣服，缝被子，缝补着一家人四季的舒适、温暖。小小捻线陀，凝结着母亲的勤劳，也孕育着我们的成长。

看生产队杀猪

冬天里，我们最盼望的日子就是过年。

在物质生活相对贫困的年代，过年的念想特别强烈。过年，对于我们来说，就意味着可以穿上新衣服，可以吃到香喷喷的白米饭、香喷喷的饺子，可以顿顿吃肉，更可以有压岁钱。

我们那里过年，从阴历二十四辞灶那天开始。那天，条件好的人家会炒花生，条件差的人家也会炒点黄豆，炸点爆米花。

过了辞灶日，生产队就开始杀猪宰牛。当时肉类凭票供给，到了年底，才发一点肉票、糖票，数量很少，远远不够用的。那时，每个生产队都有养猪场，养牛场。牛要用来耕地，拉车，不能随便杀，除非是老牛、病牛，向上级请示后才可以杀。杀猪就随便多了，杀多杀少，可以根据具体情况来决定。所以，快到年底时，饲养员都会使出看家本领，把猪养得又肥又壮，等的就是一年一度的这一天。

今天天气很好，生产队长就说，今天把猪杀了吧。

养猪场前的空地上，几口大铁锅架起来了，注满水，架上木柴烧。火光明亮，把周围的空气都烤暖和了。

队长到猪圈前转，看见肥壮的猪，用手一指，几个年轻力壮的就跳进猪圈捉猪。规模大的生产队人多，有时要杀十几头猪呢。整个养猪场人欢猪嚎，逢庙会似的。

杀猪是一门技术活。技术高的（我们喊"掌刀的"），一刀下去，猪血泉涌。待猪血流尽，守候在旁边的人端起猪血，倒进一边的开水锅，制猪血料。制猪血料有讲究，猪血倒进开水锅，迅速凝结成块。旁边的人要根据颜色变化来判断猪血料是老还是嫩，该不该出锅。太老的猪血料，又硬又渣，不好吃。技术差点的，一刀下去，除了猪嚎，不见血涌。旁边的人就笑。杀猪的脸红，手有点发抖。站在旁边的高手，会一把夺过杀猪刀，再补一刀。猪血要放干净，不然，猪肉紫红，不好看也不好吃。

杀完猪后，要趁猪身体还没有冷却抓紧时间用开水煮烫。煮烫到一定时候，掌刀的用手拔拔猪毛，认为火候到了，就大声说可以刮了。大家一起动手，开始刮猪毛。猪毛刮干净，该破膛了。

把刮净毛的猪放到案板上，准备破膛。掌刀的一刀划过去，"哗"的一声，猪的五脏六腑淌到案板下面的大盆里，热气腾腾的。这时，就见掌刀的汉子操起尖刀，割下一长条猪板油，趁着热气，一仰脖子，吞了下去。周围的人一片唏嘘。那人再割一块，又吞了下去。其他人就喊，集体财产，不能再吃了！

那时的人呀，太缺少油水了。

杀猪的摘下猪尿脬，递给早就站在一边等待的我们，说拿去玩吧！我们就到一旁，用热水洗干净，吹成气球抢夺着玩起来。大的猪尿脬能吹成很大很大的气球，气球上的红红的毛细血管，纵横交错，清晰可见。

分猪肉的时候，人们争着要肥肉，要瘦肉的人很少，猪下水更是没人想要。队长没办法，就把瘦肉跟肥肉搭配着分。至于猪下水，除了猪头大家抢着要，其他的只好硬性摊派了。

现在，我们吃的是瘦肉，可男人过四十，几乎个个脂肪肝。几个朋友在一起喝酒，开玩笑说，咱们这一代人正处在进化阶段，也需要进化。我们以前生活在瓜菜年代，营养匮乏，现在生活好了，大鱼大肉伺候，身体哪能一下子就适应过来，不得脂肪肝才怪呢！什么脂肪肝，还不是肚子里的板油太厚，花油太多。

那时，生产队有时也会杀牛。杀牛时，会把我们赶得远远的，不让我们看。听说牛被杀之前会流眼泪，甚至会下跪。不让我们看是怕吓着我们，不敢吃牛肉。

当时流传一种说法，说吃牛肉不能再吃红糖，不然牛肉会发胀，会胀破肚皮。吓得我们吃完牛肉后连水都不敢喝，动不动就去摸肚子，看胀了没有。

辞　灶

　　腊八一到，乡村里就准备"辞灶"。

　　自从搬进城里住，辞灶的意识淡薄多了，顶多就是放挂鞭，整点花生、瓜子、点心之类的，家乡的辞灶方式就成了美好的回忆了。

　　在家乡，辞灶是件严肃的典礼。

　　辞灶的第一标志性物件就是"灶马"。

　　"灶马"是村里人的通称，习惯叫贴"灶马"，其实它是一幅木版年画。很早以前是黄纸做底黑笔画，画的上面是一匹马，那是灶王爷骑着上天用的，腊月二十三这天要把它剪下来烧掉，叫"发马子"，现在"灶马"的色彩斑斓多了。马的下面是年历和二十四节气表，里面还附带着几龙治水、财神坐向等字样。整个版画的中间是灶王爷和灶王母娘娘的古装像，有的上面画的是一男一女，有的上面画的是一男两女。最下面画的是灶王爷见到玉皇大帝的情景，众神仙载歌载舞，吹笙吹笛，迎接灶王爷的到来。画上面的马被剪去后，剩下的这部分画就贴在有锅灶的墙上，有的贴在门后，我家的贴在我母亲房间的那个大方镜下面，可能是为了看节气表方便，不用下炕了。

很早以前的"灶马"是不用特意去集上买的。每年一进腊月，就会有三三两两的妇女，臂弯里挎着个黑色人造革包，在村里挨家挨户地串游。包里的东西用包袱包着，很神秘的样子。她们进村民家的时候很小心，很谦恭，很有礼貌，进门就是婶子、大母亲的一顿称呼，然后就言归正传："婶子，你家要灶马请财神不？"下面村民的回答可是有规矩了，这是财神啊，谁敢不请啊，最重要的是不能把"请"说成"买"，那是对灶王爷、财神爷极大的不尊重。于是家里还没请的，就赶紧掏出五分钱请一张，放在箱柜的顶上。有的已经请了的，就说"我家已经请了"，或者"我家已经好多了"。我母亲好说话，觉得人家来趟也不容易，基本上是来了就请。

俗话说："辞了灶，年来到。"辞灶前后的大集有了浓浓的年味，红对联、红福字、红灯笼、红筷子，把空气都染红了，染暖了。

母亲一上集，先是买"糖瓜"，这也是辞灶的标志物，说是给灶王爷粘住嘴巴，以防言多必失。然后再去置办菜、鱼、豆腐、肉一类的东西，辞灶那晚上得包饺子、做碗用来摆供。

到了辞灶那天的晚上，父亲在摆供桌上点上蜡烛，烧上香，等母亲把下好的饺子也摆上，他就去烧纸和灶马了。有一次我正好在父亲边上，听到父亲在嘟囔着啥，心里好奇，就想问个究竟。父亲把脸一沉："回屋去，小孩子少说话！"吓得我乖乖地爬炕上吃饺子去了，但心里老觉得是个心事。第二年再过辞灶看到父亲烧纸我就不问了，而是竖着耳朵仔细地听，总算让我听明白了，父亲嘴里念叨的是："灶王灶王上天堂，少说坏话，多收五谷杂粮。"原来，父亲是在祷告祈福呢！祈祷来年老少平安、五谷丰登、有个好收成。

　　小时候听父亲说，辞灶，就是送灶王爷上天。关于这个节日，民间有很多传说。我个人认为，灶，与人的吃息息相关，没有了五谷杂粮，灶王爷也就下岗了。民以食为天，传说中的灶王爷去跟玉皇大帝说的那些好话，应该是代表了劳动人民的美好愿望。

　　"腊八煮，把年数"，回想起家乡的辞灶，仿佛回到了那个父亲、母亲都健在，兄弟姊妹欢聚一堂的美好夜晚，心里满是亲切，满是温馨。

推磨·吃豆腐脑

辞灶以后，年味一天浓似一天。

不管是白天还是黑夜，远远近近的鞭炮声断断续续地响起来，把人们心中的年味一点一点地累积，愈发浓厚。

过年了，女孩最大的心愿是穿上新衣服，男孩最喜欢做的事是放鞭炮。我们会用平时积攒起来的零花钱买上一挂鞭炮，一个一个拆开来放。小炮仗，我们会捏在手里，点燃捻子后扔出去，看着天空中飘浮的碎纸片、火药的缕缕青烟，我们无比舒畅。大雷，我们会埋在土里放，看泥花四溅，尘土飞扬，我们会跟电影《地雷战》中地雷爆炸的情景相比美。高升，我们会平躺在地面上放，用砖或鞋底挡住，往冰层里打，往远处的目标打，我们把它当成大炮来用。

最调皮的事情是用大雷炸狗。哪家的狗平时对我们凶，我们就会找来一块窝窝头，把大雷藏在里面，偷偷扔过去。大雷的捻子燃烧时间短，我们就沾点口水捻细了，减慢它的燃烧速度。不过，炸到狗的机会很少，基本是折了窝窝头还折了大雷，狗们安然无事。

　　那时的鞭炮自制的多。逢集时候，街上鞭炮声不断。我们看好哪个摊子的鞭炮，就问，鞭炮响不响。卖家大声说，当然响了，不响不要钱。我们又问，带电光吗？卖家回答，带。我们就嚷，放放看。卖家挂起一挂鞭，"劈劈啪啪"放起来。旁边的卖家一看这边放了，为了招揽生意，那边也放了起来。那时的鞭炮很便宜，五毛钱一挂，一百多响。高升二分钱一根。

　　过年时我们也有痛苦的事情，那就是推磨。当时流传着一种风气，年前要备足干粮，够整个正月吃的。由于生活条件不好，白面馒头一般蒸上一两锅，初一至初五吃。其他的日子就靠吃煎饼了。纯小麦煎饼数量很少，多的是地瓜煎饼，玉米煎饼，有时会有高粱煎饼。我们推磨，母亲烙煎饼，得忙上一整天。我们累得小腿肚发酸，母亲烙煎饼，被烟火熏得眼睛发红。

　　推磨一般在清晨开始，我们躺在热烘烘的被窝里，正做着好梦，一听母亲喊起来推磨，不是说肚子疼，就说脚崴了。母亲不管这些，把我们的被窝一揭，站在一边监督我们起床。我们穿好衣服后，母亲就把推磨棍往我们手里一塞，我们只好无精打采地围着磨道转了。

　　不过，我们倒是很愿意推豆子，因为推完豆子后就要做豆腐，我们就能吃到鲜鲜的豆腐脑。

　　制豆腐的前一晚就要浸泡豆子，让大豆内有足够的水分，这样才能充分磨出豆浆来。磨豆浆的石磨现在少见了，我老家的墙角还放有一副，每次抚摸石磨上的纹槽都感到它历经沧桑，都慨叹不已。推磨是个体力活，经过浸泡的豆子体积一夜便膨胀了许多，磨里一次不能放太多豆子，否则磨出的浆液粗糙。一人推磨，一人拿勺放豆子，两人相互得充分配合，稍不留神就可能会被磨把手撞到。三四斤豆子需要磨几个小时，这叫慢工出细浆。

　　推完豆子后，母亲就用细纱布把豆糊糊过一遍，然后就煮豆浆。我们就站在一边等。母亲把煮沸的豆浆舀进一口瓦缸里，然后拿起那把长柄勺子，舀起小铁锅里煮化了的卤水，均匀地洒进热气腾腾的豆浆里，然后快速搅拌。我们最高兴的时候到了。不一会，瓦缸里开始"咕噜咕噜"往上冒洁白的各种造型的云朵，那云朵越冒越快越积越厚，最后终于攒成一块，像温润肥厚的羊脂玉。这便是豆腐的雏形了。

　　母亲接过我们手里的碗，给我们盛上豆腐脑，然后开始起豆腐。她把缸里的豆腐脑舀进铺着纱布的竹筐里，拉起纱布的四角系好，盖上木板，压上石块。竹筐里承受压力的豆腐脑开始哗哗地往外流水。过一段时间，待到竹筐里的水流尽，母亲就拿掉石头，揭开纱布，把成形的豆腐翻倒在平滑的木板上或高粱梃子结成的盖子上。

　　我们则躲到一边，捣碎点大蒜或把酱豆汁水浇到豆腐脑上，开始狼吞虎咽。豆腐脑那个嫩呀，我们吃得那个香呀，差点把舌头一起吞肚子里去了。

腊月二十九那天

　　腊月二十九（若那月没有三十，就挪到二十八）这天最清闲，该准备的已经准备好了。我们这里这一天逢集，一直延续到现在，好像约定俗成的。

　　集市的热闹绝不亚于三月逢会。不过，看热闹的居多，没备齐年货的人家会利用这个机会再补充一下。集市上卖得最多的是鞭炮、春联，还有摇钱树（竹子），整个集市上一片喜气。

　　到了晚上，母亲会把我们几个召集起来，给我们讲年俗，警告我们，如果做得不好，压岁钱就免了。

　　母亲交代我们，从明天开始一直到初五，特别年三十和初一，不许说脏话，不许说病灾，不能动不动就咳嗽，年上好一年都好。晚上睡觉，鞋子要反放，年上灾神会来，会把灾害丢进鞋子里。要守岁，守岁心诚的人，有时夜里会看到南天门开了。我们就问，南天门是什么。母亲就说，那是玉皇大帝住的地方。我们又问，妈妈你看见过南天门打开吗？母亲就说没看过，不过有人看到过，南天门一开，金碧辉煌，会向看见的人撒金银财宝。

母亲交代我们，要把饺子叫作金元宝，要把汤圆叫作银元宝。煮饺子煮破了，要说"挣"了（就是挣到钱的意思）。

母亲要求我们，三十、初一这两天，要吃就吃白面馒头，吃小麦煎饼，不要再吃其他的了。我们就问为什么。母亲说，我们年上吃什么，神仙来年就会给我们什么。

那时候，家里的主食秋冬季是地瓜饭，春夏季是地瓜干饭，天天吃顿顿吃，吃得肠子都细了，见了地瓜饭就头疼、就恶心。大米、白面是贵重食品，只有逢年过节才会享用。

我们那里几乎家家有个吊筐。每当家里有了好东西，就放到吊筐里，然后吊到屋梁上。

围绕这种吊筐，发生过许多悲喜交集的事情。

有一家孩子，年龄很小，实在经受不住吊筐里美味的诱惑，就去吊筐取东西。他够不到，就搬来一个凳子，还是够不到，他又搬来一个凳子。就这样，一个凳子一个凳子往上摞。当他终于够到吊筐时，那凳子倒下了。那位孩子摔成重伤，落下终身残疾。从那以后，我们村子里再也没有了吊筐。

还有一家，把熬好的猪油放到吊筐里。我们那里有个饮食习惯，用猪油炒米饭，那真是那个艰苦年代无上的美味，只有非常的日子才能享用。那家舍不得吃那点猪油，就放到吊筐里。可吊筐防不住老鼠。当他放下吊筐时，里面猪油没了，倒有一窝又肥又壮的老鼠。他那个气啊，愣是把老鼠剥了皮，煮吃了。在我们那里，老鼠是秽物，人们从来不吃老鼠。

现在想想，逢年过节了，不是母亲她们迷信，是她们希望来年一家人安康，希望来年更富裕，希望快快过上更好的日子，这种愿望太强烈了。

　　迷信迷信，不"迷"自然不"信"，"迷"上了自然就"信"了。全心全意迷恋好生活的人，既然现实中一时无法实现，暂时寄托于虚幻世界又何妨呢？物质与精神高度富足的时代，人们才会坚信科学。

过年·元宵节

年三十。我们起床后，父亲已经打好糨糊，我们开始贴春联。我们常常为哪副春联该贴在哪边，左为上还是右为上争论不休，最后当然请父亲定夺。父亲就说，你们怎么读顺口就怎么贴吧。

贴完春联，我们把摇钱树插进石磨的磨眼里。没买到摇钱树的，就折来一根粗大的松树枝插上。妹妹会把花生染成各种颜色夹到松树枝上，有时还会给松树枝扎上红头绳。

母亲会去园子里折来桃树枝，截成小段，放到我们的衣兜里，压在我们的枕头底下。

接着，我们就去上坟。在我们那里，上坟是男人的事，女人是不能去的。一般都是一个家族（没出五服，也就是五代）约好了一起去。

那段时间，通往坟地的路上很热闹，老老少少，前呼后拥。坟地上，烟火缭绕，酒气飘荡，鞭炮声不断。

回来的路上，我们会把剩下的祭品分着吃，你尝尝我家的，我尝尝你家的，不分你我，没有顾忌。

接下来就是吃年夜饭了。那无疑是一年里最丰盛的一桌饭。从来不喝酒的母亲也会喝点酒。父亲喝高了，母亲也不会责备。

那时没有电视，最好的娱乐就是听广播、听收音机。吃完年夜饭后，我们就开始守岁。守岁是件苦差事。虽然母亲不停地给我们讲故事，可我们的眼皮还是直打架，也许是白天我们玩耍过度，这时觉得疲劳了。再说了，我们明天还要早起呢。

初一早晨，当第一声鞭炮响起的时候，我就起床了。我先摸枕头底下，拿到压岁钱（母亲在我们睡着后偷偷放进去的），然后穿好衣服，出去了。母亲和父亲正在包饺子，搓汤圆，看见了说小心点，早点回来。我边答应边往外跑。我和大兵约好了，去拣鞭炮。到了外面，聚齐了，听哪家鞭炮响了，就跑过去。等鞭炮放完了，我们就去拣没响的鞭炮，把带着捻子的放到一边，不带捻子的放到一边。放鞭炮的人家，图个吉利，有时会抓把花生什么的给我们。

特别是到了亲戚家，除了拣鞭炮，还要拜年，他们多多少少会掏一点压岁钱给我们。

天大亮后，我们回家吃饭。吃饭前，要放鞭炮，那当然是我们最乐意做的事。放完鞭炮，饺子和汤圆已经盛好了。我们闷头就吃。"咔"，咬到钱了，好运气，今年要发财了；"嘘——"，吃到一个红辣椒，日子要红红火火了。

吃完饭，我们就成群结队去县城。哥哥姐姐不愿意带上我们，嫌我们累赘。大兵、我、三丫，我们自己去。三丫就把自己拣的鞭炮塞给我们，有时会装上一两把爆米花或炒黄豆，匀给我们吃。若有糖果，她自己不吃也会留给我们。县城里只有一家影剧院，人山人海，根本就买不到票。买不到票，就围着电影院的宣传窗口转，看电影介绍。觉得电影没有意思，我们就开始逛街，边逛街边放鞭炮。

到了下午，鞭炮放得差不多了，我们不过瘾，就拿出没带捻子的鞭炮，用钉子在鞭炮的肚子上钻个洞，插进捻子，一点，也会爆炸。

三丫怕鞭炮，不过有我们，她似乎就不再那么害怕了。

初一过去了，年也就基本过去了。我们总有点怏怏的。

还能热闹一番的是正月十五。女孩子喜欢挑灯笼，我们最感兴趣的是玩呲花。那时的呲花很简单，用一种灰色的纸（跟鞭炮捻子差不多）制成，有筷子那么长，一捆一捆卖。不带电光的，一毛钱一把；带电光的，一毛五一把。

邻村就有一家是卖货郎的，我们的呲花都是在他那里买的。

正月十五一过，年也就过完。我们会在无穷的慨叹和失落中盼望来年。

跑　年

在我的老家，过年有个风俗，大年初一那天，本族家人之间，大家都忙着"跑年"（拜年），一般分为父母和小孩，挨家挨户、一拨又一拨，好不热闹，给节日增添了无限的喜庆和祥和。

我不知道"跑年"是什么时候兴起的，但我的童年是在年复一年的"跑年"中度过的。除夕之夜彻夜难眠，兴奋之余，最主要的是，我在不厌其烦地设计着"跑年"计划。

大年初一，小伙伴们早早起床结伴同行，欢天喜地地开始"跑年"，道声"恭喜发财"，说句"新年快乐"，然后张开事先准备好的方便袋，心存感激地接过父母们给予的新年礼物，当然不忘回声"谢谢"，接着跑向下一家。我们每一户都要跑一遍，不遗漏，也不重复。无论是刮风下雨，还是大雪飞扬，"跑年"从未间断过。

"跑年"结束，我们迫不及待地清点"胜利品"，并将它们按照好差进行分门别类，然后开开心心地享受起来，从差的开始吃，好东西一般暂时舍不得吃，碰上自己认为特别好的东西，要珍藏好些日子呢！随着人们生活水平不断提高，"跑"来的东西已经很难区分好坏了……

"跑年"难忘，它将童年的情趣和快乐描摹得淋漓尽致。

那时，同村人或邻里之间有了矛盾，"跑年"是化解矛盾的好机会。

如果初一那天，不是本族的人来了，我的父母亲会特别热情。如果来的是孩子，那给的礼物一般是本族孩子的两倍。

大年一过，某一天两家成年人相遇了，"跑年"的那家会主动说，谢谢你们家的礼物。原本有矛盾的两家借助"跑年"把陈年旧账一笔勾销了，以前的不愉快统统忘掉。

随着时代的发展，跑年的形式也在悄然改变。原来限于亲族的"跑年"，它的范围越来越大了。久别重逢的老同学，在笑语中重温着昔日同窗情；在外务工人员，各自说着生财之道；姑娘们掐着指头数，谁结婚了、谁生孩子了，相互鼓励；大叔大婶们闲聊着家长里短；老人们眯着眼睛，享受着阳光的温暖，时不时地插上几句语重心长的话。

现在，"跑年"的已经很少了，人们更多的是通过短信、微信拜年。形式改变了，那份情谊也变淡了。

"跑年"，有一天，我们也许只能从文字里读到它了。

第二辑　大道如青天

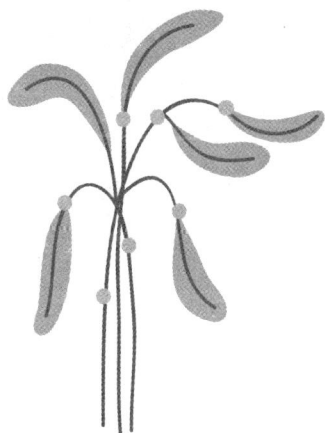

李白诗云："大道如青天，我独不得出。"可郭亮村的人们硬是靠单薄的躯体征服了巍巍太行，开辟了一条通向文明的人间大道。物质固然重要，精神更可胜天，我们不是只靠吃大米饭活着的。我要说：大道向来如青天，何不展眉尽开颜。

大道如青天

1998 年 4 月，我到河南省新乡市参加理论研讨会。会余，和同行们一道参观了地处太行山南端的郭亮村，游览了那充满传奇色彩、令人惊心动魄的郭亮洞。

细雨似烟，远峰如黛。仲春的太行山一派葱茏，溪流淙淙，鸟鸣绕耳。车子在崎岖不平的山路上颠簸。车窗外的景色美不胜收，但最让人心动的还是那一座挨着一座的山洞。每过一道山洞，我总是想，前面该是世外桃源吧。可是山间劳作的农人，路上往来的车辆告诉我，山里山外一样地繁忙。向往文明、理解文明、接受文明是人类繁衍不息的力量之源，再高再险的山峰也阻隔不断，这一道道横穿千峰的山洞就是有力的明证。

车子盘旋而上。巨壑无底，绝壁入云，望一眼心惊胆战，身体不由自主地向车内倾斜。大自然的伟力毫不掩饰地展示在你面前。对于生在平原、长在平原、工作在平原的我来说，更加敬佩山里人顽强的生存能力。宁愿祖祖辈辈开山不止，也不愿离开那方故土，山里人有山一样的魂魄。

车子来到郭亮洞前，我们下车步行。郭亮洞果然名不虚传，洞体曲折幽长，四壁巨岩嶙峋，恰似一条巨龙钻山而过。走出洞口，已累得气喘吁吁，汗流满面。郭亮村依山傍崖，只有几十户人家。村前立有巨碑。从碑文中知道，郭亮人为了走出大山，花费了30年的时间，硬是靠手凿肩挑，劈开了这条走向外面的通道。"愚公移山"，读之让人感动不已，可那毕竟是寓言；郭亮人掘山建洞，征服太行，这却是摆在眼前的事实，怎不叫人折腰称颂，感慨万端。谢晋导演来了，以巍巍太行为背景，以郭亮人为原型，一部注满苍凉悲壮、展示太行灵魂的电影《清凉寺的钟声》诞生了。太行精神感动了千千万万的观众，人们看到了活生生的"愚公"。

郭亮人平日好辛苦。白天辛苦工作，晚上还丢不掉自己那份爱好，还要读书看报、爬格子；上要赡养老人，下要抚养子女；做不完的工作，忙不尽的琐事。整天如老牛拉车，好累也好烦。站在郭亮洞前，尘世中的千般烦恼、万般埋怨，顿时烟消云散。这才觉得生活对自己并不苛刻，只是自己没有像郭亮人那般珍视它罢了。这正如郭亮人开掘了郭亮洞，外面人看得很伟大，郭亮人看得很平凡。平凡与伟大本来就没有明确的分界线。只要我们换个视角看，原来每个人所做的事情都有伟大的一面。

李白诗云："大道如青天，我独不得出。"可郭亮村的人们硬是靠单薄的躯体征服了巍巍太行，开辟了一条通向文明的人间大道。物质固然重要，精神更可胜天，我们不是只靠吃大米饭活着的。我要说：大道向来如青天，何不展眉尽开颜。

一个记不住儿子名字的父亲

秋冬之交的风瑟缩中带着凌厉。

我遇见他的时候，银杏树金黄色的叶儿正打着旋儿在晚风中劲舞。他站在快光秃的银杏树下，看见我过去，满脸谦卑地问："你是这里的老师吗？"

我没停步，嗯了一声。

他赶紧跟过来，又问："高三十七班在哪里？"

听到这话，我停下来。我教十七班语文课。学生家长问话，我不能不回答。

"你有事？"我边问边打量他。他穿着一身洗得发白的旧军装，上面留有一块块云彩头似的盐渍。看样子他刚赶了远路，汗渍还留在脸上。也许是汗水浸透了内衣，每一阵秋风掠过，他浑身就传过一阵轻微的痉挛。

我说："你跟我来吧。"

他有些拘谨地跟在我后面，边走边说："俺想等下课再去找他，怕上课时吵闹了学习。"

到了办公室，我边拉张椅子让他坐下边问："你找谁呀？"

"李小牛，俺儿子！"他自豪地说。

"李小牛？……十七班好像没有这个学生。"我转过头问化学丁老师。丁老师想了想，摇摇头。

他赶忙说："李小牛是小名，这大名……"他抹了一把有些焦脆的短发，满脸歉疚地说，"俺还真记不起来了。"

我惊讶地问："记不起来了？"

"记不起来了！"他脸上沁出一层汗，红晕也随着汗氤氲到黑色面皮的表层，像熟透了的桑葚。

我含着不满说："这可就难了。每个班姓李的学生都很多，没名字可不好找。"

他一听这话，搓着手说："你看俺糊涂的，临来的时候想着带上他的一张奖状，好看上面的名字，没想到一着急就全忘了。"

我问："你找他有什么急事吗？"

他急忙站起身来，说："没什么事，没什么事……就是想看看他。"

我们学校是半寄宿制，远路的学生一个月回家一次。

他望了望我，犹犹豫豫从怀里掏出一个蓝布小包，打开，里面装着几个石榴。石榴都已经炸开了，满肚子的石榴籽红玛瑙般晶莹剔透。

他挑出一个大大的，掰开递给我一半，说："你吃，甜着呢！"然后把剩下的那一半剥成几小块，分给办公室其他人。

我拈起一粒放进嘴里，一股特别的清凉和甘甜霎时传遍了全身，感觉很特别。

他看着我说:"甜吧?"

我点点头。办公室其他人也说甜。

我问:"你家现在还有石榴?"

他摇摇头说:"没有了。家里只有一棵石榴树,是李小牛出生那年栽的,已经十八年了。你别说这棵石榴树还真帮了俺家大忙了。每年它都疯结,那果子坠的,整棵树都歪了,枝子快拖到地上了。俺用大竹竿撑着呢!"

十八年一棵石榴树,肯定有不少故事。我用眼神鼓励他往下讲。

"每年中秋节,俺就把大个的品相好的摘下来,拿去卖。每年卖的钱差不多就够李小牛的学费了。"

我这才记起李小牛的问题还没解决呢!就问:"你能确认李小牛就在十七班?"

他想了想,说:"肯定在十七班。奖状上的名字没记清,那数字是记死了的!"

我问:"你找他就是为了送石榴?"

他"嘿嘿"笑了两声,有点腼腆地说:"对,就是送几个石榴给他吃。"

我摇摇头,叹口气,心想你瞧他这父亲做的。

他也叹口气,说:"这孩子到现在还没吃上今年的石榴呢!"说这句话时他的眼角有点润湿,见我们没吭声,接着说,"每次石榴熟了的时候,孩子嘛,俺就想让他先尝个新鲜。他说:摘去卖了吧。没经过霜打的石榴有点涩,不好吃。就把那些小个的留着,让它继续长,秋霜一打,涩味就去了,到时再吃,才真甜呢!"

听到这里,我们沉默了。他语气有点哽咽,说:"俺娃懂事呢,不然整个村子咋能就他一个考上你们这样的学校呢?眼见天冷了,广播说明天大幅度降温，赶到零下，要上冻呢。石榴不能冻，一冻就烂成水了。俺这就匆匆忙忙送来了……"

整个办公室一片沉寂，沉寂得有些肃穆。

就在这时，下课铃响了。我赶忙说："老李，走，我带你去找李小牛！"

李小牛的确在十七班，叫李克歆，上次全市联考，全校第三名。他家住在山左口，一个偏远的乡村，离我们学校大约三十五公里。

藏在碗底的母爱

　　小时候家里很穷，一年也难得吃上几顿香喷喷的白面馒头、白花花的大米饭。再艰苦的生活也阻挡不住童年成长的强烈欲望。我们兄弟姊妹几个就像春天的小白杨般疯长。成长的渴望与严重的营养不良发生了强烈的碰撞。记得有一段日子，我老喊腿疼，整天头重脚轻的，走路都轻飘飘的。母亲带着我去了一趟县医院，回来后，一向沉默寡言的母亲愈发沉默了。

　　后来一段日子，做饭时母亲就用纱布包好一捧米放到红薯饭里煮，煮熟后分给我们几个吃，一人只能吃几口；有时擀一碗面条，有时煮几个鸡蛋。可在那缺油少盐的年代，没几天，家里那点准备逢年过节时享用的好东西就耗尽了。

　　当时，家里的主食秋冬季是红薯饭，春夏季是红薯干（红薯用手工机械切成薄片，晒干，存放起来）饭，天天吃顿顿吃，吃得肠子都细了，见了红薯饭就头疼、就恶心。这可愁煞了母亲。

　　有一天，我们几个吃尽碗中的红薯饭，猛然发现每个人的碗底竟然藏着一个鸡蛋！那份惊喜就像听到广播里说今晚大队部放电影。以后的日子里，每天的午饭，母亲都给我们留下一份惊喜：有时是鸡蛋，有时是几片肉，有时是几粒香喷喷的花生米。不过，母亲有个规定，我们必须吃完那碗尖尖的红薯或红薯干饭才可以享用碗底的那份美味。也别说，每次吃饭，我们为了碗底的那点美味、那份期待，再难以下咽的饭也在不知不觉中被我们狼吞虎咽了。到现在为止，我的吃饭速度还很快，囫囵吞枣，不识滋味，也许就是那时养成的习惯。

记得有一次，可能是感冒之后，看着那碗小山似的红薯饭，我一点胃口都没有。趁母亲不注意，我偷偷地把碗底的那份美味翻出来先吃了，留下了那碗红薯饭。母亲发现后，铁青着脸，抢起鞋底狠狠揍了我一顿，并且处罚我，我的碗底三天没放那点美味。从那以后，为了碗底的那点美味、那份希望，我们几个天天都乖乖地吃完碗中的饭。

从那年冬天开始，母亲总是想方设法多买些猪肉，腌制成腊肉，用瓷坛子盛放起来。腊肉存放时间长，味道香，自然是碗底的最佳食品。那时，生产队逢年过节才杀猪，食品站的猪肉是凭票供应的，想买到肉有一定困难。每到春天，母亲就养鸡，可那时鸡瘟几乎年年流行，养一茬瘟一茬，瘟后余生的母鸡少之又少，折腾得集市上的鸡蛋比肉还贵。真是奇怪，都是禽类，鸭子却很少患瘟病。母亲就养鸭子，自己腌制咸鸭蛋。

有一年春天，鸡瘟死了，秋天储存的鸭蛋吃完了。这难不倒母亲，田边堤旁的野菜正蓬蓬勃勃呢！荠菜、蓟菜、苦荬菜，还有榆树叶、刺槐花，一茬接一茬地涌现。母亲不知从哪里弄来一块花生饼（花生压榨完油后做成的饼，圆形，像车轮子），空闲了就去挖野菜，我们放学后也被赶去挖野菜、摘榆树叶、捋刺槐花。母亲就用那块花生饼做调料，给我们做各式各样的渣子吃。真难为母亲了。

在我们童年，为了我们能够健康成长，母亲一直在想着法子逼我们多吃饭。母亲时常挂在嘴边的那句话是：人是铁饭是钢，一顿不吃饿得慌，多吃饭才能让铁变成钢。

现在，我们几个都成家立业了，母亲的满头青丝也被无情的岁月染成了霜发。

每年春节，我们总是相约回家一聚。每到那时，我们几个簇拥着瘦小的母亲，嘻嘻哈哈，完全摈弃了年龄和辈分的差别。看着身边人高马大、壮壮实实的子女，母亲笑了，笑得很开心。

等到一家人融融洽洽喝完酒，母亲就起身去厨房，给每人端上一小碗香喷喷的粳米饭，每个人的碗底都会变换花样放上了一些美味。这已经成了母亲每年必做的一件事。母亲坚持不懈地这样做，是对过去苦难生活的怀念，还是提醒我们不要忘了过去？每到那时，看着我们吃饭，母亲什么话也没说，只是用眼神微笑。

母亲，你把对子女的那份爱深深地藏在了碗底了！

站在男人身后的女人

　　男人离不开女人，光明磊落；女人离不开男人，就有些委婉含蓄。女人喜欢悄悄地站在男人身后，春水融雪般浸润男人刚勇的骨骼。女人的智慧和力量往往是通过男人释放出来的。

　　两千多年前，有个读书人叫百里奚，很有才干，辅佐秦穆公（春秋五霸之一）成就霸业。谁也没有想到，秦穆公用五张公羊皮从楚国人手中换回来的这位奴隶，后来竟然改变了秦国的历史，影响了中国几百年。谁又能想到，这位"五羖大夫"命运的改变源自他身后站着的那位女人。

　　百里奚是现在山西平陆一带人，年轻时家境特贫寒，连娶媳妇都成大问题。一直到三十岁（这在两千多年前可不是小岁数），也就是到了而立之年才娶个女人，这个女人就是杜氏。杜氏是个了不起的女人，她太聪明能干了，更具有一份让男人汗颜的气度。在生了儿子之后，她觉得作为"家"的条件已经完全具备——男人、女人、儿子，于是她就对百里奚说，你要是个男人，你就应该出去闯荡闯荡。

我们不知道杜氏是不是善于相夫，也不知道杜氏决定嫁给百里奚之前是否作过实际考察，更不知道杜氏是否貌美绝伦赛西施，风情万种似貂蝉，可以随心所欲地把一个男人攥在手掌心里。但有一点必须肯定，杜氏这个女人不寻常，因为在那个时代，男权至高无上，男人视女人如破衣敝屣。女人放飞男人是需要大胆略和强自信的。

百里奚听了杜氏的话，再不男人也得出去闯荡一番。

百里奚明天就要出发了，杜氏决定为他饯行。家里可能有些蔬菜，但缺乏肉类，杜氏就杀了家里正在下蛋的唯一的一只老母鸡。鸡还没烧熟，柴火没有了，当时可能下了雨，找干柴火有问题，反正杜氏里里外外找了一圈，没有可烧的。她就看到了家里的门闩，就抽出来，劈了当柴烧了！这是何等的气魄！

送别的时候，杜氏抱起儿子，那意思就更清楚不过了，百里奚你出息了可别忘本，我可为你生了孩子（当然，这个孩子也不简单，他叫孟明视，长大后成了秦国历史上有名的大将），他可是你的根，别忘了你的根。

纵观中国几千年女人发展的历史，杜氏的作用和扮演的角色绝不允许你小觑，她是让千千万万男人去冲锋陷阵的典型。百里奚功成名就，我们记起了杜氏，那些终生落魄的男人多如牛毛，他们背后都站着个女人，这些女人只好追随岁月烟消云散了。

东晋有个风流名士叫许允，娶阮德尉的女儿为妻。花烛之夜，许允满怀期盼地揭开红盖头，这才发现阮家女貌丑容陋，他拔腿就跑出新房，从此不肯再进去。一个女人丑陋如此，看来只能深藏闺房，更别说获得许允这种花花男人的欢心了。

后来，许允的朋友桓范来看他，听说这种情况，就对许允说："阮家既然嫁丑女于你，必有原因，你得先考察考察她再说。"

许允听了桓范的话，于是鼓起勇气再次跨进了新房。但他一见妻子的容貌拔腿又要往外溜。新妇一把拽住他的衣袖说，来了就来了，你跑什么？许允边挣扎边对新妇说："妇有'四德'，你符合几条？"新妇说："我所缺的仅仅是'美貌'，其他我都有。我问你，读书人有'百行'，您又具有几条？"许允理直气壮地说："我百行具备。"新妇放开他的衣袖，冷笑一声，问："百行德为首，您好色不好德，你具备了什么？"许允顿时哑口无言。

阮家女真是厉害，她知道读书人的要穴在什么位置，一招就制服了许允。

看来，女人征服男人，不全靠美貌，靠的是四两拨千斤的力量。

中国物质发展史主要是由男人们创造的，男人创造了外面世界，而男人背后站着的女人们则想方设法在塑造男人们的内心世界！从这个角度讲，女人的力量绝不比男人弱。

掬一捧父爱

"最是秋风管闲事，红他枫叶白人头。"又是风清月白霜寒露深，窗外那片片飘舞的落叶就像一张张记载人生旅程的日历，映现出岁月的擦痕。

那是一个春光明媚的晌午，我掇一张椅子躺在院中的石榴树荫下小憩。五岁的女儿头扎两只羊角辫，身着荷叶裙，小蝴蝶似的绕着我打转转。突然，女儿那稚嫩的小手在我的头顶上停了下来，哥伦布发现新大陆似的喊起来："白头发，爸爸头上有一根白头发！"女儿小心翼翼拔下那根白头发，满院子嚷："爸爸的白头发，像爷爷一样的白头发！"看着女儿那天真烂漫的样子，我只是微微一笑。

从那以后，为我挑拔白头发就成了女儿必做的功课。每过一段时间，女儿总会把我强按到椅子上细心地去寻找她的那份惊讶。"两根""三根""五根"……终于有一天，女儿无奈地叹了一口气："爸爸的白头发真多，去染一染吧。"

我的心猛然战栗，这才发现女儿已亭亭玉立，自己也已快迈进不惑之年的门槛。那颗年轻潇洒的心突然间苍老了许多。我想起了远在乡下的老父亲，那满头白发的老父亲。

好长一段时间没有看到那熟悉的身影了。前几年，父亲经常来城里，来的时候往往正赶上吃午饭。每到那时，妻子总会多炒几碟小菜。我们父子俩就会斟上几杯水酒，东家长西家短闲聊一阵，平时木讷的父亲这时也会谈笑风生。从他那朴实的言谈中我学到了许多为人处世的道理。我从小就养成了雷打不动的午休习惯。父亲深知这一点，吃完午饭，他就会骑上那辆有了年纪的自行车，慢悠悠地往家赶。父亲并不是为了那一顿饭、那几杯酒，他需要的是父子间的那点亲情，爷孙间的那点温馨。

去年，为了买房，我倾己所有，父亲倾其所有。父亲来我家的次数频繁起来，有时送些青菜、豆角，那都是在家里摘净、洗好的；有时送点刚掰下来的玉米；有时拎点刚出池的嫩藕；有时捎点刚捕来的鲜鱼活虾……他酒饭不沾，来得匆匆，去得匆匆。父亲担心我的日子过得艰难啊，每次见面总是那几句话："欠的账慢慢还，别上火；孩子还小，别苦了她。"

年假回家，我看到了摆放在父亲床头的那台土制的卷烟机，那是父亲花十五元钱特意托人带来的。若在几年前，它只是父亲的几包烟钱。父亲一生嗜好烟酒，可从不过分，他是一个有四十多年党龄的老党员哪。看来，父亲曾有断掉它们的念头，在无奈的情况下，只好用一台土制的卷烟机、几张薄纸、几斤烟草来打发那苍白、清闲的日子了。再看那酒，是用塑料桶从厂家直接灌来的散装白酒。我的鼻子猛的一酸，眼泪模糊了双眼。正在这时，父亲走了进来，我连忙背过身去。父亲什么也没说，进了后院，冲着正在缝被套的母亲嚷了一句："孩子要回家，叫你把东西收起来，你怎么老糊涂了！"

　　我眼睛一热，两行清泪滴洒在襟袖间。我这才真正感受到为人父、为人子真的好难、好难。我掏出两百元钱，放在父亲的床头，匆匆离开了家。我怕见到他们自己会像童年时遭受委屈那般吞声饮泣，年近四十的人知道该怎样去忍受那揪心的痛楚。

　　除夕夜晚，父亲掏出五百元钱硬塞给了女儿，一再说，今年收成好，多卖了点钱，该多给大孙女一点钱，让她添件新衣裳，并要其他的孙子孙女不要计较，等他们长大了同样会有。那是父亲从烟酒上一点一点抠下来的血汗钱哪！餐桌上，从弟媳那儿知道，父亲已悄然过了六十岁生日。父亲很早以前就想买一件皮上衣，原来打算今年过六十时能实现这一愿望，因为我买房，除夕晚上披在父亲身上的依旧是那件穿了十几年已经泛白的蓝棉袄。

　　我默默走出家门，伫立在广阔的原野上，任泪水肆意飘洒。我真切地感受到脚下这块土地是那么沉稳厚重，那么深情慈祥，它是我的父辈们的胸膛。

　　我下定决心，明天一早就去给父亲买一件像样的皮上衣。

韩国见闻

2016 年 7 月 25 日，风和日骄，我们一行十三人乘轮渡紫玉兰号由连云港码头出发去韩国。

二十四小时的行程虽然漫长，但甲板呆坐，静心看海，领略海的广阔与宁静，倒也并不觉得过分寂寞。

在韩国待的时间并不长，但北面到过三八线，南面到过济州岛，虽是乘车奔跑的时间比地面观赏的时间多，但也算是坐快车观大花，把韩国转了个遍。

安静韩国

韩国给人总的印象是处处皆山，起起伏伏，连绵不断。七月的韩国，放眼望去，一片郁郁葱葱。虽然那些山没有气势宏伟体形，没有高耸入云的险峻，但恰恰彰显出景致的祥和，有一种淡淡的禅意隐喻其间。

　　我对韩剧没有什么感觉，总觉得太腻歪。不过，在我看过的韩剧里，似乎总是与山有关系，完全没有亚洲富庶国家的豪华与奢侈。身临其境才感觉到，这样的处理，其实是最质朴的市景民生再现，最根本的生活所在，恬淡，安然。有山相伴，有水可依，是许多韩国人的生活常态。

　　韩国人普遍认为最适合建设房屋的地方就是背山面水，这里的国民信仰阴阳平衡，他们的国旗是阴阳八卦阵，最能体现这一特点。韩国的土地75%是山地，并且纬度偏高，冬天寒冷。依山而建的韩屋，楼层不高，因地而异，主要考虑冬暖夏凉的气候因素。他们的房子，门往往是两重，窗常常是几道。这可不是为了防盗，而是为了适应气候的变化。当然，门窗一关，不管外界风云变幻，风雨雷电，而室内则是安静温暖。

　　韩国的马路上没有交警。在国内，马路上我们随时都能看见交警在指挥交通，维持交通秩序。可在韩国，马路上没有交警。

　　韩国的汽车保有量非常高，但是司机行车非常文明。在韩国期间，我没有听见一声汽车喇叭的鸣叫声，特别是那种高音喇叭声，我真怀疑他们的汽车装喇叭是什么时候用的。导游告诉我，韩国的司机不到万不得已是不会鸣笛的，鸣笛被视为很不礼貌的行为。

　　韩国人过马路，无论有无车辆，只要红灯一亮，行人都自觉地站在人行道上等候，行人和汽车配合得十分默契。在没有红绿灯的斑马线旁，我们都想等汽车开过去再走，可每次都是司机看到我们就缓缓停下来让我们先过马路。有一次，我们几个人不小心走上了马路，回头一看，后面跟着几辆车，有十几米远，无声无息，我们赶紧让道，他们这才慢慢开了过去。

　　每天上下班高峰时，韩国的马路上都是大大小小的汽车，但看不到争抢车道、中途插队的情况，所有汽车都安安静静、整整齐齐地行驶。后面的若有急事想超车，前面的司机会主动伸出手示意，让他先行。他们交通的自觉性如此强烈，根本不用交警来指挥交通，维持交通秩序。

韩国人在公共场所说话声音都非常轻，生怕影响到别人。谁要是稍不注意，说话声音大了点，马上就有人打手势，提醒你轻声点。

在韩国的建筑物上，看不到防盗窗。韩国的居住小区门口很少见到保安。

韩国的学校基本没有围墙，即使有也很矮小，仅起到隔离作用。学校的大门是开放的，关门的时候很少。不过，在韩国，是男生、女生分校就读，这也许是让校园宁静的好方法。

环保韩国

韩国的马路上很难看到垃圾桶。韩国人环保意识极强，商铺、街道、旅社、饭店……处处显得干净、整洁，无论你走到哪里，都看不到一片垃圾。

酒店宾馆里面的被褥、床铺、室内陈设，都特别卫生。在酒店宾馆里面，一般不提供一次性的牙刷牙膏等洗漱用品，但却提供质量非常好的家庭装的洗发精、沐浴露等用品，香皂也不是一次性的，是客人用过的，但质量很好。他们这样做的目的是为了减少垃圾排放，当然也为了节俭。

在饭店用完饭，客人会主动把碗、筷、碟子送到洗涮间的台案上。韩国人的节俭意识很强。自己点菜装饭适量，绝不贪多。只要是自己点的菜，自己盛的饭，都吃得干干净净，随便丢弃食物的现象很少见。

韩国的垃圾一般分类存放。在公共场所，分类垃圾桶均设在醒目位置，盛放食物残渣的容器都有过滤装置，油水被分离后更容易处理。韩国人在途中如果产生了垃圾，他们不会随手扔掉，而是一直带回家，再把垃圾按可再生性、不可再生性和易腐烂性进行分类装袋，然后送往指定地点。

为了倡导低碳节能，韩国政府提倡骑自行车。韩国政府修建了非常完善的人行道和自行车道路系统，与机动车道隔离，约1.5米宽，用2种颜色的塑胶铺成，印有行人和自行车标志，分别代表人行道和自行车道。学生放学都没有家长接送，很小的孩子都是自己走路或者骑自行车回家，塑胶路面就算摔跤也不会痛，非常安全。由此想到中国的家长，那么多不安全因素，如果不接送孩子，还真是放心不下，但是每天接送，不仅影响家长工作，而且造成城市拥堵、能源浪费和尾气污染。不过，韩国骑自行车的人很少，除非在一些小城镇。韩国基本上见不到摩托车和电瓶车，应该是国家对这类车子控制得很严。

在韩国的大街小巷，你可以看到各式各样的广告，但你看不到随处张贴的小广告，更看不到随处喷写的电话号码等。

韩国山陵居多，土地显得尤其珍贵。所以，只要有土地的地方，他们都耕种得特别仔细。他们的农作物以水稻为主，似乎看不到随便种植的现象。稻田就是稻田，果林就是果林。田间水渠贯通，交通道路都是水泥路面。据导游说，韩国本土农作物不允许使用化肥农药。难怪，在韩国，凡是土地上生长的，或者说凡是需要土地生产的东西都很贵，比如粮食，比如水果，比如肉类，但跟技术有关的产品一般比较便宜。虽然是七月，在我国正是西瓜满地滚的时候，但在韩国，买一个十来斤重的西瓜，需要一百多元人民币。旅游回来后，我一顿就吃掉了一个西瓜。

简约韩国

韩国的饮食不能算优秀，和中国比较差距还是很大。他们的主食以米饭、面包为主，也有豆浆和牛奶之类的佐餐，但面食较少，这也许和他们根本不种小麦有关。泡菜是必不可少的小菜，海产品中，他们很推崇紫菜，据她们说，紫菜在营养、保健、医疗方面都有很好的效果。所以，在购物店里，紫菜是他们极力推荐的产品之一。他们很推崇人参，说韩国的人参，是他们的国宝，堪比中国的大熊猫。他们极少有炒菜，基本以炖汤和烧烤为主。他们强调低盐，就连烤肉也是不用盐的。他们很少用花椒、大料、味精、鸡精、香油之类的调味品，但酱油似乎是例外。

韩国在住房问题上和中国根本不同。用导游的话说：在韩国，一个工薪阶层，很难拥有一套自己的住房，因为房子的价格很贵，凭工薪扣除吃用外，攒不下什么钱。因此，他们一般都是实行合同租房，而且都是小户型的。即租房户与房东经过商议，签订协议，确定出租期限。期满后另行商议。还有就是几人或几家合租房子，这样可以少花钱。在韩国，个人买房子的很少。特别是年青一代，由于工作不稳定，更是租住的多。

像北京的紫禁城一样，韩国也有一座被称为"故宫"的古代宫殿群，那就是位于首都首尔市区正北的景福宫。这座 400 多年前曾毁于大火的王宫，现在已经成为首尔市的地标性景点。景福宫和紫禁城建筑模式基本一致，两者的主要宫殿都在一条中轴线上，然后依次铺开。这座"故宫"也都有过一段屈辱的历史，1592 年，朝鲜发生"壬辰倭乱"，入侵的日本军队一把火把景福宫烧得只剩下十余间宫殿。1867 年开始重建，但长期是座"冷宫"，并没有王室入住。不过有个地方最近却很热闹，那就是位于东部的御膳房。导游说电视剧《大长今》曾在此处取过外景，现在还有不少影迷在那里照相留念，却不知道戏里戏外的大长今都没有在这里动火做过饭。虽然景福宫也一样充满了"华风汉韵"，但在规模和气势上都无法和北京的紫禁城相比。

韩国总统府青瓦台，依山而立。青瓦台最显著的特征就是它的青瓦，一到青瓦台首先看到的是主楼的青瓦。青瓦台主楼背靠北岳山，青瓦与曲线形的房顶相映，端庄素雅。郁郁葱葱的树林掩映着片片青瓦的亮光，错落有致，远远看去，素雅中孕育着生机。与其他国家的政治中心相比，青瓦台未免简朴了些。

在韩国，那些不起眼的小山，在人间烟火的缭绕下，显得姿态各异，温婉妩媚，给人一种平和安详的感觉。几户农家院落洒落其间，青瓦白墙，在郁郁葱葱的树木的掩映下，错落有致，远远看去，素雅中孕育着生机。

时尚韩国

韩国的建筑很朴素，花里胡哨的不多。老首尔区的房子基本上都是 20 世纪的建筑。

但是，朴素的背后却是实实在在的时尚。

韩国的通讯很发达，无论你在那个角落，只要掏出手机，总能上网，并且信号极强，网速流畅。

　　韩国的大街上真是美女如云。当然，这些美女是不是人造的，不敢说，但追求美在韩国确实很时尚。韩国人认为，打扮自己是对他人的一种尊重。的确如此，只要是公共场合，服务人员都是经过精心装扮的。就连司机，都准备了几套衣服，在我们外出旅游期间，他们会洗个澡，换身衣服。保持整洁是他们一贯的追求。

　　韩国人一年四季饮用冰水。直饮水在韩国随处可见。我想，韩国人的胃功能肯定强大，冬天饮用冰水，那是练出来的。

　　韩国的交通很发达。以首尔到济州岛交通为例，海运、航运并举，特别是航运，10分钟一班航班，比我们这里坐班车还方便。

　　在韩国，你看不到破破烂烂的机动车。满大街奔跑的都是八九成以上的新车。任何一辆车的内部陈设都是干净整洁，哪怕是窗帘、挂饰等细微之处，也是精心布置，清新爽目。

　　汉江穿越首尔而过，汉江边是韩国倾力打造的休闲去处。每到周末，你会不时看到一座座的旅游帐篷，那是他们一家人或是一群人在自由自在地度假。

　　韩国人以使用本国产品为时尚。韩国大街小巷奔驰的车辆大多是现代和三星等国产车，即使是手机也基本是三星的。导游说，韩国的三星轿车是不出口的，因为在韩国，好东西都是留给自己用的。我想，这种强烈的民族自豪感应该是一个国家的真正的时尚吧。

　　不过，韩国人似乎又很传统、保守，他们似乎很忌讳"4"这个数字，比如宾馆，基本看不到跟"4"有关的楼层，房间号也避开了"4"字。

泡菜韩国

报载：韩国泡菜被美国《健康杂志》评为世界 5 大最健康食品之一。

韩国每一餐都离不开泡菜。在韩国，似乎每一种菜都可以制成泡菜，其中以白菜、萝卜、海带最为常见。

其实，韩国的泡菜传自中国。《诗经》里出现的"菹"字，它在中国的字典里被解释为酸菜，正是这种腌制的酸菜传入了韩国。三国时，中国的泡菜传入韩国，主要用蕨菜、竹笋、沙参、茄子、黄瓜、萝卜加上盐、米粥、醋、酒糟、酱等腌制。到了高丽时代，蔬菜的种植技术提高，泡菜中加入了韭菜、水芹菜、竹笋等新鲜的蔬菜。到了朝鲜时代，韩国半岛三面临海，水产品充足，泡菜的制作方法开始丰富，原料也更加多样，于是泡菜中加入各种鱼、虾、蟹等海鲜。到朝鲜时代末期，种植的白菜成了比萝卜、黄瓜和茄子更常用的泡菜制材，从国外传进来的辣椒像火红的果子，既可以去除鱼类的腥味又色彩鲜艳，看起来就让人食欲倍增，于是成为绝佳的泡菜调味品。不过，韩国泡菜中的辣椒要先去掉辣椒籽然后再食用，这样既可以保持辣味，又避免过分辛辣。

在韩国，许多传统家庭中，一坛泡菜的原味卤汁都是母传女，婆传媳，世代传承。所以，真正的韩国泡菜被称为"用母爱腌制出的亲情"，岁月愈久，味道愈浓。

导游告诉我们，泡菜曾有一段光辉历史。亚洲非典流行的时候，韩国没被干扰，后来研究证明，泡菜具有一定的抗菌性，人们认为是泡菜让韩国幸免于难。从那以后，泡菜备受当代人青睐。2013 年，韩国泡菜"申遗成功",泡菜成为韩国名副其实的"国菜"。

不过,我总觉得,韩国的泡菜还是抵不过咱们的四川泡菜。四川泡菜的那种味在韩国泡菜里还是找不到。

说白了,泡菜只是"咸菜"的一种,只是一种佐菜,跟大菜无关。在我国,酒宴开始前,总是配上一些花色各异的小菜,又叫"开口菜",品尝而已。

我们还记得生活艰辛年代的往事,没有炒菜,吃的就是咸菜。我想,韩国由于特殊的地理环境,吃咸菜的历史应该很长,而泡菜更是主打,因为它取材广泛,制作简单。只是到了现代,对传统菜式进行现代化处理,更融进了养生之道,泡菜才成为韩国的国菜。

盐和油是炒菜最重要佐料,我们常常会把生活艰辛的年代比作"缺油少盐"的年代。到了当下,油盐丰富了,我们这才发现,它们是各种现代疾病的祸首。韩国人主张少油少盐,既是对传统饮食的继承,又紧随现代的养生需求,可以说泡菜是它们最理想的选择。泡菜不需要油,也不需要盐(起码不需要大盐),因为酸辣是其最主要特色。这个特色契合了当今生活的主流。

能把传统生活中的小菜做得如此经典,韩国泡菜当属典范。

济州岛风情

济州岛被称为韩国的"夏威夷"。

不过,在如此美丽的岛上有一个古老而神秘的民俗村——"城邑民俗村"。

"城邑民俗村"是济州岛本土文化保留得最好的地方。这个村子位于汉拿山麓,有许多文化遗迹,很好地保留了古代村庄的原貌。

目前，它受到了韩国政府的很好保护，在这里的原住民每年会收到一份政府的补贴，让他们继续住在这里，以便保留民俗村的特色。这里是韩剧《大长今》厨房的拍摄地之一。

一进入民俗村，首先看到的就是用济州岛火山石做的"土地公公"，也就是石神像，岛上的石神像很多，在庄稼地、旅游景点到处都是，它是济州岛的守护神。摸石神像的头可以保佑子女平安健康，摸鼻子可以保佑生儿子，摸肚子可以行财运……摸不同的位置有不同的寓意。

置身民俗村，仿佛又穿越回到古代，可以感受原汁原味的济州风情。在这里可以看到用黑熔岩石堆砌而成的稀稀疏疏的挡风石墙，可以看到为了防止风直接进入里屋而建得又直又弯的窄胡同。更为奇怪的是，每户人家的烟囱都是建在地面上的，据说当年日本人就是通过炊烟而发现村落，并屠杀村民，抓走慰安妇的。后来，村里人为了防止敌人借助炊烟而发现村落就改造了烟囱的位置。

民俗村的房屋都很低矮，那是为了防风。现在的济州岛已经不生产过去苫屋顶使用的芦草。为了保持原貌，据说现在苫屋顶用的芦草都是国家通过海上专门运输进来的。

民俗村素有"三多三无"之说，即石头多、风多、女人多，无乞丐、无小偷、无大门。

在那里，没有结婚的男子叫童八里，结了婚的男子叫王八里。没有结婚的女子叫作披八里。过去，在村子里，男子享有绝对的权威。他们实施的是一夫多妻制度，一个男人甚至可以娶5个老婆。参观村民家里，只要看家里有几口锅，就说明有几个老婆。因为在以前，女人最重要的嫁妆就是铁锅。民俗村的"海女"很有名，之所以有名，是因为她们的勤劳和悲苦。在以前，她们要维持一家人的生计，不得不不分白天黑夜进海捕捞。以前，济州岛淡水资源欠缺，所以背水的任务就由女人承担，背水用的木桶便成了女人主要的生活工具。所以，女人们背水时遇到一起，对自家男人不满意的时候，就拍打木桶，发泄怨恨。男人对自家女人不满意的时候，就背起那个女人使用的木桶拍打着在村子里绕上一圈，然后到村长家申明一声，就把那个女人给休了。

民俗村的房子都没有大门，也不会锁门，但是每家大门口都放三根木棍，横着三根木棍代表主人出远门，两根木棍代表主人出门晚上就回来，一根木棍代表主人出门很快就回来，没有木棍说明家里有人。

这里至今仍保留着民居、乡校、古代官公署、石神像、碾子、城址、碑石等有形文化遗产及民歌、民俗游戏、乡土食品、民间工艺、济州方言等无形文化遗产。村子中间几百年树龄的榉树、朴树已被指定为自然保护对象。

据导游介绍，韩国政府刚开发济州岛的时候，买土地最多的是中国人。在韩国，土地属于永久所用。中国人到济州岛买地建房，一时大为风行。幸亏韩国政府醒悟得早，控制中国人买济州岛土地，不然，也许济州岛名誉上属于韩国，实际上为我中华所有。不过，上了济州岛一看，确实是中国人的天下。也难怪，从我国的黄海边上出发去济州岛比从首尔去济州岛，直线距离近得多了。

韩国，面积约十万平方千米，相当于我国一个小的省份，人口五千余万，可谓土地贫瘠，物产不丰，文明源头基本来自中国。但在现代的几十年发展中，无论是物质的还是精神的都跑到了我们前头，许多现象值得我们深思。

善待今生

　　我们历经重重磨难从漫漫的黑夜中来到这个充满光明的世界上，几十年后，我们又将告别这个美好的人间向那漫漫的长夜中走去。面对这短暂而奇妙的人生，我们没有理由不善待生命的每一分钟。

　　蝉，在黑暗中努力摸索了四年，为的是阳光下一个月的歌唱。人，"三生修得一世缘"，倘若真的如此，三生之与一世，与蝉之四年之与一个月又有何异？蝉的生命让人慨叹，人的生命更值得善待。因为蝉死之后借助其卵，还可以在四年之后重获新生，而人去之后，他的来生则完全是一个缥缈的未知数。在有知与未知之间，蝉倒有值得庆幸的地方。

　　我们童年的时候，有人谢世了，望着那哭嚎的人群，我们往往很漠然，我们会拍着手唱着歌，在他人绝望而无奈的哭嚎声中无忧无虑地游玩。当我们步入中年，熟悉的老人像排好队一般一个挨一个离世，我们的同龄人因为这样或那样的原因也纷纷撒手尘寰。这时，我们才蓦然意识到人生是如此短暂，人生之旅离终点并不那么遥远。

默默静思，其实人是造化撒下的一粒种子，这粒种子包含着无尽的神奇与变幻。当这粒种子撒于清秀的山峦间，它会与青山苍松为伴，这时的你，也许会有老庄的那份逍遥，但更多的时候是愚昧与闭塞的困扰。当这粒种子撒于偏远的乡野间，在你须发飘白时，你也许会像一个普普通通的老农穿着旧棉袄坐在冬日的草堆前晒太阳捉虱子。当这粒种子撒于热闹繁华的都市间，你也许会成为一个伟人或大老板，你杀伐决断，拥有令人艳羡的铁腕，你拥有精美的别墅、豪华的轿车、丰盛的晚餐，你甚至会金屋藏娇，或失足成了个贪污犯。可这粒种子更多的时候会落入平凡，你会为工作呕心沥血，你会为是否会被炒鱿鱼而提心吊胆，你会在风雨中开三轮车载客挣那几元辛苦钱，你会为几角钱的青菜与摊主争吵没完，你会因鸡毛蒜皮与邻居面红耳赤，你会去赌博，甚至去坐牢……

既然是一粒种子，就没有必要干枯、萎落，就应该在雨露阳光的滋润与抚慰下勇敢地生根发芽，就应该在清风雷霆的吹拂与磨砺下蓬勃枝干。成伟材的去做栋梁，成弱材的去围园庄，不成材的，即使被投入灶膛，也红火一番。

我们既然是造化精心播撒的一粒种子，我们就没有必要辜违造化寄予我们的那份厚望。我们就应该去品尝酸、甜、苦、辣、咸凝聚成的种种苦难，有福能享，有罪能受，我们就应该挺起胸膛、立起腰杆，活出个人样。

善待今生，让我们的生命丰盈而饱满。

为吃忧伤

酒桌上朋友在一起闲聊，说以前不敢吃的现在死吃，以前不愿吃的现在想吃，以前想吃的现在不敢吃，以前不想吃的现在常吃。

说罢，用筷子指点桌子上的菜肴一一点评佐证：蝎子，五毒之一，以前我们恨之咬牙切齿，见了就躲，别说吃它了，现在上餐桌了，美其名曰"食疗"，还有这豆丹（一种靠吃黄豆叶子生存的丑陋的虫子），以前看着就毛骨悚然，就恶心，现在一百多块钱一碗。红薯，以前到了冬天，我们天天吃，肠子都吃细了，一见到它就腻歪得想吐，现在美其名曰"农家菜"，还有这麦麸子饼，又刮嗓子又糙胃，以前谁愿意吃？再如这满桌的鸡鱼肉蛋，以前不敢想，认为得等到实现共产主义才会有这样的好日子，现在好了，还敢吃吗？看我们几个，不是脂肪肝就是高血脂！以前，我们需要的是吃肉，土豆烧牛肉，吃了不许放屁！我们想吃菜吗？不想吃，那是瓜菜年代，我们一脸菜色，需要的是各种各样的肉类。可现在倒好，除了吃菜，我们还敢吃其他的吗？

20世纪70年代以前出生的人们，特别是生活在农村的人们，大多都有刻骨铭心的饥饿记忆。

据说，当时有一位农民到了城里，朋友招待他喝豆浆，吃油条。他觉得世界上还有这等美味，就开玩笑说，等到将来俺有钱了，就来城里喝豆浆，吃油条，俺喝一碗泼一碗，吃一根丢一根。

这虽然只是一个风趣幽默的玩笑，但也折射出当时人们生活的贫困和对美好日子的渴望。

当时，男人娶媳妇，女人就派人偷偷地到男方家，装作溜门子，看看男方家的粮食储备情况，如果缸里米多面满，那婚事就八九不离十了。所以，聪明的男人常常在别人介绍对象后，东挪西借，想方设法把自家的粮缸堆满。等到女方进门后才发现上当，可生米毕竟做成了熟饭，即使新娘哭天抢地也无济于事。

那时，到了秋天，花生成了珍果。起花生、摘花生是人们最愿意做的事情，因为可以借这个机会，给自己的肚子增加点油水，润滑润滑干涩了一年的肠胃。有些刻板的或心肠不好的生产队长在大家收工时，就派人端着一盆清水，站在路口，让经过的人漱口，发现偷吃花生的就扣工分，搞得许多人东躲西藏，狼狈不堪。有一位母亲，家庭成分不好，是富农。她想给生病的孩子带点花生米。她剥了把花生米，藏在卷起的裤脚里。到路口时，紧张得脸色苍白，浑身冒汗，那不争气的裤脚竟然滑落开来。她吓得当场昏死过去，醒来后就痴痴迷迷的，成了半个疯子。

那时基本没有零食吃，特别是冬天。现在喂猪喂牛的饲料，在那时都是难得的零食。炒花生、炒瓜子基本没见过，我们的奢侈零食就是炒黄豆。如果有一天，大队放电影，父母开恩，给我们炒点黄豆磨牙，在冰天雪地里，我们裹着黄大衣，一边嘘嘘呵呵地看电影，一边噼里啪啦地嚼着炒黄豆，那种感觉真是无限的幸福。平时，口袋里能装上一块花生饼，闲着时掏出来啃两口，那感觉绝不亚于现在小孩子吃肯德基。

苹果、梨子偶然能吃到，橘子、香蕉基本没吃过，至于菠萝、荔枝之类的水果，只是在课本上看过它们的配着拼音的图片，根本不知道是啥滋味。

其实，那时的食源还是很丰富的。不过有吃的食源未必就有好吃的食物，好吃是需要条件的。每年春天，荠菜漫山遍野，可谓食源充足。荠菜炒鸡蛋，青是青白是白黄是黄，好吃；荠菜加香油加白糖凉拌，好吃。但如果没有鸡蛋，没有香油白糖，荠菜还好吃吗？那是一个缺少油水、缺少调料的时代，食源即使丰富，也不能带来美味。当时的鱼多，一场大雨过后，河汊里、沟渠边的草丛里，用手去摸，可以逮到肥大的鲫鱼；泥鳅更多，遍地都是。可没法吃，吃这些东西，没有油不行，没有作料不行。那时，生产队杀猪，人们争抢肥肉，瘦肉要摊派，至于猪下水，像猪肚、猪肝，基本没人要，因为吃它们需要油水。

现在，可吃的食源很丰富，尤其是各种调料更是丰富多彩。可当我们丰衣足食的时候，我们却在变着法子折腾自己。地沟油的泛滥，基因食品的流行，农药化肥的污染，让人防不胜防。白糖掺着石英粉卖，牛奶添加三聚氰胺，鸡蛋鸭蛋，带着武装起来的外壳，也没逃过苏丹红的侵扰，白酒本来可以杀毒，却被塑化剂毒杀。

现在，咱们真的不缺吃的，可男人一过四十，几乎个个脂肪肝、高血脂、高血压。"三高"人数增加速度之快绝不亚于GDP的增长速度。

朋友们在一起喝酒，遇到拿"三高"当托词的主儿，就开玩笑说，咱们这一代人正处在吃的进化阶段，需要进化。在吃的方面，咱们必须担当承前启后开创新时代的重任。我们以前生活在瓜菜年代，一年到头，除了过节，什么时候放开肚子吃过肉啊。现在生活好了，大鱼大肉伺候，身体哪能一下子就适应过来，不得三高才怪呢！什么三高，还不是肚子里的板油太厚，花油太多。

这话听起来似乎荒谬，但细想想似乎很有道理。咱们还有其他的理由可讲吗？

吃呀，真为你忧伤。

原点呓语

我们有时候很累，因为我们喜欢瞎折腾。

20 世纪 80 年代初，一帮青年人拼命追风，拿穿的裤子穷折腾。先是时髦喇叭裤。喇叭裤，以其形命名：膝盖处紧缩，箍在腿上；裤脚特别肥大，走起路来随风散开，像倒置的大喇叭。我总觉得，它更像电动清洁车上安装的用来清扫地面的旋转的扫帚。我想，当时的清洁工要比现在轻松些，因为每天都有无数的青年男女从路面上翩跹走过，用喇叭裤脚帮他们清扫街道。喇叭裤把街上的尘土带回家，精神固然可嘉，但清洗起来费时费劲费肥皂，对于青年人来讲，这恰恰是最要命的事情。不久，喇叭裤就退出了人们的视线。于是开始流行小脚裤。那裤脚小而紧，仅容脚尖穿过，像是裹在脚腕上。女人们更先进，干脆在裤脚底部横上一条带子，裤子袜子一体化，那种裤子当时有个很形象的名字——"一脚蹬"。一脚蹬让女人们的大腿很风光了一阵子。渐渐地，人们发现，对于裤子，裤脚太大不好穿，裤脚小了也不好穿，于是回到原点，裤脚还是不大不小最好穿，最美观。一直到现在，无论是筒裤还是西裤还是休闲裤，我们都不再为难裤脚，因为裤脚已经被咱们折腾过了，没有折腾的空间了。

再说鞋子。先是方头，那鞋头太方，留足了脚趾头跳舞的空间；后是尖头，那鞋头太尖，细如针锥，脚在里面形同裹肉粽子。除了折腾鞋头，还去折腾鞋帮子，一会儿浅帮子，一会儿长帮子，一会儿皮帮子，一会儿布帮子，花样可谓丰富。慢慢地，人们发现，穿鞋子，样式固然重要，穿起来舒适更重要。哪种鞋子舒适？鞋头不方不尖，鞋帮不浅不高的。这不又回到原点了？

再说吃的吧。中华民族忍饥挨饿的日子太长，可以说饥饿记忆已经浸透了我们的遗传基因，我们真的被饿怕了。"民以食为天"，听听老祖宗的教诲，还有比天更大的事吗？所以一旦有获取吃的机会，我们会不遗余力地为之奋斗，而且不计后果。为了增加粮食产量，化肥、农药，能用的全用上了；为了让畜禽长得快，添加剂、激素一起上；为了获取更多的时令蔬果，生长剂、催熟剂几夜之间就发明出来了。我们吃的东西一天天丰盛起来，我们肚大腰圆。当我们不再为吃担忧的时候，却开始为自己的身体忧伤不已。三高人数、各种畸形疾病的与日俱增。于是我们发现，还是天然的东西最好。我们抛开高档饭店的饮食去吃农家菜，走出高楼大厦去寻找大自然氧吧。我们开始回归原点。

我们这一代或两代三代人，由于在摸索中脱离了原点而受到某些伤害，但我们可以挽救，我们会把我们的教训告诉后来人，不再走我们走过的弯路。吃，可以损害一代或几代人，但不可能对人类构成终极危害，因为我们在这个问题上还有回归的地方。而我们的有些作为，已经断绝了回归原点的路。

　　这是一个对钢筋水泥贪得无厌的时代。我们毫无顾忌地从大自然攫取资源，通过一道道物理的、化学的程序，让它们变成我们需要的钢筋水泥。我们忽略了一个基本点，那就是我们手中的钢筋水泥永远也回不到原点。还有核废料，人造塑料，砖头瓦砾，等等，它们从自然中来，却没有了回归自然的路。

　　说到这里，我们不得不赞叹土坯垒墙茅草苫顶的屋子的好处，虽然简陋，但一旦废弃，几阵风袭，几场雨淋，又可以毫无痕迹地回归自然。

　　世间万事万物皆有原点。这原点就是天然，就是本真。地球之所以能够生机蓬勃，是因为它虽然有自己的运行轨迹，但紧紧围绕太阳这个原点不变；月亮之所以妩媚可人，是因为它虽然借了太阳的光辉，却从没偏离地球这个原点。

　　离原点越远，回归的路越长，回归的过程越艰难。一旦断绝了回归原点的路径，等待它的很可能是灭亡。

感谢蜗牛

　　小时候，总喜欢唱《蜗牛与黄鹂鸟》这首歌，其中那句"蜗牛背着那重重的壳呀，一步一步地往上爬……"最令人感动。不过，有时我也会想，蜗牛真笨，明知道那是一个多么遥远的愿望，却还那么执迷不悟，真是个"死心眼"。

　　一个夏日的傍晚，雨后初晴，溽热的空气变得无比清爽。我站在葡萄架下尽情享受这夏日难得的惬意。刚刚挂枝的青葡萄，翡翠般晶莹，发出阵阵扑鼻的清香，令人心旷神怡。忽然，在淡淡的清香中，一只蜗牛从葡萄架下一根茎的底部慢慢地向上爬。你看他那亦步亦趋、一丝不苟的样子真让人钦敬又好笑。

　　我突发奇想，决定测试一下蜗牛的智力和毅力。我先剪断那根葡萄藤，把它轻轻地折弯，改变蜗牛的路径；又在其他葡萄藤上绑扎上许多杂物，阻止蜗牛的行程。做完这些事情后，我又恶作剧地用手指轻轻地弹了一下蜗牛的壳，蜗牛迟疑着把头缩了进去……我觉得对蜗牛的打击已经足够了，这才悻悻地离开了。

　　第二天早晨，习惯早起的我，决定去看看那只蜗牛。眼前的情景让我震惊，更让我感动。蜗牛改变了路径，越过了障碍，高高地立在葡萄藤的顶端，像一位凯旋的国王，正伸出脑袋四面瞭望，享受着清风、晨露和阳光。它的两只触角在晨光中透出黄玉般的柔光，恰似一只美丽的皇冠。在它身后的葡萄藤上排着密密麻麻的乳白色的籽。粘在葡萄藤上透明的黏液告诉我，蜗牛走过的那弯弯曲曲的路径比原来长了几倍。一夜的长征定让它吃了不少苦。

　　霎时，一股热流在我的全身涌动，一股热情在我的胸膛奔腾。我似乎触摸到了大自然的脉搏，听到了大自然的心跳。我们始终把自己当作大自然的灵长，当作统驭万物的首领。我们过于看重"自我"的存在与价值。我们学习受挫时，会灰心气馁；生活失意时，会颓废堕落；事业坎坷时，会自暴自弃。我们面对困难时会束手无策，遭遇挫折时会畏缩不前，身处逆境时会一蹶不振……面对蜗牛，我们人类的灵魂似乎被逼出了体外，正在接受自然的拷问。

　　感谢蜗牛，它让我在汗颜之余，看到了生命的底色，体会到生活的原汁原味。

思维的圈套

那是三年前暑假发生的事。

暑假刚开始，一向勤劳有加的妻子就宣布进入"保修期"，做起"甩手掌柜"。

第二天早晨起床，我决定先洗衣服。我放好水，调好洗衣粉，一拧开关，洗衣机便很帮忙地开始工作。可不到十分钟，它竟然无缘无故突然罢工，任你左拧右转，又拍又打，它愣是不吭声。洗衣机买来不到半年时间，不应该有大问题呀！无奈，我只好掏出洗了一半的衣服，搓洗起来。

我汗流浃背地洗完衣服，把洗衣机搬到院子里，凭借自己有限的知识打理起来。保险丝没问题，传动皮带没问题，线路接头没问题……自己那点看家本领用完了。

我借来三轮车，拉上洗衣机去了修理店。到了修理店，修理师傅插上电源，它竟然毫不羞怯地旋转起来。修理师傅说，它正常工作，不好修的。我只好冒着酷暑把它拉回家。

第三天早晨，衣服刚洗到一半，它又故技重演，任你千呼万唤，它死活也不搭理你。我想，等吃完早饭再作理论。饭没吃到一半，它竟然神经质般地自己唱了起来。等我放下饭碗，它又沉默不语了。

我又借来三轮车，冒着大太阳，把它拉到了修理店。修理师傅听完我的情况介绍，仔仔细细检查一番，没发现明显故障，最后干脆换了个新的计时器。

第四天早晨，它又在重复昨天的故事。看来只好另想办法了。我又借来三轮车，拉上洗衣机，去了另一家修理店。

接活的是一位老师傅。听完情况介绍，老师傅认真考虑了一会儿，说，拉回去吧，检查一下你家洗衣机插座。

回到家，我打开插座盖，果然，那铜质弹簧片缝隙太大，有烧灼过的痕迹。我拿起铁钳，认真地把弹簧片往一起扳了扳。一试，洗衣机老老实实地开始工作。我拿着铁钳子站在旁边等候，愤怒地发誓，你再敢耍花招，我敲碎了你去卖废品！直到衣服洗完，它再也没敢耍脾气。我恍然大悟：插座弹簧片老化，接触不良，再加上天气炎热，极容易打火。洗衣机工作到一定时间，热胀，弹簧片分开，停机；过了一段时间，冷缩，弹簧片闭合，又开始工作。如此反复。热胀冷缩，原来是一个基本原理在暗中作怪。

记得那几天，正是夏季中吴牛喘月时候。我蹬着三轮车，拉着洗衣机在大街上挥汗如雨地跑来跑去，那种狼狈相，定是大街上难得的一景！

法国自然科学家约翰·亨利曾经做过一个实验：他将一些毛毛虫排成一个圆圈，中间放上食物。奇怪的是，这些毛毛虫只是一个跟着一个绕圈爬行，竟没有一个主动爬向食物，直到精疲力竭饿死为止。美国社会科学家所罗门·阿希也曾做过调查，结果发现：人类的许多不幸，有33%的错误来自"从众行为"。

聪明的人，千万别做毛毛虫。

希望的田野

　　"我们的家乡，在希望的田野上。炊烟在新建的住房上飘荡，小河在美丽的村庄旁流淌。一片冬麦，一片高粱。十里荷塘，十里果香。我们世世代代在这田野上生活，为她富裕，为她兴旺……"

　　每一次听到这首歌，我都会被它那优美的旋律和所描绘的画面感动。

　　也许是"不识家乡风光好，只缘身栖故土中"吧，长期生活在大平原上，总会产生一种缺山少海的单调感觉。我的"天南海北"QQ群里，有全国各地的朋友。我问"太行野夫"，对大平原有何感觉，他说，大平原好啊，若骑马可以丢开缰绳撒欢，若开汽车不用去掌方向盘，不会开门就遇到山，爬坡累死驴。我问"渔家姑娘"，向往大平原吗？她说，大平原好啊，风清气爽，日月皎洁，四季分明，不用担心台风海啸，不用整天闻咸腥味。我问"草原骑士"，他说，大平原好啊，五谷繁茂，四季花开，土肥水丰，瓜果遍野，哪像我们这里，辽阔得单调，寂寞得心烦。

我慢待了家乡的美好，漠视了身边的风景。

一个偶然的机会，翻看《红色东海烈士名册》，那一组组无情的数据、一个个鲜活的名字激荡着我倦怠的心。解放战争初期，在距离我们这里几百公里之外的那场残酷的涟水保卫战中，我们东海有49名战士献出了年轻的生命；解放战争中期，在距离我们这里几千公里之外的吉林四平那场生死争夺战中，我们东海有115名先烈长眠在那里；抗美援朝保家卫国，在异国他乡，我们东海有184名指战员把热血洒在了鸭绿江彼岸……在短短的28年的烽火岁月里，东海这片土地上牺牲了3000多名烈士，这还不包含那些无名的先烈们。东海总面积两千多平方公里，如果我们粗略计算一下，我们脚下的这块土地，每平方公里就为共和国的诞生献出了两位儿女。

这是一方英雄的土地啊。北有始建于1942年的抗日山烈士纪念堂，南有安葬了400多名勇士的安峰山烈士陵园，长眠在那里的英烈们，用他们的忠魂佑护着这方生机勃勃的大地。

让我们把目光投向4000年前。《史记·夏本纪》记载："舜登用，摄行天子之政，巡狩。行视鲧之治水无状，乃殛鲧于羽山以死。天下皆以舜之诛为是。于是舜举鲧子禹，而使续鲧之业。""禹伤先人父鲧功之不成受诛，乃劳身焦思，居外十三年，过家门不敢入。"《禹贡》记载："淮、沂其乂，蒙、羽其艺。"《传》曰："二水已治，二山可种艺。"

我们脚下的这块土地啊，古有鲧、禹治水，除洪患，树五谷，养百禽，繁衍不息；今有朱群带领百姓"旱改水"，大兴水利，建海陵水库，修石安运河，于是"百湖之县"始成，秋种冬麦，夏栽水稻，五谷丰登，瓜果满野，不是江南胜似江南。

水是万物的母乳，水利是农业的命脉。水利让东海这块洪荒之地变成了一方沃土。

说到水，我想到了水晶，想到了温泉。

小时候，老人们给我们讲，水晶是水的精灵，是水经过万年造化结成的冰，它晶莹剔透，一尘不染，烦恼者见之忘忧，粗俗者见之风雅。

关于温泉，老人们说，很早以前，我们这里发生了一场大瘟疫，王母娘娘的第九个女儿，化名"汤姑"，来到此地，她将温泉水装进宝葫芦，再将灵芝浸泡其中，起早贪黑，为百姓治病。瘟疫尽除，汤姑要回天宫，就把那灵芝仙水倒在汤沟里，于是形成现在的温泉。

现在，水晶和温泉已经由传奇中的宝物变成了现实中的物质，它们给东海人民带来了财富，也带来了幸福；它们是东海的名片，搭起与外面世界联系的桥梁。

这是一方英雄的土地，一方神奇的土地，一方肥沃的土地。

为了东海这方热土，三千烈士甘洒热血，百万人民挥汗如雨，鲧、禹治洪，朱群"旱改水"，县委县府大兴水晶产业，大建温泉娱乐中心……这一切，似乎都跟水有着某种或明或隐的牵扯不断的联系。

我陡然想起老子《道德经》中一句话："上善若水。水善利万物而不争。"我又想到庄子一句话："丘山积卑以不高，江河合水而为大。"难道这有关水的内涵，正是百万东海人民精神的体现、品格的体现、思想的体现、力量的体现？

东海，一片希望的田野！

还是用《在希望的田野上》的歌词来表达我的愿望、我的祝福吧：

"我们世世代代在这田野上劳动，为她打扮，为她梳妆！"

酒　赋

《酒经》云：

"大哉，酒之于世也。礼天地，事鬼神；射乡之饮，《鹿鸣》之歌，宾主百拜，左右秩秩；上至缙绅，下逮闾里，诗人墨客，渔夫樵妇，无一可以缺此。"

"善乎，酒之移人也。惨舒阴阳，平治险阻，刚愎者薰然而慈仁，濡（懦）弱者感慨而激烈！"

上溯千古，始祖黄帝视酒为百药之首，以治百病，刘伯伦高歌《酒德颂》，白乐天情献《酒功赞》，袁宏道洋洋洒洒写《觞政》。

酒之用可谓广也，酒之功可谓大也，酒之源可谓远也，爱酒之人可谓多也。酒之香飘荡千山万水、五湖四海而不断，酒之魂绵延中华五千年而不绝。

《本草纲目》云："酒，天之美禄也。"

卓文君凭红垆当美酒，传千古佳话；李酒仙借醉酒戏权贵，留万世美谈。更有白衣送酒、旗亭画壁、斗酒读汉书，佳话连篇。酒为媒诗作桥，美人美事美文，代代流芳。

孤独了，喝酒；快乐了，喝酒；欢聚时，喝酒；离别时，喝酒；失败要喝酒，凯旋要喝酒。何时不需酒，何处不需酒，何人不饮酒。酒池肉林，由喝酒而败国；水中捉月，因醉酒而亡身。借酒杯浇块垒，靠麻醉解忧愁，往往愁更愁，落得人比黄花瘦。是也，非也，是是非非皆关乎酒啊！

水之形火之性，酒之天赋也。酒啊，你真是精神的骨架，豪放的家园，你让中华民族的历史更加神秘而芬芳！

桃林产美酒，势也！

酿好酒须有好水。马陵山山清水秀，林木丰茂，古井流泉随处可见。尤以黑龙潭最为著名，泉涌如流，汇聚成湖，养鱼则鱼肥，浇谷则谷美。桃林酒用水取自老"龙泉"井。此井水量丰沛，取用无尽，历越千年而不竭。泉冽自然酒香。

酿好酒须有好粮。马陵山风调雨顺，地肥土沃，谷米、高粱、大麦、小麦、豌豆遍布山野，棵棵苗肥根壮，穗穗果实累累，真乃天然粮仓也。醪正自然酒醇。

此自然之势也！

桃林，北接齐鲁，南通淮水，东临黄海，西倚古彭。吴越文化的浸润，儒家精神的滋养，中原雄风的熏陶，大海情怀的抚育，可谓物产丰富，人杰地灵。如此丰饶的大地，怎能不产美酒！

此人文之势也！

据说，夸父逐日，弃其杖，化为邓林，邓林即桃林也。坊间传闻，梁山好汉李逵最好桃林酒，至今有诗流传：为人不喝桃林酒，枉在世上走一走。清末，桃林古镇出了一位武举人马连甲，官至安徽督军，他把桃林酒献给慈禧，慈禧大喜，即封为御用，并赐给酒坊两株桂树。金桂毁于战火，银桂至今仍在，年年金秋飘香。历史孕育了美酒，美酒承载着历史。历史不可断流，美酒岂能没有？

此历史发展之势也！

品桃林酒，感慨颇多，赋打油诗一首：

东西南北走，

酒家处处有。

杯杯透骨香，

还是桃林酒。

我的事业的三个支点

读　书

人生需要成长。成长如蝉蜕，蝉蜕后的人生才更鲜亮，更有滋味。每个人的成长机缘往往各有千秋。比如读书吧，不同的人，兴趣的养成就千差万别。

少年时候的夏天似乎特别热。那时农村电风扇很少，芭蕉扇是人们的最爱，它既可以扇风驱暑，又可以拍打苍蝇，赶走蚊子。对于一个少年来说，闲心静气地坐在那里手摇芭蕉扇，似乎还缺少那份耐心。中午，最好的避暑去处就是到大河里泡澡。离我家不远处就是石安运河，那是我和小伙伴们夏日中的天堂。洗完澡后，来到河堤上，或坐或躺，那刺槐树下浓郁的荫凉是天然的空调。我们有时交换阅读连环画，有时讲述从老人那里听来的故事，有时商量一下比如哪里的西瓜熟了是否该去摘一个尝尝新鲜的鬼主意……溽热的时光不知不觉离我们而去。

读书兴趣的养成往往缘于偶然。我的读书兴趣源于看连环画（小画书）。小时候，一次偶然的机会，我得到《铁道游击队》连环画的第一册。我一下子就被那紧张而又充满悬念的故事情节给迷住了。当时，一本连环画便宜的才几分钱，贵一点的也就一两毛钱，一般孩子都能消费得起。《铁道游击队》不是一次出齐，连续出，这就有些麻烦。我家住在城郊，离县城三四里地，离新华书店六七里地。距离虽不算远，可对于一个八九岁的孩子，每次都要步行去买，就有困难了。为了不错过每一册，我每个星期都要去一趟新华书店，当然是在放学后背着父母去的。可还是出了故障。到第八册的时候，跑了两趟都没买到，问营业员说还没到呢。其实书早就到了，已经卖完了。我们班上有一位同学，他也好这个，当然他知道我也好这个。一次下课，他把我叫到一边，神秘地说你看这是什么。我一看就急了，问他什么时候买的，他说一个星期前就买到了。我就责备他为什么不告诉我。他诡秘地笑了笑。我借看，他站在一边限制时间，在那里大声读秒。我越看越喜欢，就起歪心思了。我说你卖给我吧，我就缺这一本呢！我给你双倍价钱。他不同意。我提出我的小画书里，他可以任意挑选一本或者两本或者三本来交换，他不干。我最后说，你是一毛二一本买的，我给你五毛钱。他还是不同意。我一急，嚷嚷你欺负人，上去就抢。两个人撕扯在一起，衣服扣子拽掉了，弄得浑身是泥。

为一本连环画打架，现在想起来都觉得好笑。《铁道游击队》的连环画我到底没有买全。我实在放不下那精彩的故事情节，那人物命运，就千方百计去找原著，就央求父亲去借书。书借到后当然是如饥似渴地读。我就这样喜欢上了读书。当然，一个八九岁的孩子是很难真正读懂这本书的，只是稀里糊涂地读，为兴趣而读罢了。

当时新华书店正出售《水浒传》，深绿色封面，上中下三册，上海人民出版社出版，江苏人民出版社 1975 年 11 月重印，扉页上写着毛主席语录：千万不要忘记阶级斗争！价钱两块九毛五。我决定把它买下来。对于当时的我来说，两块九毛五可不是个小数目。我一个学期的学费才五块钱呢！我手里只有一块一毛五分钱，还差一块八呢。

我开始攒钱，当然只能从父母那里攒钱。我要买铅笔，带橡皮头的铅笔，那种贵，可以多要钱；我要买文具盒，铁皮文具盒。攒了半个月，还差八毛钱。我不能只顾攒钱，还得常常跑新华书店，怕书卖完了。我清楚记得书还剩下两套的时候我惊慌失措的样子：我回家后，不吃饭，不说话，就是反复数钱，真希望数数就能数多了。

那时候小伙子们讲得最多的、最羡慕的故事，就是田螺姑娘怎样帮助一位贫穷小伙子并与他相爱的。我清楚地记得，我们村子里有两位小伙子，一个说田螺姑娘留着长发，一个说不对，是扎着齐腰长的油黑的大辫子。两个人争得面红耳赤，差点动了手。

我就想我怎么就遇不到田螺姑娘呢？如果遇到了，她肯定会送我一套《水浒传》。

父母发觉我情绪不对头，就问原因，我憋不住了就嚷着要买书看。父母听完就笑了，问还缺多少钱，我说一块，父亲当时就掏给我了。

感谢我的父母，在那样贫穷的年代还支持一个懵懂少年买书。那可是物质匮乏的时代，猪肉五毛钱一斤，鸡蛋二分钱一个，一个壮劳力劳动一天才得到十工分，约折合一毛多钱。

感谢我的父亲,他虽然是个普通农民,但喜欢看书,经常买书或借书回家看,潜移默化地影响了我。我书橱里现在收藏的老版本《红岩》《金光大道》《青春之歌》等书籍,大多都是我从父亲那里"窃"来的。

特别是那本《红岩》,中国青年出版社 1961 年出版,1973 年 1 月第 25 次印刷,定价一块二。封面以深红色为基础底色,一方陡峭的山岩上,一棵苍松劲立在血红色的空中,庄严凝重。这本书是我父亲从别处借来的,我看到的第一眼就被它迷上了。我趁父亲不在家就偷偷地看,看完它大约花费了近半个月时间。父亲也看完了,就把书放在床底下。我想这么好的书,随便放太不珍惜了,也认为父亲可能忘记了它的存在,就把它藏了起来。

后来,人家要书,父亲没找到,就问我。我摇摇头说没看见,就心虚地跑出去玩去了。

我很长时间没敢去藏书的地方。书被我放在叠放的被子里。大约过了半个月,父母都到公社开会去了,我认为的确没有危险了,就去看那本书。书还在。我拿出来翻看,上面竟然留有父亲写的一行字:好好保护此书,好好读书。

当时我没真正搞懂这句话的深层意思,现在想来,父亲一定发现了我的藏书,也许书的主人没再催要,也许父亲给了人家什么条件,反正这书是归我所有了。当然,父亲只字不提这本书的事,就当这本书从没出现过。父亲是为了我的自尊还是为了我的喜好?这些已经都不重要了,重要的是这段经历让我更珍爱书了。

现在,家有藏书千册,但作摆设的时候多,看得少。每每回忆起童年时代结下的书缘,就会不由自主想起袁枚的那句至理名言:书非借不能读也!

我的读书乐趣随着年龄的增长而日渐浓厚。

二十世纪七八十年代，那是一个无论是物质生活还是文化生活都很匮乏而单调的时代。不过，我怀念那个时代，怀念那个时代的淳朴，怀念那个时代的快乐。当时，我很想读书，可缺乏书源。

我的小学语文老师叫周永芳，是同村同族的一位高中毕业生。她带着我去乡里（当时叫公社）参加作文比赛，我得了第一名。她很高兴，告诉我，我作文获奖主要因为语言好。她还说，要想语言更好，要多积累，多读多背。

我真的开始背诵了。

小学四年级时，我得到一本书，好像是编印的，里面收录了十几篇美文，有郭沫若的《科学的春天》、朱自清的《荷塘月色》、许地山的《落花生》等，我如获至宝，开始一篇篇背诵，直到一本书彻底背完。勤能补拙，我的记忆力并不好，但我的强烈的乐趣弥补了不足。《科学的春天》是郭沫若在全国科学工作者大会上的一篇发言稿，但语言优美，激情奔放，被大家当成美文读了。从中也可以看出当时文化生活的贫乏了。

我背成语词典，开始是几百页的小本本，后来出现了八百页的，我就改背八百页的。一本词典，我反反复复背诵了三四遍，基本熟悉了。当时流行一种游戏叫成语接龙，就是在一张纸上打上方格子，在不同部位填上相应的成语。参加竞赛的人要把其他空白处填满，并且每个成语都要首尾相接。我基本上能把一张纸填满，让许多人惊讶不已。

上初中时，书源相对丰富，但依旧缺乏。我们班有一位同学，家里有许多藏书，但他家里人不许他往外借书。有一次，他把《野火春风斗古城》带到教室，被我看到了，我向他借，他很为难。我央求，提出给他捉五十个姐儿猴（本地俗语，知了）作交换，他同意了，说，今天星期六，你星期一必须还我。我赶忙答应。放学后，我急急忙忙赶回家，一头扎进自己的小屋。我两夜未眠，加上一个星期天，把那本书读完了。

我有时就想，我之所以能吃苦，做事不敢马虎，有时间就笔耕不辍，这跟我的读书有莫大的关系。

刘向说得好："书犹药也，可以医愚。"当时的书，如《红岩》《青春之歌》《铁道游击队》，等等，都是思想纯正，正气凛然的书。这些书，潜移默化，熏陶渐染，影响着我的成长进程。现在想想，我的许多习惯、思想、作为，都与那个纯真的年代，与纯真的书籍有莫大关系，是它们哺育了我呀。

我为我们现代的文化氛围、文化做派担忧。在西方发展史上，当经济飞速发展的时候，往往会有一个阶段出现文化空白，出现教育上的急功近利，导致"垮掉了的一代"的产生。这代人生活优裕而精神空虚，缺少理想，缺少追求，贪图享乐，个人主义严重，以致完全堕落。但愿我们不会重蹈覆辙。

参加工作以后，我读书的愿望更浓烈了，不过这时读的书更多的是专业书籍。

书山勤为径，学海苦作舟，教坛乐耕耘。我们面对的是一个全新的世界，一切陈旧的观念都在接受挑战并被不断更新。要想适应这个新时代，跟上时代发展的步伐，只有放开眼光，撇开浮躁的思绪，静下心来，认认真真读书、研究、探讨，才能不断进步。

我选择教师这个职业，初始原因在"书"。我当时的想法很简单，这个职业安静，与烦扰的外界有一道有形的也是无形的围墙相隔；天天相处的同行、学生，他们纯洁而又充满智慧，本身就是一部大书；在当时，还有什么地方比学校的书多吗？学校真是一方可以净心读书的宝地呀。

静心掂量，在我的成长过程中，我的读书经历功不可没。

人生如蝉蜕，天道向来酬勤奋。我坚信，与书香为伴，与文化牵手，再多一份吃苦精神，多一份爱心，多一份执着，人生会更加绚丽美好。

教　书

我的热爱读书的习惯直接影响我的语文教学。我喜欢把教学实践中一些有意义的做法、思考诉诸文字，我不喜欢按部就班地去解读一篇篇美好的课文。

在论文写作上，我是一个很幸运的人。

我发表的第一篇论文《文如其人——文章蕴含的个人因素》是一份教学总结，那是 1992 年春天的事情。那篇文章的大致内容是：毛泽东写《沁园春·雪》跟他的性格、经历、学识等有密切关系，文如其人，分析文本不能离开作者本人，从分析作者入手分析文本，更容易发觉文本的深层内涵，像蒋介石就绝对写不出《沁园春·雪》这样的词来，是人生境界决定了行文的风格。

当时学校要求每位老师每学期必须写教学总结，可以用论文代替，不然就扣工资。我就写了这篇论文（应该叫教学体会）交上去了。后来，觉得不错，有些意思，就用稿纸誊抄好，寄给了《语文教学论坛》编辑部。没想到半年后发表了，而且是栏目头条。《语文教学论坛》现在可能已经停刊了。当时是刘国正先生任主编，全国中学语文教研会会刊呢！

在教学上，我有幸遇到当时的县教研员朱瑶红老师是又一幸运。朱老师听了我的课，充分肯定，说你上课注意激发学生学习语文的兴趣，方向很好，效果也很好。有了朱老师的鼓励，我就把"激趣教学"当成了一种自觉行为，且一线贯穿，孜孜以求，一直到现在。

记得有一年春天，我做了一次尝试，我把朱自清先生的散文《春》放到春天学习（按当时课本顺序，这篇课文应该在十一月份学习）。当时的情形历历在目：窗外阳光灿烂，鹅黄的柳叶在春风中飘拂；窗内同学们放声朗读："盼望着，盼望着，东风来了，春天的脚步近了。一切都像刚睡醒的样子，欣欣然张开了眼。山朗润起来了，水涨起来了……"同学们边读课文边听窗外悦耳的鸟鸣，甚至可以转过脸去，违反课堂纪律调皮地窥探一眼窗外鹅黄的嫩柳，盛开的桃花，那是一种怎样的享受呀！

看到同学们兴趣盎然，我索性带着他们走出教室，奔向大操场。同学们兴奋极了，他们一起放声高诵："小草偷偷地从土里钻出来，嫩嫩的，绿绿的。园子里，田野里，瞧去，一大片一大片满是的。坐着，躺着，打两个滚，踢几脚球，赛几趟跑，捉几回迷藏。风轻悄悄的，草软绵绵的……"他们的情绪感染了整个大操场："桃树、杏树、梨树，你不让我，我不让你，都开满了花赶趟儿……"

和风煦吹，鸟儿欢歌，桃红柳绿，课文描绘的意境和眼前的大自然赐予的美景融为一体，同学们陶醉了，课文的蕴意得到展示，那种热烈而温馨的氛围至今令我怀念。

我一直认为，在编排教材的时候，除了考虑课文的编排序列、编排内容的需要外，还应该考虑一下激发学生学习热情的相关细节，比如课文与四季、课文与心理、课文与性别、课文与环境、课文与时事、课文与竞技，等等。这样的教材会更贴近教学实际、贴近学生实际、贴近生活实际。

我曾经统计过初、高中新课标中"兴趣"一词出现的频率，初中为 14 次，高中为 11 次，出现频率很高。

我一直认为，若以一百分为计算单位，一篇课文，学生出于兴趣去学习，接受效果不会低于 60 分，当作任务去学习，接受效果很难高于 60 分；一篇作文，学生出于兴趣去写作，佳作率不会低于70%，为完成任务去写作，佳作率很难高出 30%。从某种程度上说，兴趣影响甚至决定着语文教学的效果。

我曾经组织搞过调查，13 位当代作家（王蒙、刘绍棠、莫言、张洁、王安忆、阿来、周梅森、贾平凹、邓友梅、舒婷、王朔、韩寒、郭敬明），有 9 位写作兴趣是在高中阶段培养起来的，有 7 位在高中阶段就开始发表作品。结论是：年级逐步升高，兴趣逐步递减，这就是当前语文教学收效甚微的重要原因之一！语文学习的"兴趣"在高中阶段被我们人为地葬送了！

我是一个性格懒散的人，之所以在教学上能一步步蜗行提高，得益于我遇到了许多良师益友，是他们的关心与督促，像鞭子打懒牛似的，让我在平淡中能够不平庸，努力经营自己的那块芳草地，不求鲜花烂漫，但也绿草萋萋。

点点滴滴积累，勤勤恳恳地把教学所思所得诉诸文字，陆陆续续发表了五十余篇教育教学论文。文章数量虽不多，但杂志面很广，有四十余种。我一直追求能够在每一种公开发行的语文报刊上发表文章，虽然是梦想，但我一直在努力。只要真心付出，天道必然酬勤。

2007 年 7 月，《剖析一片高考满分作文的语法现象——兼论汉语语法教学现状》被人大资料复印中心全文转载；2012 年，《苏人沪三版本教材"读""写"关系谈》再次被人大资料复印中心全文转载。2007年第9期的《语文教学园地》(高中版),封面介绍的重点作者;2008年第5期的文学杂志《青春》配发照片进行介绍;2008年《高中生》第11期专栏"教师作家"进行介绍。

从痴迷文学书籍,到自觉研读专业书籍,我的成长过程有书相伴,可以说是一路书香弥漫。我想,一个人,即使再聪明,也有智慧用尽的时候,积累再丰厚,也有水枯石露的时候。只有不断学习才能不断进步,而学习的工具就是读书,它是进步的阶梯。我们常说,给学生一碗水,自己要有一桶水。当代社会,知识更新之快,与时光同步。即使你有一桶水,这桶水也必须时时更换,不然很快就会变成一桶死水,腐臭变质。"问渠哪得清如许,为有源头活水来",作为一名当代教师特别是语文教师,应该是给学生一碗水,自己就要拥有一溪之水,这条溪水是流动的、清新的,活力迸发的。

读书与教书,原来有着莫大的潜在的联系!

教书育人,育人为根;为人师表,师表是本。这是我教育方面的自勉联,也希望与各位同仁共勉。

写 作

如果说人生是一条河,那么腾越的浪花是你的不甘寂寞;如果说人生是一方蓝天,那么漂浮的白云是你绽放的情怀。时光易逝,岁月须留痕。想要挽住记忆的脚步,收藏人生,最好的办法就是写作了。

业余时间,我喜欢放飞自己的思绪,让情感之水流淌在稿纸上,流淌在键盘间,让文字来记载我的喜怒哀乐、酸甜苦辣。

记得上初中的时候，我写过一篇小说，题目是《关于拆修老桥问题》。大意是：县城北面有一座老桥，叫"跃进桥"，建成于那个火热的年代，是县城里具有时代标志性的建筑。负责修建老桥的人是本县的功臣人物，原县委书记，现省委顾问的张之川。但老桥已经不能适应现代城市发展需要。当时为了防洪，桥顶建得很高，坡面很陡。现在，交通事故接连不断，已经严重制约了县城与外界的通联。到底该不该拆修老桥，县委委员们争论激烈，两派之间势均力敌。新任县委书记始终没表态，他决定这个问题暂时不作定论，以后再说。会后，他采用各种办法让持反对意见的人不要坐车，骑自行车或步行去老桥体验。最后，大家意见基本一致：拆修老桥。

这篇小说写于1981年，当时我不到十五岁。我当时构思的基础是，对老桥是拆是留，实际上是改革还是开放的象征。而解决问题的最好办法是"实践是检验真理的唯一标准"。

我一直认为自己这篇小说写得不错，但投了两次都被退稿，可能是我的文字太幼稚了，也可能是我的书写太幼稚了。

从那以后，虽然陆续投过一些稿件，但均被退稿。

这对我打击很大，但我没有灰心，因为一位编辑给我退稿时说，生活是写作的源泉，观察生活，积累生活，文字才能带着感情喷发。

我有幸遇到了现代著名作家韩石山先生。我把我的小说稿《雪鼬》寄给了《山西文学》，当时韩石山先生任主编。没想到，韩石山先生看了我的稿件后，用老体（竖写）给我回了亲笔信，热情洋溢地给予高度评价。两个月后，我的第一篇小说《雪鼬》公开发表。《山西文学》是老牌杂志，当时，每期只发一篇小说。韩石山先生的信我至今珍藏。这对我鼓舞很大，我近乎熄灭的写作热情又燃烧起来了。

接着，《小说界》《清明》《青年文学》《雨花》《飞天》《当代小说》《创作》《青春》，等等，我的文字终于扎上了翅膀，飞出了我的手心，得到了认可。

有人曾经问我，你写作为什么呢？我的回答很简单，作为一名语文教师，能写东西对教学本身就很有帮助，再说了，人活着总得有点精神寄托吧，既然人生易逝，为何只做过客，为何不给生活留下痕迹呢？哪怕是微痕、轻擦！

生活是创作的不竭之源。我写作的大背景是我的家乡，我生活的县城，我工作的环境。如果说我是一颗朴实的麦子，那它们就像是肥沃的田野。没有它们的滋养，我不可能结出麦穗，也许只是一根稗草。

我作品中的主人公大都是些小人物，他们的一言一行，他们的一颦一笑，他们的挣扎奋斗，他们的内心世界，才是我要竭力展示的内容。我不是画家，能把我故乡人们的音容笑貌一一画出来，留给历史。我有一个梦想，通过手中之笔，把他们的生活、思想留给将来的人们。当然，这条道路崎岖而艰辛，但我愿意义无反顾地走下去，走下去。

写作是一件快乐的事情。当你真正感受到写作快乐的时候，你才会文思泉涌，你才能触摸到生命的脉动，体味到人间真情。这种快乐表现在写作目的的无功利性，写作过程的放松性，写作结果的愉悦性。为金钱而写作，势必让虚假蒙蔽良知，让私欲替代道义；为名声而写作，势必让虚荣充斥文字，让铜臭沾满笔端。

多少年来，我一直认为，写作与语文教学可以相得益彰，互相促进（特别是语文教师），它们应该是一枚硬币的两面，无论哪一面都反映价值，都具有审美的愉悦。

读书，教书，写作，我事业的三个支点，有了它们的鼎立我才能坦然甚或逍遥于教坛。它们真是我事业的"吉祥三宝"呀！

竹　魂

　　东坡云：宁可食无肉，不可居无竹。无肉使人瘦，无竹使人俗。看来，在"消瘦"与"俗气"之间，东坡决意留"瘦"去"俗"了。

　　苏轼才高八斗，可由于"满腹装的都是不合时宜"，注定一生坎坷。我想，当他为权贵所忌，满腹委屈无处诉说的时候，他会孤寂地坐到竹林边，青青翠竹那凌寒不凋的气质，那宁折也不毁其节的操守，定让他愁肠顿畅，精神一振。

　　2000 年，我到了江西。江西的山山水水似乎是造化专为翠竹而设。漫山遍野，万竿翠竹展现在你的视野。那是竹的海洋，竹的王国。这时，充溢你胸膛的是翠竹的勃勃生机，是翠竹那挺直的形象。我明白了：七十年前，那片神奇的土地上，中国革命的燎原之火为何燃烧得那么旺。是那片土地孕育了翠竹精神，是翠竹精神熏陶了那片土地。难怪袁鹰在井冈山八百里林海中，唯独钟情于"井冈翠竹"。

　　今年春天，学校建成一座小花园。小桥流水，曲筋通幽，荷叶游鱼，杂树生花，倒也别有情趣。最难得的是园中竟然植了一片竹林。刚植竹林的时候，我总是为它们能否存活而担心。阵阵春风的吹拂，那片竹林竿竿返绿，在灿烂的阳光下摇曳着翠绿的身姿。几场春雨过后，地面竟冒出根根竹笋。一天，与外地前来移栽竹林的竹工聊天，他告诉我，那竹笋，只要有一分力量，也要拼命往上长。长到与母竹一般高，它才会放叶子。我看看周围的竹笋，果然如此。它们细嫩的躯体显得特别脆弱，那形象让你捏着一把汗，一阵风，一阵雨，也许就会摧折它们。可它们为了心中的理想，义无反顾地向上向上再向上。这种不屈的力量之源，也许就是"竹魂"所在吧！

其实，大自然一直在用它们的精神潜移默化我们。一片树林，最高最直的树木总是长在林子的中间，而林边的树木往往长得低矮、弯曲、虬枝凌乱。物竞天择，造就了树木顽强向上的精神，这该是"树魂"吧！

记得公园里有一种花，叫"满天星"，显得挺娇气，怕旱、怕湿、怕贫瘠，得小心伺候。如果我没记错的话，这种花在农村叫"野稞子"，路旁田边、河岸溪沿，随处可见，长得泼泼辣辣、生机盎然。两种境况，环境使然？娇生惯养不是大自然的生存之道。

大自然是一本无字的书。翠竹、绿树、碧草，它们身上潜在的精神与我们人类息息相通，给我们人类诸多启示。"竹魂"则是它们精神的集大成者。

后　记

　　《四季芬芳》，散文集，总计 15 万字。这部散文集分为两个版块。

　　其一，《四季芬芳》，长篇散文，12 万余字。原来篇幅为 4 万多字，2012 年，《芳草》杂志在第 5 期上选发了其中的两万字，《连云港文学》选发部分片段，约 1 万字。这给了我很大的鼓舞。

　　近几年来，在繁重的教学任务之余，我利用节假日，深入生活，走访了和我有类似经历的儿时玩伴们和从那个时代生活过来的老年人，广泛积累素材，在原来的基础上进一步补充、细化，形成了现在的 12 万余字。

　　《四季芬芳》以 20 世纪 70 年代为大时代背景，以东海的地理、历史、风俗为生活背景，通过对童年难以忘怀的生活片段的回忆，拨开尘封的过往，竭力展示那个时代人们的生活情景与社会状况。

　　作品通过童年的"我"的纯真的视角，着力展示四个方面的内容：一、当时特有的自然风物，这些自然风物有许多已经消失或正在消逝；二、当时人们的生存状况，虽然艰辛，但朴实、快乐、单纯；三、苏北特有的风俗人情；四、已经被电子游戏取代的各种童年游戏。

作品以春夏秋冬为行文纵线，横向连接并集中浓缩每个季节发生的各种事件和自然景物，用叙事性的散文笔法，采用片段描述方式，展示当时的生活情境，给那些有过类似经历的人们带去美好的回忆，给那些没有过类似经历的人们些许启发。

作品尽力还原历史真实，竭力把一代人曾经的纯情岁月再现出来。

其二，《四季芬芳》散文集还包括在《雨花》等刊物已发表的散文 2 万余字，这就是"大道如青天"一块。这部分散文陆陆续续发表在各类文学杂志和报刊上，有些篇章被《读者》《半月选读》等刊物转载过。